轉生成蜘蛛又怎樣！2

作者：馬場翁 okina baba
插畫：輝竜司 tsukasa kiryu

Kadokawa Fantastic Novels

contents

contents

班級名冊
導師／岡崎香奈
男生
相川 戀
大島 叶多
小暮 直史
笹島 京也
田川 邦彥
(我)
女生
飯島 愛子
漆原 美麗
櫛谷 麻香
工藤 沙智
手鞠川 咲
根岸 彰子
長谷部 結花

1 神明大人肯定討厭蜘蛛

事到如今才這麼說雖然有點怪，但我這個人的運氣相當差。

不對，這已經不是用運氣差可以形容，我甚至認為神明大人根本就是討厭我。我至今為止的人生……更正，蜘蛛生就是如此波瀾萬丈。

再說，早在莫名其妙突然轉生為蜘蛛魔物的那一刻，一般人就算發瘋也不足為奇吧。

而且出生地還是名為艾爾羅大迷宮的這個異世界的最大迷宮。

棲息於周圍的每隻魔物都比我強大。

環境惡劣到要是不擊敗並吃掉這些傢伙，就連食物都找不到。

雖然我活用蜘蛛的特性成功築巢，勉強解決了這個問題，但巢穴也被突然來襲的人類們給燒掉了。

在那之後，我在迷宮裡徬徨，不小心摔落到生存難度比上層還要高的下層。

還被地龍那種不得了的怪物襲擊，千鈞一髮才逃了出來。

在到處都是打起來肯定會被殺掉的強力魔物的地方，我拚了老命繼續前進。

最後還遇到猿猴軍團。

不知為何，那群猿猴把我視為眼中釘，前仆後繼地發動襲擊。
雖然在下層的魔物之中，牠們算是比較弱的魔物，但每一隻都還是比我強悍。
我就是被數之不盡的這種猿猴襲擊。
真是的，這到底是開什麼玩笑啊？
一如字面上的意義，我拚了老命迎戰敵人。
因為要是失敗了，我真的會被殺掉。
連我都想稱讚能夠平安度過那種危機的自己。
沒錯，我很努力，非常努力。
這樣的我還遇到這種事情，實在太沒天理了！
雖然不曉得是否存在，這真讓我想跟神明大人抱怨一下了——
太過分了吧。

在我眼前，有一片赤紅滾燙的熔岩海。

稍微把時間倒回一點吧。在消滅猿猴大軍後，我注意到一件事。
那就是這裡有點熱。
我起初還以為是自己太過熱衷於與猿猴的戰鬥，才會導致體溫上升，但事情似乎不是這樣。
再說，蜘蛛的體溫會上升嗎？

算了，那種小事不重要。明擺在眼前，之前完全沒感覺到的氣溫變化才是問題。

我並沒有感受到什麼危險。

就算環視周圍也只能看見猿猴的屍體，看不到其他魔物的身影。

看來不會有在地龍之後，輪到火龍登場這種鳥事。

那為什麼會這麼熱？

當我對此感到疑惑時，那東西正好出現在視野之中。

是上坡。

沒錯，那是一道上坡。我再說一次，那是一道上坡！

我從上層摔下來，現在的位置是下層。

這裡有一條從下層通往上面的路。

換句話說，那是可以逃離下層，前往中層的路！

呀呼！這樣我就能逃出這個超危險地區了！

我懷著這樣的希望，興高采烈地爬上坡道，卻看到廣闊的紅色空間。

然後就變成現在這個情況。

咦咦咦咦咦咦咦！

這是怎麼回事？

人家搞不懂啦。

不不不……這樣不對吧！

岩漿是怎麼回事？

為什麼地底下會有這麼多岩漿？

不對，因為這裡是地下迷宮，所以這應該很正常吧？

太扯了吧……

話說回來，因為太熱，我的ＨＰ還減少了。

這已經不是熱，而是燙了吧。

嗯？屁股好像真的有被燙到的感覺耶。

哇！從屁股吐出來的絲燒起來了！

滅火！滅火！既然滅不掉，那我就把絲切斷！

呼……好險，差點就火燒屁股了。

我好像會在無意識中從屁股一直吐出絲，但是連那條絲都燒了起來，這裡到底是多熱啦！

雖然不是整個地區都被覆蓋在岩漿底下，也有能夠行走的陸地，但光是入口就長成這樣，裡面應該更扯吧？

還不趕快把冷飲拿出來（註：冷飲在此處的原文是「クーラードリンク」，是遊戲「魔物獵人」中的道具，可以讓玩家不會因為炎熱的場地而扣血）！

嗯？岩漿裡好像有魔物喔。

外型有如長著手腳的海馬般的魔物在岩漿裡游泳……太扯了吧。

雖然不太敢看，但還是麻煩給我鑑定結果吧。

〈艾爾羅噴火怪　LV7

能力值　HP：167／167（綠）　MP：145／158（藍）

　　　　SP：155／155（黃）　　：156／165（紅）

能力值鑑定失敗〉

哦？直接就看到能力值了耶。真走運。

嗯嗯嗯……這種數值算不上太強。話雖如此，還是比我強上許多！

好啦，用雙重鑑定繼續調查看看吧。

〈艾爾羅噴火怪：棲息於艾爾羅大迷宮中層的下位竜種魔物。能夠操縱火焰，用火焰保護自己〉

來啦！艾爾羅大迷宮中層！這裡果然是中層！

〈艾爾羅大迷宮中層：位於艾爾羅大迷宮上層與下層之間的地區。整個地區都是流著岩漿的灼熱地帶，棲息著許多種擁有火焰抗性的魔物〉

……真的假的？

唔哇……太扯了吧。

整個中層都長這樣？

如果要去上層，就得穿越這個鬼地方？

不可能辦到吧？

光是待著就會受傷的環境，要是摔下去就會直接斃命的岩漿河和岩漿池。

而且住在這裡的魔物都擁有火焰抗性。換句話說，即使牠們會操縱火焰也不奇怪不是嗎？

知道我的蜘蛛絲的弱點是什麼嗎？剛剛都燒給你看了，答案應該很明顯吧？

就是火啦！

怎麼辦？我到底該怎麼辦？

沒有絲的我，就跟沒有納豆菌的納豆沒兩樣。

那種東西早已算不上納豆，只是爛掉的豆子！

不過沒辦法用絲，對我而言就是如此糟糕。

就算說我一直以來都是因為有這些絲才得以存活也不為過。

既沒辦法築起由蜘蛛網組成的巢穴，也沒辦法捆住敵人，我什麼都辦不到！

啊，就在我忙著思考時，海馬發現我了。我們的視線對個正著。

不過，反正還有一段距離，應該沒關係……才怪！

海馬深深吸了一口氣，然後吐出某種東西！

是火球。

我閃！

躲掉了。要是我柔弱的身軀被那種東西打中，肯定會化為焦炭。

喔喔……真的是火球嗎？那種東西到底是靠著什麼原理在飛的？

自從地龍的吐息攻擊之後，我好像就沒遇過這種充滿奇幻色彩的攻擊了。

雖然這火球沒有地龍的吐息那種誇張的威力就是了。

話說回來，躲在岩漿裡使用遠距離攻擊，是不是有點卑鄙？

第二發火球射過來了。我用跟剛才一樣的要領躲過。

雖然躲得過，但這樣下去只會越來越糟。

看來我只能射出蜘蛛絲進行遠距離攻擊了。

儘管明知沒用，我依然試著射出蜘蛛絲。

在射出去的那一瞬間，絲就在空中著火了。

啊，看來是不行……我趕緊把絲切斷。

當我忙著做這種事時，海馬射出第三發火球。

躲掉了。不過即使沒被直接擊中，我的ＨＰ還是因為炎熱而逐漸減少。

嗚，雖然超級不甘心，但現在只能逃命了。

我轉身背對海馬，從剛才爬上來的坡道往下衝。

退回躺著一大堆猿猴屍體的地方。

呼……只要回到這裡，ＨＰ就不會因為炎熱而減少。

畢竟我還有自動恢復ＨＰ的技能，只要休息一下，應該就會恢復。

可是……真不甘心！

就能力值而言，那並非我無法戰勝的對手。

雖說敵人的能力值比我更高，但那種事我早已習慣。

然而，我這次完全束「絲」無策。

我不得不說，情況相當不樂觀。

即使我以前曾經靠著築巢，在占據優勢的情況下挑戰比自己更強的敵人，也不曾被比自己更強的敵人占據地利，陷入不利的處境。

我一直以來在做的事情，這次換成比自己更強的敵人對我這麼做。

而且身為我最大武器的蜘蛛絲還無法使用。

我有勝算嗎？

如果要回到上層，我就得設法突破那個中層。

不過，我不認為自己有辦法突破中層。

難道要我找尋其他回去的辦法？

已知的一條回去的路徑，就是爬上那個有許多蜜蜂的縱穴。

要我回去那個有地龍的地方？

不要。不行。不可能。

難道要我找尋其他縱穴？還有其他剛好滿足我需要的縱穴嗎？

可能性並不是零。

之前還在上層的時候，曾經有蜜蜂被我的網子抓住，所以其他地方可能也有同樣的縱穴，而且同樣有蜜蜂在那裡築巢。

不過，那終究只是一種可能性。

要突破中層嗎？

還是要去找尋不知道是否存在的縱穴，重新在下層展開探索？

好啦，來想想該怎麼辦吧……

總之，我決定把以後的事情擺到一邊，先來試著進化看看。

拜擊敗猿猴大軍所賜，我得到大量的經驗值，一鼓作氣升了好幾級。

雖然我因為發現上坡而興奮了一下，但並沒有忘記這件事。

我說沒有就是沒有。

想要在充滿危險魔物的下層進行會讓人強制失去意識的進化，其實需要不小的膽量。但若是問我要不要進化，答案當然是要。

畢竟等級說不定存在著上限。

即使擊敗大量猿猴，我的等級卻沒有超過10。

如果單純是因為經驗值不夠而導致等級沒能提升倒是還好，但若是每種種族都存在著等級上限，沒有進化就沒辦法繼續升級的話，事情就麻煩了。

如果這只是場遊戲，就算要我為了驗證遊戲規則，不先進化就去練等也無所謂，但這可是攸關我的性命。

我實在不可能為了驗證這件事而賭上性命。

可以選擇的進化後種族有兩種——蜘蛛怪與小型毒蜘蛛怪。

嗯嗯……該選擇那一邊呢？

蜘蛛怪的名字裡沒有了「小型」，所以我猜體型應該會變大。

上次進化時也有從小型次級蜘蛛怪進化成次級蜘蛛怪的選項，只要把這當成是一種單純成長的進化就行了吧。

問題在於小型毒蜘蛛怪這個選項。

既然名字裡多了「毒」這個字，那跟毒有關的能力應該會得到強化吧？

沒辦法在這種時候鑑定能夠進化的種族，實在很不方便……

嗯？鑑定？

我不經意地看向自己的能力值，發現上面顯示著奇怪的訊息。
在能力值的最底下，有一行寫著「進化選項」的文字正在閃爍。
這是什麼？
我試著對那行文字進行雙重鑑定。
〈進化選項：蜘蛛怪　OR　小型毒蜘蛛怪〉
哇塞！鑑定小姐，妳沒騙我吧？
好厲害！既然顯示成文字，不就表示能夠進行雙重鑑定了嗎？
這樣就能對進化後的種族進行鑑定了！
最近的鑑定小姐真是優秀到令人生畏啊。
趕快來鑑定看看。
〈蜘蛛怪：統稱為蜘蛛怪的蜘蛛型魔物的標準成熟體。肉食性且牙齒有毒〉
〈小型毒蜘蛛怪：統稱為蜘蛛怪的蜘蛛型魔物的稀有種幼年體。擁有非常強力的毒〉
嗯，決定了。我要進化成小型毒蜘蛛怪。
畢竟那可是稀有種喔。很珍貴的。
如果要在標準種和稀有種之間選擇一個，那當然要選稀有種不是嗎？
因為這個緣故，我在牆壁上迅速築好簡易版的家。
那我要進化了。晚安嘍。

然後，早安。

嗯。看來我平安醒過來了。

我從簡易版的家裡窺探周圍的情況。

在能夠看到的範圍內就只有猿猴的屍體，沒有其他魔物。很好。

既然已經確認安全，接著就來確認進化後的能力值吧。

〈小型毒蜘蛛怪　LV1　姓名　無〉

能力值

HP：56／56（綠）2UP　MP：1／56（藍）2UP

SP：56／56（黃）2UP　：1／56（紅）2UP

平均攻擊能力：38 2UP　平均防禦能力：38 2UP

平均魔法能力：27 1UP　平均抵抗能力：27 1UP

平均速度能力：537 2UP

技能

「HP自動恢復LV3」「毒攻擊LV9 NEW」「毒合成LV3」

「蜘蛛絲LV9 1UP」「斬擊絲LV4」「操絲術LV8 1UP」

「投擲LV3」「集中LV5 1UP」「命中LV4」

「閃避ＬＶ２」
「隱密ＬＶ６」
「毒魔法ＬＶ２ 1UP」
「視覺領域擴大ＬＶ２」
「石化抗性ＬＶ３ 1UP」
「暈眩抗性ＬＶ２ 1UP」
「疼痛無效」
「魔量ＬＶ２」
「剛力ＬＶ１」
「禁忌ＬＶ２」
「鑑定ＬＶ８ 1UP」
「外道魔法ＬＶ３ 1UP」
「過食ＬＶ４」
「毒抗性ＬＶ８ 1UP」
「酸抗性ＬＶ４」
「恐懼抗性ＬＶ６」
「痛覺減輕ＬＶ６」
「爆發ＬＶ２」
「堅牢ＬＶ１」
「ｎ％Ｉ＝Ｗ」
「探知ＬＶ４」
「影魔法ＬＶ２」
「夜視ＬＶ10」
「麻痺抗性ＬＶ３」
「腐蝕抗性ＬＶ３」
「外道抗性ＬＶ２ 1UP」
「生命ＬＶ２」
「持久ＬＶ２」
「韋馱天ＬＶ２」

技能點數：200

喔喔。好像還多了數值增加量的標示耶。

這也是鑑定大人等級提升所帶來的好處吧？

而且還新增了技能點數的顯示結果，看來鑑定大人有做好自己的分內工作。

這些ＵＰ應該是跟進化前的狀態比較的結果吧？

好耶！能力值提升了！雖然只有一點點……

畢竟是進化成稀有種，我還以為數值會有更顯著的提升，但事實並非如此。只有速度還是一樣突出。

算了，不管能力值了。總之就是跟以往沒有多大改變。

不過，技能的部分倒是變了不少。

在跟猿猴大戰時，我的技能等級提升許多，也得到新的技能。

毒牙怎麼變成毒攻擊了？

雖然拜鑑定大人所賜，一眼就能看出變化，但果然還是有點不方便。

糟糕，進化讓我的ＳＰ減少許多，我得吃掉堆積如山的猿猴進行補給才行。

我邊吃邊確認自己的能力值。

雖然ＳＰ會減少這點如我所料，但ＭＰ也減少了。

上次進化時，我還沒用過ＭＰ，所以沒發現這件事。

在因為毒合成和操絲術而開始會用到ＭＰ之後，未來也得注意ＭＰ剩餘量才行。

話說回來，在跟猿猴大戰時，毒合成真是幫大忙了。

剛得到這個技能時，我還覺得沒什麼用處，沒想到出乎意料地好用。以後也要多多仰仗這個技能了。

關於毒合成這個技能，隨著技能等級的提升，還新增了「傷害量調整」與「持續時間調整」這兩個選項。

簡單來說，似乎就是變得能夠調整毒的威力和持續給予敵人傷害的時間。

想要慢慢折磨敵人時，就延長持續時間；想要一鼓作氣對敵人造成傷害時，只要提升威力就行了。

我可以隨心所欲地客製毒素。

只不過，能夠調整的數值無法超過技能等級。

我曾經嘗試對蜘蛛毒進行調整，但威力和持續時間的數值都固定是9，無法進行變更。

話說，蜘蛛毒也未免太強了吧。

來鑑定一下同樣跟毒有關的毒攻擊看看吧。

既然毒牙不見，改以這個技能取而代之，那這應該是從毒牙演變而來的技能吧？

〈毒攻擊：讓攻擊附加毒屬性〉

咦？說明就只有這樣？

嗯？等等，那個效果是不是有點不妙？

那不就代表，我能讓所有攻擊都帶有毒性嗎？

真是這樣，我不就能讓絲帶有毒性了？

這技能也未免太可怕了吧。等到SP恢復之後，我一定要來試試看。

啊啊！可是蜘蛛絲在中層會燒起來，根本沒辦法用！

嗚嗚嗚嗚！明明得到這麼出色的技能，我卻無法使用，真是讓人苦惱啊！

嗯……先把毒攻擊的事擺到一邊吧。

說到跟毒有關的技能，再來就是毒魔法了。

雖然無法使用，但毒魔法的技能等級也提升了。

新增的魔法是〈毒彈〉啊……這種魔法能夠射出毒彈，是一種很有魔法風格的魔法。

這應該是遠距離攻擊吧？

我想起在中層遇到的海馬。

如果要擊敗那傢伙，就只能把牠從岩漿裡拖出來，或是用遠距離攻擊射爆牠。

如果要把牠從岩漿裡拖出來，我目前缺乏能辦到這種事的手段，不太可能實現。

在無法使用絲的中層，我能使用的遠距離攻擊，頂多就只有撿起地上的石頭丟出去。

即使擁有投擲的技能，憑我這種可憐的能力值，丟出去的石頭根本不可能對魔物造成像樣的傷害。

既然如此，那就只能開發出全新的遠距離攻擊手段。

這麼一來，擺在眼前的這種遠距離攻擊，看起來就很有吸引力。

嗯。我果然還是不想為了尋找不知道是否存在的通往上層的縱穴，做出在有地龍徘徊的下層到處亂晃這種危險事情。

決定了，我要攻略中層。

被海馬打得毫無還手餘地，實在令人不甘心。

我的自尊不允許我就這樣無視中層，跑去找尋其他的逃脫方法。

我絕對要扳回一城。

只不過，我得先暫時在這裡準備對策。

首先，我得讓自己不會因為中層的炎熱而受到傷害。

同時練成新的遠距離攻擊。

一旦解決這兩道課題，我就要開始攻略中層。

魔物圖鑑
file.06

艾爾羅噴火怪

LV.01

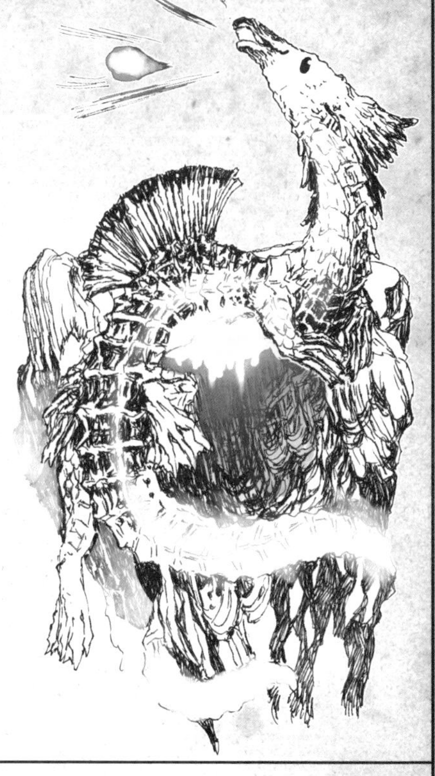

status【能力值】

HP	132／132
MP	106／106
SP	128／128
	128／128

平均攻擊能力：70
平均防御能力：70
平均魔法能力：68
平均抵抗能力：67
平均速度能力：73

skill【技能】

「火竜LV1」「命中LV1」「游泳LV1」
「炎熱無效」

俗稱海馬。外表就像是長著手腳的海馬。下位竜種。平常都在岩漿裡游泳找尋食物。面對同樣住在中層的魔物時，會使用物理手段進行攻擊，而面對來自下層或上層的入侵者時，則會躲在岩漿裡吐火球進行攻擊。不過由於智商相當低，只要MP用盡就會改用物理手段進行攻擊。雖然會採取莽撞的行動，但要是敵人太過強大也會選擇撤退。危險度是D。

Y1　勇者團隊

在迷宮領路人哥爾夫先生的帶領下，我們在艾爾羅大迷宮裡前進。

我們這次造訪這座迷宮的理由，是因為有人發現名叫蜘蛛怪的蜘蛛型魔物的變異種個體。

我們的工作便是討伐那隻魔物。不過……

「亞娜，妳也該放開我了吧？」

「我……我不要！尤利烏斯也知道吧，我最討厭蟲子了！」

緊緊抓住我衣服的傢伙是聖女亞娜。她已經完全嚇到腿軟了。

亞娜從以前就討厭蟲子，每次遇到蟲型魔物都是這樣。

然後，我們目前身處的艾爾羅大迷宮這個地方就棲息著許多蟲型魔物。

再加上，亞娜還討厭陰暗的地方。

說明白點，這裡就是亞娜最畏懼之地。

亞娜是罕見的光魔法與恢復魔法的高手，但看來她這次沒辦法發揮實力了。

「真是的……所以我才說妳會扯後腿，叫妳別跟來嘛。」

「哈林斯，我說過那是不可能的事了吧？聖女無時無刻都得跟在勇者身邊。我可不能違背神

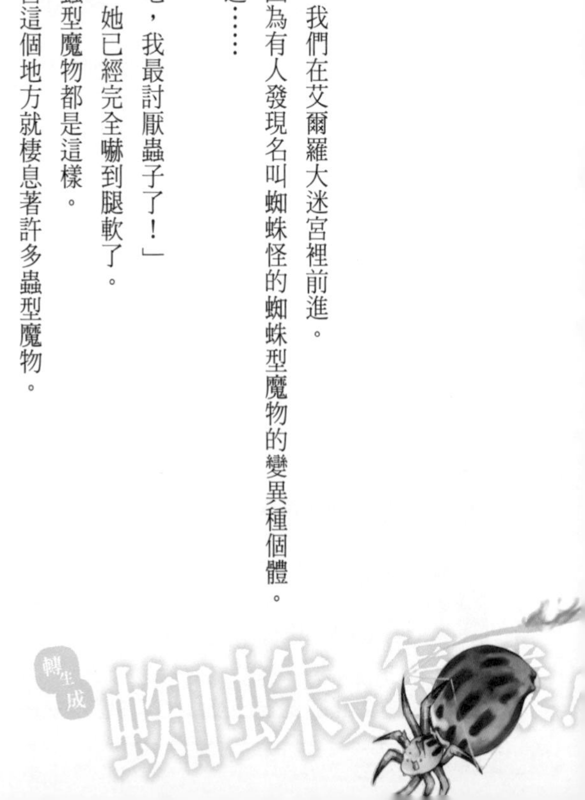

言教的規矩。」

哈林斯傻眼地看著亞娜。

他故意誇張地聳聳肩膀，讓手中的巨大盾牌晃了一下。

哈林斯是我的兒時玩伴。

他出生於我的故鄉亞納雷德王國，是克沃德公爵家的次子。

我這個貴為王族卻是側室孩子的第二王子，以及雖然生於公爵家卻是次子的哈林斯。

因為雙方的立場都很微妙，身分和年齡也很接近，所以我們交情不錯。

雖然這樣的緣分也是其中原因，但更重要的是，只要讓哈林斯拿起盾牌，他就會變身成比任何人都要善於防禦的出色戰士，所以他至今依然陪伴著當上勇者的我。

他是位可靠的好友，唯一的缺點是嘴巴有點惡毒。

「不過，不光是亞娜小姐，擅長在這種鬼地方戰鬥的人，在我們之中頂多也就只有我和霍金了吧。」

「老大，或許外表上看起來是這樣，但我也拿這種地方沒轍耶。」

吉斯康和霍金說著這樣的對話。

「是這樣嗎？」

「就是這樣。因為我原本就是專門對付人類的盜賊。雖然對那種見不得光的事情很敏感，但是在這種自然造就的暗處活動可不是我的專長。」

霍金原本是盜賊，後來被抓到變成奴隸時，是吉斯康收留了他。

雖說是盜賊，但他可是專門偷走墮落貴族的錢，拿去幫助窮人的義賊。

就戰鬥能力而言，他是我們之中最弱的一個，但他身為一名盜賊的能力，以及關於黑社會的詳盡知識受到器重，才會成為我們團隊的一員。

而他名義上的主人吉斯康，以前曾經是相當厲害的冒險者。

在還太過年輕的我們一行人之中，他擁有最為豐富的經驗，是個可靠的大哥。

身為勇者的我、聖女亞娜、盾騎士哈林斯、前冒險者吉斯康，以及前盜賊霍金。

這五人就是我們團隊的成員。再加上身為迷宮領路人的哥爾夫先生，這次便是由我們六人負責前去討伐魔物。

雖然艾爾羅大迷宮裡的魔物很難纏，但最大的問題是裡面太過廣大。

據說如果沒有迷宮領路人，就算帶著地圖，也會迷失在裡面走不出來。

「各位，請提高警覺。有魔物。」

而這位迷宮領路人哥爾夫先生發出警告了。

我們不再閒聊，準備迎戰。

出現的魔物長著有如利刃般的角，外表跟鹿很像。

「艾爾羅刃角獸。危險度是C。請小心牠的角和火焰！」

哥爾夫先生簡短地喊出魔物的特徵。

銳利的角一看就知道很危險，而且牠還會操縱火焰是吧。

出現的鹿型魔物一共有八頭。

牠們的鹿角上燃燒著火焰。

八頭鹿橫向排成一列，用猛烈燃燒的鹿角頂向前方，朝我們衝了過來！

在牠們的突擊碰到我們之前，我和亞娜施展光魔法發動攻擊。

亞娜的魔法射中兩頭鹿，貫穿牠們的身體，讓牠們當場斃命。

我的魔法命中衝在前面的四頭鹿，成功解決掉牠們。

在此同時，吉斯康擲出的鎖鐮抓住另一頭鹿，就在牠動彈不得時，霍金擲出的飛刀貫穿了牠的眉間。

哈林斯從正面用盾牌擋下最後一頭鹿的衝撞，反過來用蠻力把鹿推了回去，讓牠重重撞在牆壁上。

然後就這樣趁著對方頭昏眼花時，用劍斬下敵人的腦袋。

「喔喔，真是厲害。就算是C級魔物，遇到勇者一行人也是不堪一擊。」

哥爾夫先生有些看呆了發出讚歎。

「可是，真沒想到勇者大人不光是劍技一流，就連魔法都用得如此出色。」

「哥爾夫先生，雖然世人都說尤利烏斯是劍術天才，但其實他的劍技並沒有那麼高強。」

「就是說啊。純粹就技術而論，應該是我比較強。只不過，如果實際交手的話，我還是會因為能力值的差距而戰敗吧。」

哈林斯和吉斯康口無遮攔地說個沒完。

這雖然是事實，但真希望他們別到處宣傳這種事。

因為我也是有自尊心的啊。

「為了不被弟弟和妹妹超越，他可是拚了老命呢。」

彷彿偷聽到我的心聲一樣，哈林斯一臉賊笑地如此說道。

嗚……所謂的兒時玩伴在這種時候實在很麻煩。

「真要說的話，尤利烏斯應該比較擅長魔法對吧？」

「嗯。我的師父是魔法師，也許是受到他的影響吧。因為那個人真的很厲害。」

就各種意義上來說。

話雖如此，但我從師父身上學到的東西並不多。

畢竟師父是其他國家的人。因為政治上的理由，我沒辦法在他身邊學習太久。

不過師父給我的教誨，我至今依然牢記在心。

「原來如此，怪不得你建構魔法的手法那麼俐落。」

「就是說啊。尤利烏斯明明就是勇者，卻比身為聖女的我還要擅長魔法。要是一直讓他使用魔法，我就會失去存在的價值，所以我都會要他盡量別在外面使用魔法。」

「尤利烏斯，你不需要聽那個笨女人的話喔。」

「你說誰是笨蛋啊！」

看著亞娜和哈林斯鬥嘴，我就忍不住想笑。

當我們忙著做這種蠢事時，吉斯康和霍金似乎已經完成從魔物身上剝取素材的工作了。

「哥爾夫先生，能夠從這些傢伙身上剝走的東西，就只有肉跟角嗎？」

「雖然牠們的皮也能拿來用，把全身都帶走是最理想的狀況，但會增加多餘的行李，所以只拿這些就夠了吧。如果把角拿去加工，應該能做成不錯的小刀。」

「這東西比外表看上去還要輕，而且很堅硬，感覺能用來做成我的飛刀。」

真不愧是前冒險者和前盜賊，滿腦子只想著從魔物的屍體上剝取值錢的物品。

魔物的屍體是素材的寶庫。

可以製成武器、防具和日用品，肉則能拿來食用。

「不好意思，哥爾夫先生。我們這些人私底下的相處模式就是這樣。」

霍金在哥爾夫先生的耳邊悄聲說道，但聲音還是傳進了我經過聽覺強化的耳朵。

「別在意。能遇到比想像中還要隨和的人，我工作起來也比較愉快啊。」

「很高興聽到你這麼說。畢竟大家都因為身為勇者團隊的成員而備受矚目，只有在沒有外人的時候，才能展現原本的自己。除了我和老大之外的三人都還很年輕，照理來說，像那樣聊天打鬧才適合他們。」

「原來如此。因為勇者一行人創下許多英勇事蹟，我可能也稍微戴著有色眼鏡看待了呢。」

「絕大多數的人都是這樣。尤利烏斯總是能回應眾人的期待，也是造成這種狀況的原因之一。最近他似乎還受到弟弟的尊敬，連在自己家裡都不得放鬆。」

霍金的話語讓氣氛變得有些微妙。

我們都擁有聽覺強化的技能。

霍金的聲音當然也傳進了所有人的耳朵。

而霍金不可能不明白這點。

他是故意要說給我們聽的。

難道霍金是在勸我別把自己逼得太緊？

我覺得很感激，又覺得心頭癢癢的，感覺有些奇妙。

「好啦，那我們出發吧。」

哥爾夫先生收好從鹿身上剝下的素材，開始移動雙腳。

我們也跟在他身後前進。

「哥爾夫先生，從這裡到我們的目的地，大概要走幾天？」

艾爾羅大迷宮的面積廣大，光是在裡面移動就要耗費好些時日。

雖然事前已經問過大概要花上幾天，但是在晝夜不分的迷宮裡，對時間的感覺總是會變得難以捉摸。

「我想想……從這裡算起來的話，大概還要三天吧。」

「三天啊……」

再過三天就能抵達目的地。

只不過，要是過了三天，討伐對象也很可能已經跑去其他地方了。

到時候，我們可能就得去追趕討伐對象，花上比預期更多的時間。

「希望那傢伙能乖乖待在那裡……」

「是啊。畢竟那個地方離中層很近。要是那傢伙逃到中層，就真的沒辦法追了。因為那裡不是人類有辦法踏進的地方。只不過，怕火的蜘蛛怪應該不可能跑去中層才對。」

點頭同意哥爾夫先生的話後，我們便繼續朝向目的地邁開腳步。

2 探知與傲慢

我想用魔法！

要是白色惡魔現在對我說「跟我簽約成為魔法少女吧！」我搞不好會點頭答應。

當然，之後我會收拾掉那個白色的傢伙。

不過要是那傢伙真的出現，我一定會二話不說展開獵殺！

好啦，玩笑就開到這邊吧。該來認真思考要怎麼使出遠距離攻擊了。

雖然最理想的辦法還是讓我變得能夠使用魔法，但這可能有一些問題需要解決。

首先，我沒辦法使用魔法的理由，就是我根本不知道魔法該如何使用呢。

這就像是手上拿著一台遊戲機，卻不曉得該如何開啟電源一樣。這是最根本的問題。

除此之外，我覺得如果要使用魔法，說不定還需要某些必備的技能。

我之所以這麼認為，是因為在某個技能中存在著可疑的東西。

那就是魔力感知這個技能。

仔細想想，既然有魔法這種東西，也有ＭＰ這種東西，那就算有魔力這種東西也不奇怪。不過，那也可能只是ＭＰ的另一種稱呼。

要是沒有這個技能，是不是就沒辦法感知到那種名為魔力的東西？

很有可能。不，只有這種可能性了。

因此，如果要使用魔法，是不是需要用到這種名叫魔力的東西？

於是，我詢問天之聲（暫定），找尋與之相關的技能。

那就是魔力操縱這個技能。

感知魔力並且操縱魔力，然後發動魔法。

這樣似乎合乎邏輯。

換句話說，如果沒有這兩個技能，是不是就沒辦法發動魔法？

我做出這樣的結論。

現在的我就像是沒有開啟遊戲機的電源，也沒有搖桿就想玩遊戲一樣。

然後，我現在的技能點數是２００點。

那是剛好能取得兩個技能的點數，而我需要的技能也是兩個。

這不就像是神明大人叫我快點動手取得嗎？

不過，稍待片刻。

我回想起至今經歷過的種種苦難。

神明大人會對我這麼好嗎？不，絕對不會！

別小看我總是在關鍵時刻陷入危機的糟糕運氣，這其中肯定藏著某種陷阱。

而我其實早就知道那個陷阱的名字。

那傢伙的名字就是探知。

我取得探知這個技能的時間點，正好也是取得操絲術的時間點。

就是在擊敗大蛇的第一次進化之後。

對於依賴偷襲戰術的我而言，反過來受到偷襲是非常危險的事情。

因此，為了及早發現敵人，我想得到方便探索敵人的技能，才會取得探知這個技能。

但這其實是一大敗筆。

理由則是探知這個技能太過優秀。

〈探知：統合所有感知系技能的技能。概要：魔力感知、術式感知、物質感知、氣息感知、危險感知、動態物體感知、熱感知、反應感知、空間感知〉

很厲害吧？

所有感知系技能都統合在裡面了。

這種好東西只要１００點就能取得，而我也真的取得了。

這個技能的可怕之處，就在於會同時發動其中包含的所有感知系技能。

沒辦法分別發動其中的技能。

至於這會造成什麼樣的後果，就是會讓人感到劇烈頭痛。

那已經不是頭痛欲裂的程度，根本就是整個腦袋都要痛到爆炸的地步。

我想這八成是因為探知的性能太過優秀，才會讓我腦袋的處理速度無法跟上。
而且不同於其他技能，這不是等級提升就能解決的問題。
這技能打從一開始就因為性能太過優秀而無法使用。就算等級提升，也只會讓性能變得更優秀，反而更加無法使用。
而且，因為一次感知到的事物太多，等級的提升速度也快得非比尋常。
我只有在剛取得時發動過這個技能，然後因為頭實在太痛而被嚇壞了，才會再一次膽戰心驚地發動。
在這兩次發動之後，等到鑑定大人變得能夠顯示技能時，為了調查探知的概要，我又試著發動了一次。
在這三次嘗試之中，技能等級每次都提升了。
只要發動一次就能提升等級……真希望也能把這樣的成長速度分給其他技能。
然後，等級越是提升，技能就變得越是難用，陷入無止盡的負面螺旋。
我已經無計可施。
正是因為這樣，我才會決定半永久封印這個技能。
但現在有個大問題。
如果想要使用魔法，八成需要用到魔力感知這個技能。
而魔力感知就包含在探知之中。

強力和剛力以及堅固與堅牢這兩組技能，都分別是彼此的上下位技能。

強力和堅固是取得稱號〈魔物殺手〉時附送的技能，而剛力和堅牢則是取得稱號〈魔物屠夫〉時附送的技能。

強力和堅固是能夠根據技能等級的數值，提升攻擊力和防禦力的能力值提升技能，而剛力和堅牢則是會讓能力值得到技能等級乘以10的數值提升，還能根據技能等級的高低，在等級提升時讓能力值提升更多的技能。

這些技能就像是我很可能在轉生後便擁有的韋駄天這個技能的劣化版。

然後在得到這些技能時，強力和堅固都分別被整合進剛力和堅牢之中。

看來只要得到上位技能，下位技能就會被自動整合進去。

這麼一來，在已經擁有顯然是上位技能的探知的現在，即使我想要重新取得魔力感知這個技能，也很可能被自動整合進探知之中。

而且探知還無法分別發動其中的技能。

啊，這……不就表示如果沒能解決探知的問題，我一輩子都沒辦法用魔法了？

唔哇！

沒想到已經被我半永久封印的技能，會在這種時候擋住我的去路！

嗯……沒辦法解決這個問題嗎？

簡單來說，問題就在於我腦袋的處理速度不夠快，只要找到能彌補這點的技能，問題應該就能迎刃而解。

這絕對不是因為我的腦袋太笨。我說不是就不是。

只是因為探知所使用的腦容量太大罷了。

就在這時，我發現鑑定大人的新功能了。

因為技能等級提升，鑑定變得能夠顯示技能點數，然後只要對著顯示出來的技能點數進行雙重鑑定，就能顯示出目前擁有的技能點數能夠取得的技能列表。

鑑定大人太神啦！

這樣一來，我就不用向天之聲（暫定）逐一確認，慢慢調查要找的技能是否存在。

而且既然會顯示出鑑定結果，就表示也能進行雙重鑑定。

可以在取得之前確認該技能的效果。

這樣就不會再次發生像探知那樣的意外了……應該吧。

於是我迅速查看技能列表，找尋能夠解決探知問題的技能。

雖然我找了，卻在途中發現令人難以置信的技能。

因為實在太過震撼，我甚至忍不住回過頭再看一眼，然後先暫時關閉鑑定，又重新鑑定了一次。

那個技能就是與眾不同到這樣的地步。

就各種意義上來說……

〈傲慢（必要點數100）：通往成為神之路的ｎ％之力。大幅提升取得的經驗值與熟練度，各項能力的成長值亦會提升。此外，還能凌駕Ｗ的系統，得到對ＭＡ領域的干涉權〉

有看沒有懂。

我看不懂這段說明的意義，也想不通為何這種技能只要100點就能取得。

雖然我還試著對ｎ％、Ｗ和ＭＡ領域這些莫名其妙的詞彙進行鑑定，但結果全都是「無法鑑定」。

從這段說明之中，我只能勉強看出這個技能擁有增加經驗值和熟練度的效果，似乎還能提升能力成長值。

光是這樣就已經相當誇張了。

傲慢——因為七大罪而廣為人知的詞彙。是七大罪之中最嚴重的罪，也被用作最強惡魔的稱號。

如果這個詞彙出現在遊戲裡面，通常都是用在最後頭目級的敵人身上，或是雖然很厲害但受到詛咒的武器名稱。

光是聽到這個名字，就能想像得到這個技能不是什麼好東西。

除了這個名為傲慢的技能之外，完全找不到能增加經驗值與熟練度的技能，更是加深了我心中不好的預感。

一般來說，如果是在遊戲裡，就算存在著這種技能也不奇怪，但這裡偏偏沒有。

原本該有的東西不見了，而唯一擁有類似功能的東西，就只有名為傲慢且感覺起來位居頂點的技能。

而且探知已經證明過，即使得到上位技能也不見得就是好事。

除了害我無法使用魔法之外，只要不發動探知，對我就不會有負面影響。

不過，增加經驗值與熟練度，不管怎麼想都是會持續發動的效果吧？

萬一這又是跟探知一樣的陷阱，而且還是那種無法自由開關的技能……

總覺得這種預感會成真耶。

不過已知的效果非常吸引人。

有著讓人即使知道是陷阱也想要主動跳進去的魅力。簡直就是惡魔的誘惑。

傲慢這個技能的說明文，跟我擁有的神祕技能「n％I＝W」似乎也有共通點。

既然相似到這種地步，看來不可能毫無關聯。

這個神祕技能的效果目前還不明朗。

對我沒有好處也沒有壞處……應該吧。

只要這麼一想，取得這技能好像也沒有壞處不是嗎？

……隨便下決定應該不太好吧。

不過，我已經做出決定。不，我老早就決定好了。

我有種預感。

不能不取得這個技能的預感。

就算無視於這些利害得失，我也非得取得這個技能。

我無法不這麼想。

連我都不曉得自己為何會被這個技能深深吸引。

雖然不知道原因，但所謂的直覺就是這樣，所以這可能也沒什麼好覺得不可思議。

總之，這麼做不需要理由。

因為早在看到這個技能的瞬間，直覺就叫我一定要取得它。

《目前擁有的技能點數是200。可以使用技能點數100取得技能〈傲慢〉。要取得嗎？》

要。

《成功取得〈傲慢〉。剩餘技能點數是100。》

好耶。

搞定啦！

《熟練度達到一定程度。技能〈禁忌ＬＶ2〉升級爲〈禁忌ＬＶ4〉。》

搞砸啦！

《滿足條件。取得稱號〈傲慢的支配者〉。》

《基於稱號〈傲慢的支配者〉的效果，取得技能〈深淵魔法ＬＶ10〉、〈奈落〉。》

幹得好啊！

喔……喔喔……

事情怎麼會變成這樣？

不不不……這不可能吧！

怎麼回事？怎麼回事？我再說一次喔。怎麼回事？

禁忌的等級提升了，而且還升了兩級。我搞砸啦！

我好像還得到很不得了的稱號。該歡呼嗎？

不對，深淵魔法擺明就是超高級的魔法吧？而且等級還是10。

這樣很奇怪吧？

總之，先來確認剛得到的深淵魔法和奈落的效果吧。

我懷著這樣的打算，準備確認自己的能力值，卻看到不可思議的數值。

ＭＰ156、平均魔法能力127、平均抵抗能力127。

等一下，這些數值比剛才還要各多了100耶。

為什麼？這也是傲慢的效果嗎？

不過，數值增加不是壞事啦……

嗯，認真的話就輸了。

好啦，來鑑定吧。

〈深淵魔法：操縱深淵黑暗的最上級黑暗魔法。能夠使用的魔法會因等級而異。ＬＶ

1：地獄門，LV2：無信地獄，LV3：邪淫地獄，LV4：美食地獄，LV5：貪婪地獄，LV6：憤怒地獄，LV7：異端地獄，LV8：暴虐地獄，LV9：欺瞞地獄，LV10：反叛地獄〉

〈奈落：讓奈落顯現於世〉

呃……我該說什麼才好？

這些魔法感覺也太危險了吧。

這個地獄大全集是怎麼回事？讓奈落顯現於世，擺明了就是超級危險的技能吧？

〈地獄門：起始之門〉

〈無信地獄：無信無心之人的地獄〉

〈邪淫地獄：沾染邪淫之人的地獄〉

〈美食地獄：謳歌美食之人的地獄〉

〈貪婪地獄：貪婪腐敗之人的地獄〉

〈憤怒地獄：沉浸憤怒之人的地獄〉

〈異端地獄：傾倒異端之人的地獄〉

〈暴虐地獄：暴虐無道之人的地獄〉

〈欺瞞地獄：滿口欺瞞之人的地獄〉

〈反叛地獄：發起反叛之人的地獄〉

還有，這樣的鑑定結果是怎麼回事？

根本沒提到魔法的效果嘛。到底是誰寫出這種鑑定結果的啊？

總之，雖然我有試著使用奈落這個技能，但什麼事都沒發生。

我既覺得有點遺憾又覺得鬆了口氣，心情有些複雜。

啊……我覺得自己真的搞砸了。

天曉得這麼誇張的技能暗藏著什麼樣的陷阱。

至於我一直放在心上的技能可否自由開關這個問題，答案似乎也是不行。

光是取得技能就能得到稱號這種事，不管怎麼想都很詭異吧？

而且這稱號擺明就有問題。

禁忌也是一樣，等級提升感覺並不是什麼好事。

畢竟鑑定大人也說過「絕對不能提升禁忌的等級」這種意味深長的話。

遊戲裡也經常會有這種不該提升的數值。

例如惡行值之類的東西。

只要這種數值提升，就會讓故事走向不好的結局，或是讓村民對待你的態度變得惡劣。

雖然這裡不會有故事這種存在，我也根本不會遇到人類，影響並不大。

不過，其他技能都能靠鑑定清楚看到效果，唯獨禁忌和n％I＝W這兩個技能處於效果不明

的狀態。

其中絕對隱藏著某種祕密。

要是等級提升，肯定會發生不得了的大事。

例如等級升到最高，就會降下天罰把我打死之類的。

好可怕！超級可怕！

不……還不到緊張的時候。

反正等級還只有4，事情也不見得就如我所想。

嗯……像這樣找不到顯而易見的壞處，反而令人覺得恐怖。

禁忌目前毫無效果，傲慢目前也完全沒有造成問題。

真希望能避免那種在不知不覺間慢慢步入絕境的狀況。

但反過來想，我也不會馬上遇到什麼嚴重的問題。

反正我也無力解決，等事情發生時再緊張就行了吧。

希望我到時候還有時間緊張……

總之，剩下的技能點數就保留起來。

雖然學會很厲害的魔法，當然會想要使用看看，但我總覺得要是不先解決探知的問題，就無法前往下一個階段。

魔力操縱這個技能八成也是必不可少，這麼一來，我就需要取得能夠解決探知問題的技能，以及魔力操縱這兩個技能。

就憑我剩下的100點，只能取得其中之一。

反正先把點數存起來，等賺到200點再說吧。

可是，總覺得太安靜了。

平常總是能聽到不少從遠處傳來的魔物叫聲，但現在幾乎聽不到。

周圍也看不見魔物的身影，這裡難得這麼安靜。

這果然是因為那群猿猴的緣故吧？

我想也是，要是有那麼多猿猴一起移動，其他魔物當然會逃跑。

八成就是這麼回事。

《熟練度達到一定程度。取得技能〈預測LV1〉。》

嗯？拿到技能了？

讓我瞧瞧……

〈預測：進行預測時，思考能力將得到提升〉

嗯……雖然拿到不會有損失，但沒有這個技能其實也沒差。

重點在於，這個技能並非能讓人得到正確的預測結果或答案。

只能讓腦袋稍微轉得快一點，而且只能在特定情況下發揮效果。

話說，在能用100點取得的技能列表中就有這個技能。

這種東西需要的技能點數跟傲慢一樣啊……

這果然很詭異吧。

可是，周圍還真的是一隻魔物都沒有。

我感覺不到危險，應該不是因為有危險的傢伙在附近閒晃，其他魔物才會消失。

即使我專心凝視周圍也什麼都看不到。

《熟練度達到一定程度。取得技能〈視覺強化ＬＶ１〉。》

哦？又得到技能了？

讓我瞧瞧……

〈視覺強化：強化視覺〉

根本廢話！

算了，這也沒辦法。

這個技能好像也不太有必要，畢竟蜘蛛的視力好像很好。

話說，這個技能也只要100點就能取得。

這麼說來，好像還有其他能強化五感的類似技能吧？

如果我剛才取得視覺強化的條件是專心凝視，那只要把精神集中在其他五感上，是不是就能提升熟練度了？

既然發現這件事，那就趕快來試試看吧。

先從耳朵開始。

蜘蛛的耳朵到底長怎樣啊？連我自己都搞不太清楚。

《熟練度達到一定程度。取得技能〈聽覺強化LV1〉。》

喔喔，我得到想要的技能了。

很好，就這樣把其他技能也拿到手吧。

《熟練度達到一定程度。取得技能〈嗅覺強化LV1〉。》

《熟練度達到一定程度。取得技能〈觸覺強化LV1〉。》

味覺就等到下次吃東西時再試吧。

可是，技能有這麼容易就能取得嗎？

蜘蛛的五感確實很敏銳，所以我之前都不曾把注意力放在上面。

果然是只要沒有集中精神，就沒辦法提升熟練度？

若非如此，我老早就得到這些技能了。

《熟練度達到一定程度。技能〈預測LV1〉升級爲〈預測LV2〉。》

好快！我剛剛才得到這個技能吧！

為什麼等級已經提升了？

不對，這是好事啦，我非常歡迎這種事情……

《熟練度達到一定程度。取得技能〈平行思考LV1〉。》

咦?還來啊!

而且這不就是我認為或許能解決探知問題的技能嗎?

〈平行思考:讓人變得能同時思考好幾件事情〉

萬歲!這樣就能提升我腦袋的處理能力了吧?

不過,為什麼我會取得這個技能?

我沒有同時想著好幾件事情啊。

啊,是鑑定大人……

我隨時都開著鑑定大人。

處於周圍事物的鑑定結果會一直進到腦袋中的狀態。

因為我平常都會無視那些資訊,幾乎不把這件事放在心上,但這也能算是同時思考好幾件事情。

我找不到除此之外的原因,所以多半就是這麼回事。

不過,這樣還是很奇怪。

我未免得到太多技能了。

不管有什麼原因,像這樣突然得到一堆技能,還是很奇怪吧?

雖然我不是不曉得原因就是了。

傲慢——

大幅增加能夠取得的熟練度。

嗯，就是因為這樣吧。

話說，這技能增加的取得熟練度是不是太多了？

我也不曉得具體的數值，所以沒辦法多說什麼，但感覺增加的幅度相當大。

《熟練度達到一定程度。技能〈預測LV2〉升級爲〈預測LV3〉。》

我就說吧。

好啦，既然好不容易得到或許能讓我活用探知的新技能，就趕快試試看吧。

吸……吐……準備完畢。

開啟探知。

嗚呀啊！不行不行！關掉關掉！

《熟練度達到一定程度。技能〈平行思考LV1〉升級爲〈平行思考LV2〉。》

《熟練度達到一定程度。技能〈探知LV4〉升級爲〈探知LV5〉。》

呼……哈……頭好痛。

我想也是。平行思考的技能等級只有1。

有鑑於以往的經驗，等級1的技能根本不值得期待。

感覺幾乎沒有差別。

雖然剛才的嘗試提升了平行思考的技能等級，但探知的技能等級也同樣提升了。

探知也升級就毫無意義了啊。

因為一旦探知升級，情報量也會隨之增加。

即使平行思考升級，只要探知也跟著升級，那根本就是在原地踏步嘛。

而且探知每次發動都會升級，成長速度快得莫名其妙。別說是原地踏步了，平行思考反而會被拋在後頭吧。

畢竟傲慢的效果還會讓探知的成長速度變得更快。

不過，探知這個技能到底是怎麼回事？

這傢伙到底是什麼樣的怪物啊？居然能讓我完全無法對付。

沒想到地龍等級的強敵就在離我這麼近的地方。

我覺得自己毫無勝算。

總之，目前只能等待平行思考的等級提升了。

反正我現在還沒辦法做到分割思考之類的事情，我能想到的提升熟練度方法，也就只有一邊思考一邊看著鑑定結果。

雖然只要發動探知就能提升平行思考的等級，但要是這麼做就本末倒置了。

嗯……可是，這個想法本身應該沒錯。

只要能強化思考能力，探知就一定會變得能夠使用……應該吧。

儘管如此，在列表上所顯示的技能之中，我覺得平行思考是最有可能辦到這一點的技能。

嗯……再確認一次技能列表吧。

因為點數減少，所以上面顯示的技能數量也比上次還少。

但還是顯示著不少技能。

大概幾乎所有技能都只需要100點就能取得。

只有少數性能突出的技能，以及傲慢這個做壞掉的技能除外。

不過，傲慢這個做壞掉的技能不知為何只要100點就能取得。

還有什麼看起來能讓探知變得能派上用場的技能嗎？

〈演算處理：強化思考的演算能力〉

〈記憶：提升記憶力〉

大概就這些了吧。

出乎意料得少，而且記憶這個技能似乎不太符合條件。

這麼一來，就只剩下演算處理符合條件。如果取得這個技能，是不是真的就能把探知拿來使用呢？

唔唔唔……畢竟就連最符合條件的平行思考都是這副德性了……

看來在等級不夠高的時候，演算處理應該也不會管用。

啊，等等？

演算處理簡單來說就是數學對吧？

是不是只要練習心算，就能取得這個技能？

嗯，感覺值得一試。

那我就來計算2的次方吧。

2，4，8，16，32，64……

……8192，16384……呃……應該是32768吧？

差不多快算不下去了。

接下來是……？嗯嗯嗯？

《熟練度達到一定程度。取得技能〈演算處理LV1〉。》

喔！很好很好，達成目標。

嗯……我是不是該用這個技能試一次看看？

雖然覺得多半沒用，還是姑且一試吧。

吸……吐……準備完畢。

開啟探知。

咕哇呀哇啊！不行不行！關掉關掉！

《熟練度達到一定程度。技能〈演算處理LV1〉升級爲〈演算處理LV2〉。》
《熟練度達到一定程度。技能〈平行思考LV2〉升級爲〈平行思考LV3〉。》
《熟練度達到一定程度。技能〈探知LV5〉升級爲〈探知LV6〉。》
《熟練度達到一定程度。技能〈外道抗性LV2〉升級爲〈外道抗性LV3〉。》

呼……哈……頭好痛。

這誰受得了啦。不行不行，頭會裂開，人家怕痛。

啊……太扯了吧……

話說，痛覺減輕有在認真工作嗎？

我已經有過不少次差點死掉的經驗，連我都承受不住的疼痛，到底是怎樣啦！

還有，為什麼連外道抗性都升級了？

什麼意思？這表示探知先生的攻擊已經達到外道的境界了嗎？

就算說那是攻擊也不為過吧？

畢竟我連抗性都提升了。

認真思考一下吧。

我記得外道屬性是能直接攻擊靈魂的屬性對吧？

既然我的外道抗性提升，就表示探知的效果並非單純與思考有關，還會對靈魂直接造成影響。

難道那種頭痛有一半是靈魂的哀號？

唔哇……好可怕！

要是繼續幹這種事，我的靈魂會不會消磨殆盡？拜託別讓我在不知不覺間變成廢人喔。

《熟練度達到一定程度。技能〈預測LV3〉升級爲〈預測LV4〉。》

收到。太好了，看來預測的效果不是預知正確的未來！

沒事。這還只是預測，我不會有事的……就當作是這樣吧。

嗯……不過，這麼看來，如果擁有跟靈魂有關的技能，是不是就能承受得住探知造成的頭痛？

不過，列表上找不到跟靈魂有關的技能。

唯一有關的技能就是外道抗性了。

看來只能提升外道抗性了吧？

……那到底要怎麼提升啊？

啊……沒辦法。

果然還是照當初的計畫，想辦法提升平行思考和演算處理的技能等級吧。

既然發動探知能提升這兩個技能的等級，就表示這兩個技能應該有發揮到某種作用。在此之前，還是先再次把探知封印起來。要是隨便亂用，後果可不堪設想。

探知的問題就照著這個方針去處理，但中層的炎熱到底該如何應對？

如果想辦法取得火抗性，是不是能稍微改善情況？

不過，不光是蜘蛛絲，八成連我本身都怕火。

我在確認技能列表時發現一件事，就是其中找不到火抗性。

換句話說，這就代表只用兩百點還不足以讓我取得火抗性對吧？

其他抗性明明都有，唯獨沒有火抗性。

這可能是因為我本身怕火，才會難以取得火抗性。

《熟練度達到一定程度。技能〈預測ＬＶ４〉升級爲〈預測ＬＶ５〉。》

收到。你這傢伙升級的速度有夠快耶。這也是傲慢的效果吧。

先不管這個問題。即使明知不易取得，我還是要以取得火抗性，以及提升ＨＰ自動恢復的技能等級為目標。

為此，我每天都跑去中層好幾次，一旦ＨＰ減少就跑回來，不斷重複這樣的行為。

既然有受到傷害，就表示應該有得到針對火焰或是炎熱的抗性熟練度才對。

雖然不曉得要花多少時間，我覺得自己總有一天會得到火抗性，或是耐熱之類的技能。

一旦ＨＰ減少，就會發動ＨＰ自動恢復這個技能，同時取得其熟練度，可謂是一石二鳥。

只要防禦力和恢復力凌駕在受到的傷害之上，要在中層行走應該就不成問題。

除此之外的時間，我全都拿來提升其他技能的等級。

主要是為了解決探知問題而取得的平行思考和演算處理。

再來就是鍛鍊能力值提升系的技能。

尤其是韋馱天、剛力和堅牢。因為只要其技能等級越高，成長補正值就會越多，所以是必須優先鍛鍊的技能。

不過韋馱天應該能透過奔跑來提升技能熟練度，剛力應該也能透過伏地挺身……不對，是踩地挺身來提升技能熟練度，但堅牢的技能熟練度到底該如何提升？

畢竟那是提升防禦力的技能，所以果然是要跑去挨打嗎？

嗯……要不要在練習操絲術時，順便鞭打自己的身體看看？

雖然我怕痛，但還是試一次看看吧。

還有，如果要長期待在這裡，就得想辦法確保食物。

雖然現在因為過食的效果而不會減少體力，但遲早必須吃點東西。

為此，我得稍微在附近晃晃，為狩獵做準備才行。

要不然，也能設置一些用來抓獵物的蜘蛛網。

盡量把絲布得難以被發現，做成用來抓獵物的陷阱。

嗯，這是個好主意，採用了。

就算不小心抓到能扯斷絲的強力魔物，我平常也不會待在陷阱旁邊，不會受到危害。

既然如此決定，那就快點展開行動吧。

反正ＨＰ已經恢復，我要再次前往中層，讓自己的ＨＰ減少。

……這工作聽起來還真令人討厭。

事情就是這樣，我又來到中層了！

好熱！現在的氣溫根本無法測量！因為我可沒把溫度計帶在身上！

今天一整天應該都會是遍地岩漿的天氣吧！

這已經超過天氣預報的大姊姊會叫人避免外出的等級啦！

以上便是來自中層的現場報導！收工！

呼……熱死人了。

還沒有技能升級。沒差，慢慢來吧。

反正我也沒被敵人追殺。

S1 學校

這個國家裡也有學校這種東西。

雖然在原本的世界，上學是件理所當然的事，但在這個世界上過學的人反而是少數。能夠上學的人，就只有貴族之類的特權階級，家境富裕的少數平民，以及擁有出眾才能的人。

由於我身為王族，上學並不成問題。

蘇也一樣，身為公爵千金的卡迪雅也符合條件。

我們三人一起入學的事情已經安排好了。

這裡的學校也跟原本世界的學校一樣，會教授一般的知識。

同時也有學習戰鬥的課程。

而且這些戰鬥課程反倒是重點。

雖然這個達斯特魯提亞大陸是人族的領域，但是在其他大陸，人類跟魔族與魔物之間的戰鬥依然十分激烈。

達斯特魯提亞大陸上也棲息著魔物，無論有再多能夠戰鬥的人才都不嫌多。

因此，學校有許多關於戰鬥的課程。

我、蘇和卡迪雅三人來到入學典禮的會場。

由於菲被當成我的寵物，也就是使魔看待，所以我沒把她帶來。

雖然可以帶她去上課，但果然沒辦法帶來參加這種活動。

我環視周圍。在今年入學的同世代學生們正坐在位子上等待典禮開始。

因為這間學校是這一帶最大規模的學校，也有許多來自別國的孩子前來就讀。

我看向這些學生，但對方不是迅速移開視線，就是反過來盯著我看。

我不時感受到別人的視線，還聽到他們交頭接耳的聲音。

「聽說坐在那邊的傢伙，就是這個國家的王子喔。」

「大家都說他是天才，可是看起來沒那麼厲害耶。」

「有辦法跟他搞好關係嗎？」

雖然他們說了很多悄悄話，但因為聽覺強化的緣故，我聽得一清二楚。

感覺真是糟透了。

「大家早喔。」

一道悠哉的聲音打破這種氣氛，傳進我的耳中。

回頭一看，來者如我所料是岡姊，也就是名叫菲莉梅絲的精靈（註：第一集時譯為「妖精」，為避免與Pixie混淆，於本集開始改正）。

「早安。看到老師變成學生，總覺得有點奇怪。」

「老師也想再次享受青春，整個人興奮無比呢。」

老師就這樣在我身旁坐下。

坐在另一側的蘇用不客氣的眼神看向老師。

與其說是不客氣的眼神，倒不如說就是在瞪她。

這麼說來，蘇和老師還是第一次見面。

「喂，蘇，不可以瞪人。對不起，老師。這傢伙叫作蘇，是我妹妹。」

「喔喔……嗯嗯嗯……這還真是……」

老師露出令人反感的笑容，開始打量起蘇。

而且表情一看就知道不懷好意。

「哥哥，這個可疑的傢伙是誰？」

蘇有些承受不住，想要躲到我身後卻無處可躲。

「俊同學，你沒有對妹妹做什麼奇怪的事情吧？」

老師，拜託妳不要一臉認真地用正常語氣問這種問題。

因為我是無辜的。

「蘇，她是精靈菲莉梅絲，以後會跟我們在這間學校一起學習。我跟俊已經先見過她了。雖然外表看起來比較幼小，但那只是因為精靈的成長速度慢，她的年齡跟我們一樣。而且她在許多地方活動過，見識反而比我們更廣喔。」

卡迪雅代替我向蘇解釋。

每當遇到這種狀況，我總是沒辦法好好說明，所以卡迪雅的解釋真是幫了大忙。

「請多指教喔。」

「請多指教……」

儘管還有些警戒，蘇依然跟老師打了招呼。

「卡迪雅，哥哥喜歡那種幼女嗎？」

「妳放心，絕對沒那回事。別看菲莉梅絲那樣，其實她是個很可靠的人。俊只是對她抱持敬意罷了。」

雖然妳們兩個在那邊咬耳朵，但我可是都聽到了喔。

我絕對不是蘿莉控。

之後得向幫我說話的卡迪雅道謝，而蘇則需要唸她幾句。

當我暗自忿忿不平時，正好跟似乎同樣聽到她們對話的老師對上視線，結果彼此都苦笑了一下。

入學典禮順利結束。

眾人之後便各自解散，絕大多數學生都回到剛搬進去的宿舍，或是跑去參觀學校。

這間學校採用完全住宿制。

即使是我也不例外，在這間學校就讀的期間都必須住在宿舍。

如果沒有重大理由或是遇到長期休假，都無法踏出學校一步。

「等一下有什麼計畫嗎？」

卡迪雅用大小姐語氣向我搭話。

我們早已打理好宿舍的一切。

如果可以，我想參觀一下學校。但要是把菲丟著不管，她之後可能會抱怨，結果我們還是決定先回宿舍一趟。

「老師有想見的人喔，大家要跟我一起過去嗎？」

正當我打算先回去宿舍一趟時，老師如此提議。

「想見的人？」

「是啊。他們是未來的聖女和劍帝。我覺得見見他們有好無壞喔。」

聖女與劍帝。

說到聖女，就是鄰國——聖亞雷烏斯教國的象徵人物。

聖女被稱為勇者的半身，歷代聖女皆是由國家任命，身負跟勇者一起行動的義務。

成為聖女的資格無關家世，完全是依照實力進行選擇。

而且聖亞雷烏斯教國還是名叫神言教的宗教的大本營，也是全世界的神言教徒聚集的地方。

換句話說，聖女候選人是從世界各地集合而來的女性神言教徒中的頂級菁英。

尤利烏斯大哥身旁應該也伴隨著這一代的聖女。

我記得她名叫亞娜，是光與恢復魔法的高手，也是大哥隊伍中唯一的女性。

雖然我只見過她幾次，但以一位聖女而言，她的個性似乎有些三八。

要見那位亞娜小姐的繼任者候選人啊……

至於劍帝，則是指卡薩納喀拉大陸的人族最大國家——連克山杜帝國的國王本人。

連克山杜帝國緊臨著魔族的地盤，是個爭戰不休的國家。

如果要成為那種國家的國王，強大的實力便是第一要件。

因此，歷代國王都繼承了初代國王的稱號，被世人稱作劍帝。

相較於聖女是從具有資質的候選人中遴選出來，劍帝則是徹底的血統主義。

換句話說，現任劍帝的兒子也在這所學校就讀。

「啊，妳說的是連克山杜帝國的皇太子對吧？這件事我也略有耳聞。我記得他跟我們一樣，也是在今年進入這所學校就讀。據說他是彷彿初代劍帝再世般的劍術天才。」

咦？卡迪雅知道這件事？

我完全沒聽說過這種情報耶。

「傻，你應該多關心一下世界大事。」

卡迪雅似乎從我的表情察覺到什麼，一臉傻眼地如此表示。

嗚……無法反駁。

「不過，老師，妳之所以特地去見他們，應該是因為那個原因吧？」

「就是因為那個原因喔。」

「那我也不能不去會會他們了。」

她們兩人自顧自地繼續說著莫名其妙的事情。

我和蘇跟不上話題，只能看著她們交談。

「傻，我們走吧……怎麼了？你那是什麼表情？」

「呃……我聽不懂妳們在說什麼……」

「蘇就算了，為什麼連你都聽不懂……」

卡迪雅和老師同時露出看到可憐傢伙的表情。

沒……沒必要露出那種表情吧？

「不過，既然老師說應該去見他們，我就去認識一下對方吧。」

「傻，你這傢伙……」

卡迪雅扶著額頭，像是在忍耐頭痛一樣。

「會不會太信任老師了？」

「咦？」

我聽不懂卡迪雅小聲說出的話語的意義，整個人愣在原地。

看到我的反應，卡迪雅重重地嘆了口氣。

「啊，看來不需要我們主動去找對方嘍。」

聽到老師這麼說，我轉頭看向她那邊，結果看到一名少年和少女正走向這裡。

少年有著一頭接近黑色的茶色頭髮，以及同樣顏色的雙眸，五官相當精悍。

少女有著一頭波浪狀金髮和碧藍眼睛，身上隱約飄散出某種神祕的魅力。

「嗨，那個小不點精靈就是岡姊嗎？」

「夏目，這樣說話對老師很失禮喔。老師，好久不見。」

少年和少女用日語向我們攀談。

這下子，我總算理解老師和卡迪雅剛才在說什麼了。

這兩人跟我們一樣都是轉生者。

「好久不見喔。夏目同學和長谷部同學看起來都很有精神，真是太好了。」

老師的話語讓我得知這兩人原本的名字。

少年原本的名字是夏目健吾，以前在班上是男生的核心人物。

只不過，我不太喜歡夏目這傢伙。

他擅長運動，打架也厲害。

雖然他不曾實際施展暴力，卻經常不經意地展現自己的力量，讓旁人對他言聽計從。他就是那種個性霸道的傢伙，也經常有那種看不起別人的言行。

因此班上也分成跟隨夏目的人，以及不想跟他扯上關係的人。

我就是努力不跟他扯上關係的那一派。

「哈哈！岡姊本來就很嬌小，現在又縮得更小隻了！真好笑！」

「夏目！」

斥責夏目的少女是坐在他隔壁的長谷部結花。

長谷部跟夏目不一樣，是個不好不壞的普通女孩。

我們班上的女生是以菲──也就是漆原美麗所屬的小團體較為出風頭，而長谷部則是跟手鞠川和古田那些比較乖巧的女生混在一起。

不過，這只是跟菲比較的結果。雖然她還算是開朗活潑的女生，但要是問我她身上藏著什麼足以被稱為聖女候選人的要素，我還真是答不出來。

「因為我是精靈，身材嬌小也是沒辦法的事喔。再說，夏目同學現在也沒比我好多少不是嗎？」

「反正我今後還會繼續長大，所以根本無所謂。對了，那邊的傢伙是這個國家的王子吧？裡面是誰啊？」

夏目的視線移向我。那雙眼睛像是看準了獵物一樣，閃爍著凶猛的光芒。

那是彷彿隨時都會向我發動攻擊的刺眼光芒。

這傢伙在前世確實很惹人厭，但他以前是眼神這麼危險的傢伙嗎？

「我是山田俊輔。」

「我是大島叶多。好久不見。」

我簡短地如此回答，卡迪雅像是要展示自己一樣，特地走向前方。

「咦？妳是叶多？」

「沒錯，我就是大島。嚇一跳吧？我轉生成女人了。」

卡迪雅成功吸引到長谷部的注意力。

她們開始聊了起來，夏目的視線也從我身上移開。

謝啦，卡迪雅。

總之，我還是跟前世時一樣，不太想跟夏目——也就是現在的由古・邦恩・連克山杜扯上關係。

幕間　愛操心的公爵千金與老師

「老師，妳差不多該告訴我跑來上學的理由了吧？」

「當然是為了再次以學生的身分謳歌青春啊。」

「老師，我是很認真地在問妳……」

「開玩笑的啦。簡單來說，就是為了監視你們這些因為身分高貴而保護不到的轉生者。」

「果然是這樣。」

「哎呀，妳猜到了嗎？」

「都看到轉生者這麼不自然地聚集在一起了，當然多少猜得到一些。雖然不清楚具體的方法，但應該是你們精靈透過交涉，把轉生者全都聚集在學校裡了吧？」

「夏目同學是這樣沒錯，可是長谷部同學就真的只是碰巧喔。」

「妳只否定一半啊……」

「因為我騙不過聰明的卡迪雅啊。」

「那就讓聰明的我問個問題吧。妳說過只剩下六個人沒找到，那些傢伙還活著嗎？」

「……有四位同學已經確定死亡。雖然我已經找到剩下兩位的所在之處，但目前還無法跟他們接觸。」

「這樣啊……果然如此。」

「對不起。」

「這不是老師該道歉的事吧？可以告訴我死掉的傢伙們的名字嗎？」

「林康太、若葉姬色、小暮直史、櫻崎一成……就是這四位同學。」

「……這樣啊……不過，這樣我就明白老師為什麼會從容不迫地跑來上學了。因為已經沒必要繼續找人了對吧？」

「我還是有繼續進行剩下兩人的保護活動啦。」

「妳說的那兩人是誰？他們處在什麼樣的狀況？」

「這是祕密喔。」

「老師，我是在跟妳講正經事。」

「這是必須認真保密的事情喔。」

「這跟妳不讓我們接觸那些已經受到保護的傢伙有關嗎？」

「不，那又是另一件事情了。這兩件事情沒什麼關聯呢。」

「原來如此。順便問一下，那些受到保護的傢伙過得還好嗎？」

「他們很好喔。」

「受到保護的那些傢伙叫什麼名字？」

「這個我不能說。」

「無論如何都不行？」

「雖然妳總有一天可能會知道，但我覺得現在還不是時候。」

「妳只告訴我這些，我根本搞不清楚狀況。」

「很抱歉。不過我必須這麼做。我還要順便給妳一個忠告。」

「什麼忠告？」

「請不要太過鍛鍊技能。」

「為什麼？」

「我不能說。」

「對於老師在外面的世界到底看到了什麼，我只能靠想像。不過，妳也知道俊的哥哥是勇者吧？我從俊的口中聽說過那位勇者大人的英勇事蹟，像是他孤身一人從一大群魔物手中保護村子，或是因為魔族的詭計喝下毒藥，但依然擊敗敵人等。」

「那又如何呢？」

「這個世界充滿危險。即使沒到勇者那種地步，我和俊也是有著一定地位的人，有可能遇到不得不踏上戰場的狀況。因為我是女性，這種可能性還不算高，但俊可是王族，而且還不是王位繼承人。他很可能踏上戰場。要這樣的我們別鍛鍊技能，不就跟叫我們等死一樣嗎？」

「我不是這個意思！」

「我想也是。我也知道老師不是會說這種話的人。雖然明白這點，但妳連理由都不說清楚就要我乖乖點頭，這我辦不到。」

「果然不行嗎……」

「對不起，我說得有些過火了。」

「不會，沒關係。畢竟隱瞞祕密的人是我。」

「就連妳為什麼隱瞞這麼多事情也不能說嗎？」

「很抱歉。」

「這件事跟精靈有關嗎？」

「啊？」

「我覺得很不可思議。為什麼精靈要幫忙保護轉生者？雖然妳好像有跟那些精靈說明原委，但他們可以信任嗎？妳該不會答應了精靈的奇怪要求，被他們逼著做事吧？」

「沒有那種事喔。關於這一點，我只能請妳相信老師了。」

「儘管妳有這麼多事情瞞著我們？」

「這點也請妳多多包涵喔。」

「我可沒辦法像俊那樣，只憑直覺就徹底相信別人。雖然我想相信老師，但只要妳一直有事情瞞著我們，我就沒辦法發自心底相信妳。」

「其實我覺得這樣反而正確。俊同學就是太過耿直了。」

「這我也有同感。我有時候甚至覺得那傢伙不能沒有我。」

「哎呀哎呀哎呀?雖然沒有發芽，但至少還有種子嗎?要是真的這樣就有趣了呢。」

「咦?妳說什麼?老師，妳那種噁心的微笑是怎麼回事?妳現在的外表可是美幼女，要是露出那種噁心的笑容，感覺起來超級惹人厭耶。」

「這是天罰喔。」

「咕哇!」

3　開始攻略中層

我來到中層啦！耶～！

我要從今天開始攻略中層！耶～！

雖然遠距離攻擊跟抗熱問題都還沒完全搞定，但我還是要上！耶～！

唉……要是不努力提振一下士氣，誰還撐得下去啊……

在初次發現中層後過了幾天。

我在這段期間拚命鍛鍊技能，實力變強不少。

我現在的能力值大概是這樣——

〈小型毒蜘蛛怪　LV5　姓名　無〉

能力值

HP：57／83（綠）　MP：181／181（藍）

SP：51／82（黃）2UP　：82／82（紅）2UP

平均攻擊能力：92　平均防禦能力：92

平均魔法能力：135　平均抵抗能力：168

平均速度能力：830 1UP

技能

「ＨＰ自動恢復ＬＶ５」「ＭＰ恢復速度ＬＶ３」「ＭＰ消耗減緩ＬＶ２」
「ＳＰ恢復速度ＬＶ２」「ＳＰ消耗減緩ＬＶ３ 1UP」「破壞強化ＬＶ１」
「斬擊強化ＬＶ１」「毒強化ＬＶ２」「氣鬥法ＬＶ１」
「氣力附加ＬＶ２」「猛毒攻擊ＬＶ３」「毒合成ＬＶ７」
「絲的才能ＬＶ３」「蜘蛛絲ＬＶ９」「斬擊絲ＬＶ６」
「操絲術ＬＶ８」「投擲ＬＶ６」「命中ＬＶ７」
「閃避ＬＶ３」「立體機動ＬＶ３」「隱密ＬＶ７」
「集中ＬＶ９」「預測ＬＶ８」「平行思考ＬＶ４」
「演算處理ＬＶ６」「鑑定ＬＶ８」「探知ＬＶ６」
「外道魔法ＬＶ３」「影魔法ＬＶ２」「毒魔法ＬＶ２」
「深淵魔法ＬＶ10」「破壞抗性ＬＶ１」「打擊抗性ＬＶ２」
「斬擊抗性ＬＶ３」「火抗性ＬＶ１」「黑暗抗性ＬＶ１」
「猛毒抗性ＬＶ２」「麻痺抗性ＬＶ３」「石化抗性ＬＶ３」
「酸抗性ＬＶ４」「腐蝕抗性ＬＶ３」「暈眩抗性ＬＶ２」
「恐懼抗性ＬＶ７ 1UP」「外道抗性ＬＶ３」「疼痛無效」

「痛覺減輕ＬＶ７」「視覺強化ＬＶ８」「夜視ＬＶ10」
「視覺領域擴大ＬＶ２」「聽覺強化ＬＶ８」「嗅覺強化ＬＶ７」
「味覺強化ＬＶ４」「觸覺強化ＬＶ６」「生命ＬＶ７」
「魔量ＬＶ８」「爆發ＬＶ８ 1UP」「持久ＬＶ８ 1UP」
「剛力ＬＶ３」「堅牢ＬＶ３」「護法ＬＶ３」
「韋馱天ＬＶ３」「傲慢」「過食ＬＶ７」
「奈落」「禁忌ＬＶ４」「ｎ％Ｉ＝Ｗ」

技能點數：180

哎呀，我真的變強了。
新增的技能也有不少。
由於鑑定大人變得能夠顯示尚未取得的技能，我能鎖定看起來不錯的技能，採取看似與那個技能有關的行動，然後賺取熟練度取得技能。
拜此所賜，包含我之前就一直很在意的技能在內，我的技能增加了不少。
不過，我之所以能一口氣取得這麼多新技能，應該都是多虧了傲慢的效果。
我收集了跟ＭＰ和ＳＰ有關的所有技能。
那就是恢復速度和消耗減緩。

一如字面上的意思，恢復速度就是提升自然恢復速度的技能，而消耗減緩則是能減少消耗量的方便技能。

特別是ＳＰ消耗減緩這個技能，似乎對紅色和黃色這兩種體力都能發揮作用。

具體來說，就是能讓紅色的總和體力變得不太會減少，並且在奔跑時降低黃色體力的減少量。

我還莫名其妙得到立體機動這個技能。

因為我把巢築在天花板附近，經常爬上爬下，結果就在不知不覺間取得這個技能。

效果似乎是讓人變得能夠飛簷走壁。

根本不需要。我打娘胎出來就會這招了。

剩下的技能，我以後會找機會依序說明。

對了，旁邊標示著ＵＰ的技能，似乎是表示該技能在最後一次確認之後出現了變化。

這次提升的技能是ＳＰ消耗減緩、恐懼抗性、爆發和持久。

爆發和持久就像是強力這類技能的ＳＰ版，爆發對應的是黃色ＳＰ，而持久對應的則是紅色ＳＰ。

能力值中的速度與ＳＰ也提升了。

這幾天讓我明白了一件事，那就是不光是技能，就連能力值也能夠透過鍛鍊，在提升等級之外的時候提升。

為了提升韋馱天的技能等級，我一直跑個不停，才會注意到能力值也跟著提升。

即使我以前也經常被魔物追著跑，但能力值卻沒有提升的原因，不曉得單純是因為跑得不夠多，還是因為傲慢的技能效果提升了我的成長速度。

雖然無法肯定到底是什麼原因，但傲慢肯定對此造成了影響。

因為我一直保持著發動鑑定的狀態，所以只要出現UP的標示，就表示技能和能力值在前一刻提升了。

這些標示會在我看過之後過一段時間便自動消失。

既然如此，就表示這次提升的技能和能力值，是因為我在前一刻所採取的行動而提升。

呵呵呵……能夠一口氣提升這麼多技能和能力值的我很厲害對吧？

這也是理所當然的結果。

因為我是全速狂奔，而且還是拚了老命。

〈地龍卡古納　LV26

能力值　HP：4198／4198（綠）　MP：3339／3654（藍）

SP：2798／2798（黃）　：2995／3112（紅）

能力值鑑定失敗〉

那是——龍。

比起之前看過的地龍亞拉巴，這傢伙的體格看起來比較粗壯，力量感覺起來也更強。

牠跟亞拉巴一樣沒有翅膀。

那傢伙毫無預警就出現。

正當我一如往常準備外出狩獵時，身後的家就被轟掉了。

光是爆炸餘波就讓我在地上滾了好幾圈，同時用眼角餘光瞄到那隻地龍。

然後我全速逃跑，順勢逃進中層，就是這次事件的真相。

哈哈哈……我當時逃得還真是拚命呢。

拚命到技能跟能力值都提升了耶！

可是，難道地龍有著看到蜘蛛網就要噴個一發的習性嗎？

太嚇人了吧。

還是只是我沒發現，下層其實是地龍的巢窟？

太可怕了吧。

不不不……那種傢伙應該不可能會有太多隻。

我想起成功鑑定出來的地龍能力值。

全都是四位數。這樣太奇怪了吧？誰打得贏啊？

而且牠明明才剛使出足以破壞我家的強力攻擊，ＭＰ和ＳＰ卻還相當充裕。

換句話說，那種攻擊不是只有一發，而是能夠連發。

太扯了。那是什麼怪物啦。地龍好可怕。

話說回來，那隻地龍跟之前看過的地龍亞拉巴的種類並不相同。

雖然等級比地龍亞拉巴還要低，但我當時沒能鑑定到亞拉巴的能力值，所以不曉得牠們誰比較厲害。

不過，牠們無論如何都不是我打得贏的對手，唯獨這點不會錯。

既然亞拉巴和卡古納都叫作地龍，那牠們之間是不是有什麼關係？

例如原本都屬於同一種魔物，只是後來進化成不同種族之類的。

啊……這倒是很有可能。

畢竟龍就如同上位種族的象徵，就算有許多可以進化的種類也很正常。

還是說，如果不是這樣，那就是每種地龍都只有一隻嗎？這也很有可能。

例如，因為地龍身為上位種族，所以數量不是很多，但每隻都超級強大之類的。

嗯，那種能力值就算用超級強大來形容也不為過吧。

如果真是這樣，那遇到地龍的機率就會變低，對我是件好事。

不對，等一下……

如果是這樣，那我不就是被照理來說超難遇到的地龍襲擊兩次了嗎？

反過來說，這不就表示我的運氣差到極點？

才……才才才沒有那種事事事……

雖然我好幾次都差點死掉，但最後都活了下來，所以我的運氣其實算好……應該吧。

咦？可是，運氣好的傢伙會遇到差點死掉的遭遇這麼多次嗎？

嗯……？

……不行，我不能繼續想下去了。

真的是千鈞一髮。幸好我正準備出門。

看來我的運氣還不算太差。

就當作是這樣吧。

快來人告訴我就是這樣。

《熟練度達到一定程度。技能〈預測LV8〉升級爲〈預測LV9〉。》

沒人問你啦！

時機算得也太剛好了吧！

難道你在等著吐槽嗎！

天之聲（暫定）是不是有當搞笑藝人的才能啊？

呼……因為無聊的蠢事，害我稍微激動了一下。

嗯。雖然沒有比這更不吉利的開頭，但我還是順勢開始攻略中層。

因為我想盡早遠離地龍。

好啦，先來確認一下現況吧。

我現在正被滾燙的岩漿包圍。陸地和岩漿的比例相當。

雖然順勢跑來這裡，但我應該沒有走錯路吧？

無所謂，反正我根本不認得路，只是隨便亂走罷了。

因為地龍攻擊的餘波，以及超過極限不斷奔跑的結果，讓我的ＨＰ減少許多。

ＨＰ減少不是什麼大事，不過在這個會一直持續受到損傷的灼熱地區，自動恢復的ＨＰ會被抵銷掉，讓ＨＰ沒有機會恢復。

雖然在中層與下層來來去去，讓我成功取得火抗性，但技能等級只有1。

就現狀而言，等級1的火抗性和等級5的ＨＰ自動恢復，剛好可以抵銷掉炎熱所造成的損傷。

雖然這是件好事，但同時也代表ＨＰ一旦減少就很難恢復。

如果想恢復ＨＰ，就只能期待等級提升後的完全恢復，或是提升ＨＰ自動恢復和火抗性的技能等級，打破恢復能力和持續損傷的均勢。

話雖如此，岩漿就近在身旁，所以在最糟糕的情況下，損傷搞不好還會大過恢復的ＨＰ。

我是很想盡量避開特別炎熱的地方，但也不曉得能否順利避開。

根據我之前在上層和下層待過的感覺，這個中層應該也相當廣闊。

畢竟這裡是全世界最大的迷宮。

這迷宮可是大到足以連接兩個大陸。如果想逃離中層，就得作好可能會花上好幾天的心理準備。

路途明明還很遙遠，我卻在起步就跌了一跤。真是個不好的兆頭。

好，我要出發了。

嗯……可是這裡還真熱。

畢竟在轉生成蜘蛛之後，我就一直生活在冷暖適當的舒適氣溫。

環境變化如此劇烈，讓我覺得不太想動。

不過我經常跑來這裡鍛鍊火抗性的技能等級，還不至於無法忍受。

儘管如此，只要想到在離開中層之前都得一直保持這種狀態，心裡就沒辦法不覺得厭煩。

尤其是腳。

這裡可是岩漿就在旁邊流動的地方喔。

地面當然是熱到不行。

這已經不是被夏天太陽直射的柏油路所能比擬的熱度了。

要是在上面打顆蛋，不但能煎成荷包蛋，甚至會直接烤焦。

而我就赤腳站在這上面。

這種感覺已經超過熱的地步，根本就是痛了。

要是沒有痛覺減輕和ＨＰ自動恢復，誰有辦法站在這裡啊。

啊，發現魔物了。

〈艾爾羅噴火怪　ＬＶ７

能力值

HP：159／159（綠）　MP：145／148（藍）

SP：145／145（黃）　：116／145（紅）

平均攻擊能力：83　平均防禦能力：81

平均魔法能力：79　平均抵抗能力：77

平均速度能力：88

能力值鑑定失敗

〉

哼哼哼……鑑定大人的等級提升，變得連攻擊力之類的能力值都看得到了！

呀──！好厲害！

雖然成功率沒有很高就是了……

那是我在抵達中層後初次見到的魔物。

就是長得像是海馬的傢伙。

那傢伙跟我第一天來到這裡時一樣，在岩漿裡悠閒地游泳。太扯了吧……

牠沒有注意到我的存在，讓我很想就這樣當作沒看到，但牠擋住了我的去路。

嗯……這下子該怎麼辦呢？

正當我如此煩惱時，對方總算注意到我了。

海馬跟之前一樣，躲在岩漿裡吐出火球。

我閃！躲掉了。

嗯，憑這種程度的速度可射不中我喔。

雖然以前連青蛙的口水攻擊都躲不掉，但我現在的速度快上許多，還擁有閃避技能，實力早已提升到當時無法比擬的程度。

現在的我，已經擁有不遜於那位遊戲角色的神級閃避力！

即使身穿只要挨上一發就會被燒成焦炭的紙製盔甲，但只要別被打中就不會有問題！

可是，這種情況可不好玩。

雙方都沒有決勝手段。

對方的火球射不中我。

既然我也沒辦法用絲，就沒有能攻擊那傢伙的手段。

雙方都無計可施。

啊，不對，那傢伙的ＭＰ快要用完了。噴那種火球好像要用到ＭＰ。

既然如此，那只要牠的ＭＰ耗盡，就不會再有火球飛過來。

鑑定大人果然就跟開掛沒兩樣，居然能在戰鬥中得知對手的情報。

很好，我躲過最後一顆火球了。這樣一來那傢伙就沒ＭＰ了。

那傢伙接下來採取的行動會決定這場對決的走向，結果到底會如何呢？

啊，牠從岩漿裡爬出來了。

然後就這樣衝了過來。

真是白痴。換作是我，在ＭＰ用完那一刻就會選擇戰略性撤退。

我輕易避開在我眼中慢到不行的衝撞。

然後就這樣跳到海馬背上，用附帶毒攻擊的爪子刺進去。

話說，這傢伙的身體好燙啊！我的ＨＰ還減少了一些耶！我寶貴的ＨＰ啊……！

總之，被猛毒侵蝕的海馬很快就一命嗚呼。

嗯，總算是打贏第一仗了。

火球在空中劃出一道弧線，往我的背後飛去。

一共有兩顆。不過就算有兩顆，現在的我也能輕易避開。

我將視線瞥向發出火球的方向，看到兩隻海馬。

看來這一帶有很多海馬，到處都能看到牠們的蹤跡。

牠們似乎不是一起行動，只是各自隨便閒晃。但既然牠們會像這樣偶然一起出現，那當然也會同時發動襲擊。

不過，畢竟牠們不是像猿猴那樣成群結隊發動襲擊，還算容易應付。

我避開再次飛來的火球。

也許是因為各自生活的緣故，牠們的攻擊搭配得不是很好，感覺只是各打各的。

若非如此，我搞不好會陷入苦戰。

雖說只要別被射中就不會有事，但反過來說，要是被射中就完蛋了。

要是怕火的我被火球射中，絕不可能全身而退。

再說，如果只是要閃躲的話倒還好，但這裡可是到處都是岩漿的灼熱地區。

萬一不小心摔進岩漿之中，別說是起火燃燒，我的身體肯定會熔化消失。

在閃躲火球的同時，還得多注意腳下。

我彷彿是在玩沒有殘機的彈幕射擊遊戲。

而且賭上的是自己的生命。

無法主動攻擊這點也很讓人頭痛。

就算射出蜘蛛絲也會馬上燒起來，根本毫無意義，更別說是要我靠近岩漿。

相較於能隨意攻擊的對手，我卻只能一味閃躲，處於進退維谷的窘境。

不過，只要能撐到海馬用完ＭＰ就沒事了。

只要耗盡ＭＰ，海馬就會爬上陸地。

主動捨棄自己的優勢，踏上跟對手條件對等的戰場。

牠們是紳士，是笨蛋，也是白痴。

第一隻耗盡ＭＰ的海馬正傻呼呼地爬上陸地。

我立刻用帶有猛毒的爪子收拾掉牠。

在鍛鍊過程中新得到的破壞強化和斬擊強化，進一步提升了攻擊的威力。

破壞強化一如其名，是能強化破壞力的技能。這麼說可能有些難懂，但只要把這想成是能提升整體攻擊力的技能就行了。

斬擊強化也是類似的東西。只不過，這個技能只能提升斬擊的威力。

由於第二隻海馬剛好在這時爬上陸地，所以我同樣解決了牠。

《經驗值達到一定程度。個體——小型毒蜘蛛怪從ＬＶ５升級爲ＬＶ６。》

《各項基礎能力值上升。》

《取得技能熟練度等級提升加成。》

《熟練度達到一定程度。技能〈毒強化ＬＶ２〉升級爲〈毒強化ＬＶ３〉。》

《熟練度達到一定程度。技能〈閃避ＬＶ３〉升級爲〈閃避ＬＶ４〉。》

《取得技能點數。》

喔！我升級了！

因為ＨＰ也減少了，所以這時升級再好不過。我迅速脫皮，恢復失去的ＨＰ。

雖然海馬並不難打，但只要碰到牠們的身體，我就會受傷。

如果只有一隻的話，這點損傷倒算不上什麼。可是若累積好幾隻的量，就會變成不容小覷的傷害。

在恢復手段只有升級後的完全恢復的當下，如果情況允許，就連一點點損傷我都想要避免。

順帶一提，只要稍微放置一段時間，這些傢伙的屍體就會變冷，所以我都等涼掉之後才吃。

如果這次升級能提升火抗性或HP自動恢復的其中之一的等級，我就能輕鬆許多，但天底下果然沒有這麼好的事。

火抗性的等級依然只有1，而HP自動恢復也沒有升級。

火抗性沒能升級也是無可奈何的事。看來我所屬的種族就是怕火，想要克服這個弱點，不是一朝一夕就能辦到。

由於HP自動恢復也是很方便的技能，所以等級的提升速度也不悅。

算了，反正自動恢復這種好東西，本來就是在遊戲終盤才能取得的技能。

光是能在不消耗技能點數的情況下自然取得就已經算是賺到，還想奢求更快的成長速度就太貪心了。

我得抱持著光是擁有就算賺到的想法才行。

事實上，如果沒有HP自動恢復這個技能，我根本不會想要嘗試突破中層。

因為那根本就是不可能的任務。

在沒有自動恢復的情況下闖進會持續遭受傷害的地區，就跟跑去自殺沒兩樣。

自殺可不是我的興趣。在那種情況下，我應該會選擇找尋縱穴，繼續在下層徘徊吧。

在住著那隻地龍的下層徘徊……太扯了吧。我必死無疑。

攻略中層的過程還算順利。

除了海馬之外，我還遇到了幾種魔物，但都不是什麼強敵。

只要沒有地形上的不利因素，我就不可能打輸。

只不過，這個地形上的不利因素確實是個大問題。

首先是岩漿。這問題真的很棘手。

一旦對方躲在岩漿裡面，我就只能丟石頭攻擊。

難得擁有投擲技能，讓我想試著學猿猴丟石頭攻擊，但並沒有辦法對敵人造成多大的損傷。

結果，只要對方不願意上岸，我就幾乎等於束手無策。

如果每種魔物都像海馬那樣，耗盡ＭＰ就會傻傻地上岸的話倒是還好，但其中也有會繼續泡在岩漿裡面，或是直接逃跑的魔物，讓事情變得更加難搞。

有些魔物則是正好相反，剛開始時會待在陸地上，一旦被逼入絕境就逃進岩漿。

沒辦法用蜘蛛絲也是個棘手的問題。

明明我都已經得到〈絲的才能〉這個能提升各種絲的攻擊力的出色技能了……

只是要用絲撿起石頭丟出去是沒問題，但要是把射出的絲放著不管，就算是在陸地上也會起火燃燒。

令人傷腦筋的，是我平常會在無意識的情況下吐出的絲。

當我在移動時，屁股便會自動吐絲，但那些絲在這裡會燒起來。

燃燒的絲會像導火線一樣慢慢延燒，幫我的屁股加熱。

在頭一次不是比喻，而是真的火燒屁股時，著實讓我慌了手腳。

HP也因此減少許多。而且我還是用毒合成滅火，所以HP又減少了。

因為我手邊沒有其他能滅火的東西嘛。

逼不得已，我只好三不五時就切斷屁股在無意識的情況下吐出的絲。

要是不這麼做，我又會火燒屁股。這可不是什麼比喻喔。

睡覺的地方也是一大問題。

如果想在這種狀態下築巢，不用想也知道我會跟巢一起被燒掉。

我無可奈何地放棄這個念頭，躲在岩石的暗處睡覺。

不過根本不可能睡得著。

在這種會持續受到傷害的灼熱地獄，而且還得一邊畏懼著魔物的氣息一邊睡覺。

就算我的神經再怎麼大條，也還是有個限度。

儘管如此，我還是非睡不可。

雖然有睡幾乎等於沒睡，情勢所逼之下，我還是決定隨便找塊岩石準備就寢。

這裡的環境在某種意義下甚至可以說比下層還要惡劣，但唯一值得慶幸的是魔物並不強。
就實力而言，這裡的魔物跟上層差不了多少。
雖然說不定會有跟蛇一樣在那個地區中算強的魔物，但我目前遇到的魔物都很弱。
這裡的魔物跟上層魔物的最大差別，果然還是會不會利用地形。
因為這個緣故，就連實力算不上強的魔物都變得難以對付。
既然恢復手段不多，那我只要吃到一發攻擊就會馬上陷入危機。
再說，雖然目前遇到的魔物都很弱，我還能勉強應付，但說不定會出現下層等級的強大敵人。
光是地形因素就能讓我陷入苦戰，要是出現那種敵人……
我只能盡量祈求，希望別有那種傢伙出現。
雖然只要能使用魔法，情況就會為之改變……
但如果要使用魔法，就得先解決探知這個跟地形不相上下，甚至更加難搞的問題。
不管怎麼樣，這都不是一朝一夕就能解決的問題。
唉……好想使用魔法喔……

Y2　惡夢殘渣

踏進艾爾羅大迷宮後過了幾天，我們總算抵達冒險者遇到變異種蜘蛛怪的地方。

從這裡開始，我們就要在哥爾夫先生的帶領下，展開探索周邊地區並且找尋討伐對象的工作了。

「請多加小心。這附近的道路比較寬廣，地竜之類的大型魔物也會出現。」

地竜啊……竜種大體而言都很強大。

如果是下位竜種，實力可能跟隨處可見的魔物差不多，但如果是上位竜種，危險度就會大幅提升。

光是看能力值，可能跟身為勇者的我不相上下，甚至比我更強。

「太安靜了……」

吉斯康如此呢喃，我默默地點頭表示同意。

雖然順利展開探索是件好事，但我們連一隻魔物都沒遇到。

而且還是在這個足以被稱作魔物巢窟的艾爾羅大迷宮。

狀況顯然不太對勁。

再加上這種令汗毛豎起的感覺。

我小心翼翼地舉著劍。

哈林斯舉起盾牌，亞娜也集中精神，讓自己隨時都能使出魔法。

吉斯康和霍金警戒著周圍。

就連哥爾夫先生的臉上都流下冷汗。

『勇者，來了。』

然後，一道聲音直接在我腦海中響起。

那不是真正的聲音，而是直接傳進腦海中的思念。

我回頭一看。

巨大的蜘蛛魔物就站在後面。

「上……上級蜘蛛怪……」

哥爾夫先生像是呻吟般喃喃自語。

上級蜘蛛怪是相當於上位竜種的強力魔物。

那種傢伙在我眼前一次出現了三隻。

不過，我的目光穿過那些巨大的魔物，緊緊盯著後面那隻體型較小的魔物。

那個白色的身軀，就像是要躲在巨大的上級蜘蛛怪身後一樣靜靜佇立。

「出……出現了！這傢伙就是這次的討伐對象！惡夢殘渣！據說這傢伙是『迷宮惡夢』的遺

物！」

迷宮惡夢——那傢伙是在十多年前突然出現的魔物。

牠完全沒有愧對惡夢這個稱號，強悍到毫無道理的地步。

把人類當成螻蟻一樣輕易輾過的蜘蛛魔物。

同時也是第一個讓我嘗到戰敗滋味的敵人。

據說是那個惡夢的遺物，同時身為變異種蜘蛛怪的惡夢殘渣——實力超越上位竜種，甚至足以抵達龍種境界的魔物，就是我們這次的討伐對象。

由於這傢伙襲擊冒險者團隊，讓他們幾乎全軍覆沒，我們才會收到討伐牠的委託。

『勇者，死吧。』

惡夢殘渣的身影在一瞬間消失。

那是足以讓人誤以為是消失不見的快速移動。

我趕緊抱住身旁的亞娜，往旁邊一跳。

下一瞬間，鐮刀便掃過我原本站著的地方。

在牠的八隻腳之中，狀似鐮刀的兩隻前腳揮了個空。

我抱著亞娜在地上翻滾，抵銷身體落地時的衝擊。

然後利用翻滾的慣性順勢起身，就這樣讓亞娜重新站起來。

「亞娜，麻煩妳用魔法支援我們。最好別認為自己的攻擊有辦法擊中。」

「我明白了！」

以牠那種速度，如果沒有相當高的魔法命中率，攻擊應該都不可能擊中。

如果是師父的話，應該有辦法擊中，但要期待亞娜辦到同樣的事就太過嚴苛了。

畢竟那個人在各方面都異於常人。

在我下達指示的同時，同伴們也展開行動，三隻上級蜘蛛怪也像是要回應他們一樣開始行動起來。

上級蜘蛛怪是平均能力值將近兩千左右的強力魔物。

不過，這裡最危險的魔物絕對是率領牠們的惡夢殘渣。

「我來想辦法對付上級蜘蛛怪！麻煩你們在這段期間拖住惡夢殘渣！」

我一邊下達指示，一邊衝向逼近我們的上級蜘蛛怪。

吉斯康朝向惡夢殘渣擲出鎖鐮。

惡夢殘渣垂直跳起來，避開這一擊。

然後牠順勢跳到天花板，頭下腳上地趴在上面。

霍金立刻擲出飛刀，但惡夢殘渣在天花板上迅速移動，讓他無法鎖定目標。

結果飛刀被天花板上的岩壁彈開，只發出空虛的聲響。

「即使爬到天花板上，牠的速度也沒有減慢啊……」

霍金的語氣有些慌張，這也無可奈何。

看來我最好盡快解決上級蜘蛛怪，回去跟他們會合。

我在劍中灌注聖光。

相較於準備欺身而上的我，上級蜘蛛怪試圖吐出蜘蛛絲將我攔下。

不過，閃耀著光芒的劍將那些絲全數斬斷消滅。

即使是蜘蛛型魔物最厲害的絲，也無法捆住我的聖光。

我就這樣砍向最前面的上級蜘蛛怪。

雖然上級蜘蛛怪舉起前腳防禦，前腳依然和頭部一起被劈成兩半。

上級蜘蛛怪一邊流出體液，一邊倒下。

第二隻上級蜘蛛怪跳過同伴的龐大身軀，向我撲了過來。

我用事先準備好的魔法將牠擊落。

聖光球——在空中飄浮的小球將上級蜘蛛怪的巨大身軀轟飛出去。

被轟飛的上級蜘蛛怪的軀體承受不住那股衝擊力，一邊破裂一邊墜落。

還剩一隻！

在這段期間，亞娜也在我們身上施加了魔法。

除了各種提升能力值的魔法之外，還有提升毒抗性的魔法。

在對付蜘蛛型魔物時，最需要提防的便是牠們的毒和絲！

回頭一看，從天花板傾瀉而下的蜘蛛絲正要落在同伴們身上。

吉斯康揮舞纏繞著火焰的鎖鐮將絲斬斷。

蜘蛛絲怕火。如果是經驗老到的吉斯康，應該不會輕易被絲纏住吧。

鎖鐮就這樣襲向惡夢殘渣的本體。

不過在鎖鐮抵達天花板時，惡夢殘渣的身影早已消失。

惡夢殘渣從天花板上跳下來，筆直地撲向吉斯康。

哈林斯衝進雙方之間，用盾牌擋住惡夢殘渣的突擊。

惡夢殘渣的鐮刀和哈林斯的盾牌猛烈碰撞，發出刺耳的沉悶聲響。

衝擊力讓哈林斯退了一步，而惡夢殘渣則是主動跳向後方，拉開距離。

霍金隨即用短刀砍了過去。

惡夢殘渣在千鈞一髮之際避開霍金的短刀，準備再次退向後方。

一進一退的攻防戰在短時間內反覆上演。

我察看戰況的時間，只有短短一瞬間。

上級蜘蛛怪抓住這一瞬間的空隙發動攻擊。

帶有猛毒的巨大牙齒向我逼近。

太天真了。

上級蜘蛛怪的牙齒被我眼前的光壁擋下。

這是光魔法中的光壁。

這種魔法能展開薄薄的防壁，原本只能擋住弓箭這種威力較低的攻擊。
但如果有我這般強大的能力值，這道防壁也會隨之變厚。
聖光球在停下動作的上級蜘蛛怪身上炸裂。
我迅速轉身。
惡夢殘渣沒有看著我。
我認為這是個好機會，從牠背後砍了過去。
惡夢殘渣以彷彿背後長著眼睛般的反應速度輕易避開這一劍。
不過這也在我的預料之中。
我朝著跳向後方的惡夢殘渣發出光魔法。
光魔法跟雷魔法一樣，擁有最快的速度。
即使惡夢殘渣的速度再快，也無法完全避開。
我確信魔法會擊中目標，但是被敵人擋下了。
惡夢殘渣發出的黑暗魔法抵銷了這一擊。
「什麼！」
我忍不住驚呼。
敵人會用魔法這件事本身並不值得驚訝。
早在牠說出人話時，我就明白牠具有相當高的智力。

既然如此，那就算牠會使用魔法也不是不可思議的事。
但沒想到牠竟有辦法抵銷我這個勇者發出的魔法，而且那還是情急之下發出的魔法。
看來這傢伙的能力值可能不輸上位竜種，搞不好連更強大的龍種都比得上。
我開始流出冷汗。
惡夢殘渣避開霍金的飛刀，但吉斯康纏繞著火焰的劍早已在牠閃躲的位置等牠。
吉斯康會依據戰況選用不一樣的武器。
雖然他平時經常使用威力強大的大斧，這次則是配合對手的速度選擇用劍。
但惡夢殘渣避開吉斯康的劍，還在雙方擦身而過時用鐮刀劃過吉斯康的身體。
「嗚……！」
在發出短促呻吟聲的同時，吉斯康當場跪了下來。
哈林斯擋在準備轉身追擊的惡夢殘渣面前。
「亞娜！」
「我知道！」
聽到哈林斯的叫聲，亞娜如此回答。
她立刻衝到吉斯康身旁，用魔法進行治療。
我看準哈林斯擋下惡夢殘渣攻擊的那一瞬間發出魔法。
這一次牠甚至不需要抵銷魔法，直接看穿我的行動，成功避開。

不過，這也在我的預料之中。

我朝向惡夢殘渣閃躲的地方，發出另一發在同一時間準備好的魔法。

那就是等級10的光魔法——光界。

如果遇到行動敏捷的敵人，那只要施展無處可逃的範圍攻擊就行了。

光界是用光芒覆蓋廣範圍地區，同時對敵人造成傷害的範圍魔法。

即使是惡夢殘渣，若是無處可逃，自然也無從閃躲。

儘管如此，如果靠著那傢伙的頂級速度，還是有可能逃離光界的攻擊範圍。

正因如此，我才會故意先施展其他魔法逼牠閃躲，然後再趁著牠失去平衡時使用這種魔法。

我的計畫成功了，惡夢殘渣消失在光芒之中。

攻擊確實有擊中。

儘管如此，一陣毒霧依然貫穿光芒向我襲來。那是一種毒魔法。

在被光芒灼燒身體的同時，惡夢殘渣也放出毒霧進行反擊。

「嗚呃！」

疼痛襲向全身上下。

我也知道自己的HP正迅速減少。

這種毒的威力也未免太強大了。亞娜的魔法明明已經提高我的毒抗性了啊……

「尤利烏斯先生！」

身體突然輕鬆多了。幫我治療的人不是亞娜，居然是哥爾夫先生。

「雖然只能做到這點小事，但我最擅長解毒了，放心交給我吧。」

看來是哥爾夫先生用解毒魔法救了我。真是太感激了。

我移回視線。惡夢殘渣正從光芒中爬出來。

牠有受到傷害，但還遠遠不到致命的程度。

而且傷勢還在慢慢恢復。是ＨＰ自動恢復嗎？還是恢復魔法的效果？

不管是什麼，看來都不好對付。

「真是的……不但攻擊難以命中，而且還這麼耐打。這還真是讓人氣餒啊。」

哈林斯隨口說笑，我微笑以對。

事實上，戰況沒有好到能開玩笑的地步。哈林斯也是明白這一點才會開個小玩笑，努力不讓氣氛變差。

既然光魔法中最強力的範圍攻擊都沒辦法解決這傢伙，那我就只能使出威力更強的魔法了。

威力比光界更強的魔法確實存在。

在我能使用的魔法之中威力最強的魔法，就是等級7的聖光魔法——聖光線。

只不過，雖然這種魔法有著強大的威力，攻擊範圍卻是直線型。

不曉得能不能順利擊中……

不，我不是一個人在戰鬥。

我的同伴一定能讓那傢伙露出破綻。

就在我相信可靠的同伴，準備施展魔法時，我突然發現異狀。

惡夢殘渣看起來有些不太對勁。

牠在畏懼著什麼嗎？

不管怎麼樣，這毫無疑問是個機會。

吉斯康用鎖鐮束縛住身體僵硬，動也不動的惡夢殘渣。

惡夢殘渣總算回神開始掙扎，想要逃離鎖鐮的拘束。

霍金的飛刀在這時刺進牠的身體。

那是附帶麻痺效果的小刀。

惡夢殘渣的身體一陣痙攣，然後便停下動作。

趁著這個機會，我發出準備完畢的聖光線……

「大家辛苦了。」

哥爾夫先生慰勞的話語，聽起來有些遙遠。

即使環視周圍，也看不到除了我們之外的身影。

到底是什麼東西讓惡夢殘渣停住不動？

如果沒有那東西的幫助，戰敗的一方說不定就是我們了。

「尤利烏斯，也許你還把那件事放在心上，但我們贏了。現在只要知道這個事實就夠了。」

我點頭同意哈林斯的話。

沒錯。想不通的事情，就算一直想也沒用。

為什麼惡夢殘渣會襲擊身為勇者的我？

為什麼那傢伙會停下動作？

為什麼我明明打贏，卻感到如此不安？

正因為理不出頭緒，所以就算在意也毫無意義。

不管未來會遇到什麼樣的敵人，不管會發生什麼樣的事情，我也只能以勇者的身分繼續戰鬥下去。

「總之，這樣任務就結束了。」

「嗯，我們趕快離開這種鬼地方吧。」

「啊，妳背後有蜘蛛。」

「咦！在……在哪裡？」

「抱歉，我看錯了。」

被哈林斯捉弄的亞娜鼓起腮幫子。

吉斯康傻眼地看著他們，霍金則是一臉苦笑地在旁守候。

這是我熟悉的景象。

嗯。雖然心中有所掛念，但這樣就行了。

這樣就不會有人再被惡夢殘渣襲擊。

勇者的使命，就是保護人們的安全。

既然如此，那我應該老實地為達成使命而感到開心。

在此之後，我們毫無問題地順利離開艾爾羅大迷宮。

☆

「請問您怎麼了嗎？」

「嗯？沒事，只是有個傢伙好像想要偷跑，我去處理了一下。」

「啊？」

「呃……沒事沒事。這件事與你無關，不用在意。」

「那就好……」

「比起這種事，如果你能專注在自己的工作上，我會更開心喔。」

「遵命，魔王大人。」

4 竜？不是魚嗎？

總覺得有種不好的預感耶。

因為海馬也算是一種竜。

〈竜：據說是龍的下位種族的一種魔物。雖然是下位種族，但其中也存在著能匹敵龍種的個體〉

嗯。就是屬於那個地龍的下位種族的魔物。

就系統而言，應該算是火竜吧？

既然有地龍，那應該也會有火龍才對。

該不會在這個中層就有吧？

希望沒有。

我的思考開始有些逃避現實了，不如認真想想該如何解決眼前的問題吧。

〈艾爾羅噴火獸　LV7

能力值　HP：461／461（綠）　MP：223／223（藍）

SP：218／218（黃）　　：451／466（紅）

平均攻擊能力：368　　平均防禦能力：311

平均魔法能力：161　　平均抵抗能力：158

平均速度能力：155

能力值鑑定失敗　〉

〈艾爾羅噴火獸：棲息於艾爾羅大迷宮中層的下位竜種魔物。雜食性，能用那張大嘴巴吞下任何東西〉

那隻魔物正在岩漿裡悠閒地游泳。

明明是下位竜種，但真要說的話，牠長得比較像是鯰魚。

噴火獸這個名字也不適合牠。

就算抱怨這個世界的命名品味也無濟於事。

牠身上的特徵，果然是那張跟鯰魚一樣的大嘴巴。

要是被那張嘴吞進去……不太妙，憑我的體格，應該會被一口吞下。

成功鑑定出能力值也很重要。

我成功鑑定出能力值的機率，大概是每三次成功一次。

在這時剛好輪到成功的那一次，真是幸運。

連鯰魚的正確能力值都不知道就發動攻擊，果然還是太危險了。

雖然中層都是偏弱的魔物，但這種鯰魚在其中算是特別強的。

可以的話，我想避開這傢伙。

不過，鯰魚游泳的地方正好就在我要通過的路附近。

考慮到敵人以往的行動模式，牠很有可能會襲擊我。

嗯……該怎麼辦才好呢？

如果想逃跑，憑我的速度應該有辦法逃掉，但要是那傢伙靠著自己高得異常的紅色計量條慢慢追上來，那事情就麻煩了。

雖說牠的黃色計量條不是很長，還是比我長了一倍。

更重要的是，我看不到牠的技能。

萬一鯰魚取得了ＳＰ消耗減緩之類的技能，而且等級夠高，我有可能沒辦法順利逃掉。

雖然我覺得牠應該沒有。

如果要打，這個對手又有點太強大。

果然還是應該選擇逃跑嗎？

嗯。太過勉強自己可不是好事。

雖然最近一帆風順，但要是在這種時候得意忘形，通常都不會有好下場。

我也是會學乖的。得意忘形不是好事。

身為一隻蜘蛛，就是要懂得謙卑。

既然下定決心，那就低調地展開行動吧。

要是被發現了，便立刻全速逃跑。

就在這時，我身旁的岩漿裡冒出了另一隻鯰魚。

啊？

喂！不是這樣的吧！

我又沒有得意忘形，可是還是遇到危機了耶！

鯰魚跟我對上視線，愣了一下後，張開那張巨大嘴巴。

我跳！

鯰魚的血盆大口在我剛才站著的地方闔上。

然後就這樣慢慢爬上陸地。

這傢伙……雖然牠泡在岩漿裡的時候我沒發現，但是牠長著手腳。

而且全身都覆蓋著跟竜一樣的鱗片。

防禦力看起來就很高。

嗯。還是快逃吧。

呃……！

我看向準備逃跑的方向，卻發現剛才那隻鯰魚也爬上陸地了。

因為我剛好被牠們包夾，所以根本無處可逃！

這下子該怎麼辦？

可惡，既然如此，就只能迅速幹掉眼前的鯰魚了！

我用毒絲纏住鯰魚的身體。

只要使用毒攻擊這個技能，就能讓絲附帶毒屬性，這點我在修練時已經確認過了。

雖然絲在這裡會起火燃燒，所以這招幾乎派不上用場就是了！

就算絲會立刻燒起來，只要能稍微注入一點毒素……！

一如所料，絲馬上就燒了起來。

為了確認毒的效果，我查看鯰魚的ＨＰ。

稍微減少了。看來毒還算有效。

既然如此，那我只要想辦法對敵人下毒就行了。

鯰魚張開嘴巴。

然後就這樣衝了過來。

唔哇！好可怕！

不過我故意站著不動，盡量把牠引誘到身邊！

然後在那張大嘴巴逼近眼前時發動毒合成！

在千鈞一髮之際跳開！

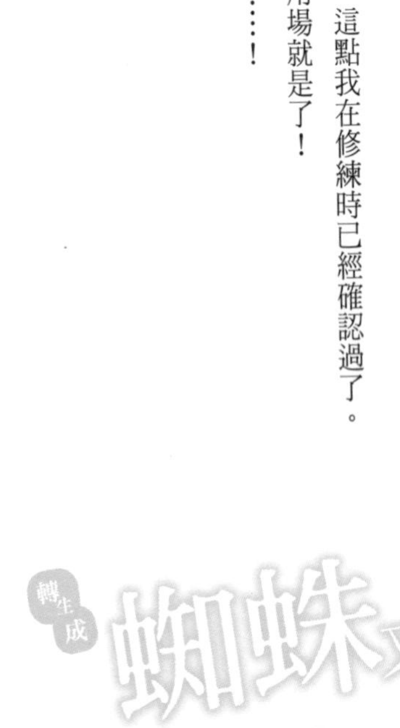

鯰魚沒有吞下我，反而把我合成好的蜘蛛猛毒吞進嘴裡。

我的毒攻擊在修練時升到等級10，就這樣進化成作為其上位技能的猛毒攻擊。

本來就強力到足以葬送巨猿的蜘蛛毒也跟著進化成蜘蛛猛毒了。

在吞下蜘蛛猛毒的瞬間，鯰魚的ＨＰ就以驚人的速度開始減少。

減少的速度不是普通地快。

像是要呼應能力值的變化一樣，鯰魚痛苦地在地上打滾。

喔喔……我的毒啊，你居然變得這麼強了……

雖然我知道很強，但這威力連我自己都感到害怕。

對了，另一隻呢……！

轉身一看，另一隻鯰魚好像有點被同伴的慘狀嚇到了。

喔……喔喔……我想也是。看到同伴痛苦成這樣，一般來說都會覺得情況不妙吧。

我還以為竜不會背對敵人，但似乎只有海馬是這樣。

還活蹦亂跳的那隻鯰魚就這樣轉身逃跑。

真的假的……我原本還打算逃跑耶……

沒想到反而是對方逃走了。

這是不是表示，我可以稍微得意忘形一下？

我好像有點厲害喔。

4　竜？不是魚嗎？

總之，先解決掉還在痛苦掙扎的鯰魚吧。

我朝向還在地上跳動的鯰魚的臉發動毒合成。

鯰魚只痙攣了一下就再也不會動了。

《經驗值達到一定程度。個體──小型毒蜘蛛怪從LV6升級為LV7。》

《各項基礎能力值上升。》

《取得技能熟練度等級提升加成。》

《熟練度達到一定程度。技能〈集中LV9〉升級為〈集中LV10〉。》

《滿足條件。從技能〈集中LV10〉衍生出技能〈思考加速LV1〉。》

《熟練度達到一定程度。技能〈閃避LV4〉升級為〈閃避LV5〉。》

《熟練度達到一定程度。技能〈生命LV7〉升級為〈生命LV8〉。》

《取得技能點數。》

嗯？在等級提升的同時，集中的等級似乎也練滿了。

我把懷有些許期待的集中練滿了。

雖然集中是個樸實無華的技能，但其效果一直在看不見的地方支撐著我。

因此，我自然會對集中的加強版技能懷有期待。

先來重新鑑定一下新取得的衍生技能思考加速吧。

〈思考加速：讓思考加速，延長體感時間〉

……好神的技能。

等等，這技能是不是真的有點神？

這種效果應該就是那個吧？

就是能讓時間的流動感覺起來變慢對吧？

就是那種頂尖運動選手偶爾能體驗得到，球的速度看起來變慢的現象對吧？

這表示我能任意發動那種能力嗎？

太扯了吧？

趕快來發動看看。

嗯……技能毫無問題順利發動了。

這是什麼感覺？

嗯……？岩漿的流動好像變慢一點了？

還有，總覺得有些不對勁。

身上的各種感覺都好像變快又好像變慢，有種說不上來的奇妙感覺。

我試著移動身體。

總覺得像身體泡在水裡時一樣，有股奇妙的重量。

還有種無法隨意移動身體的焦躁感。

這就是思考加速的預設狀態嗎？

因為我最近有時候會跟不上自己的速度，所以在全速行動時發動這招，或許不錯。

咦？可是，這招沒有消耗任何東西耶。

ＭＰ和ＳＰ從剛才開始就沒有減少。

也就是說，這個技能是持續發動型的被動技能？

雖然好像能夠自由開關，但一直開著也不會有損失嗎？

咦，這是不是有點猛？我原本還以為，這個技能會消耗ＭＰ之類的……

比如說，只能在消耗ＭＰ的幾秒鐘內發動之類的。

無論何時何地發動都無須消耗？

這個技能是不是有點扯？

用起來也沒有缺點。

硬要說的話，頂多只有在習慣這種感覺之前會覺得有些不對勁。

我說不定得到不得了的作弊技能了！

《熟練度達到一定程度。技能〈預測ＬＶ９〉升級爲〈預測ＬＶ10〉。》

《滿足條件。技能〈預測ＬＶ10〉進化成技能〈預知ＬＶ１〉。》

啊，輪到預測先生進化了。

這麼說來，這個技能好像本來就快要練滿了。

不過，這個原本可有可無的技能，不知道進化後有沒有變得稍微有用一些？

〈預知：提高預測效果。能讓使用者變得能稍微看見未來的可能性〉

嗯？未來的可能性？什麼意思？

總之先來發動看看吧。

嗯。這個技能也毫無疑問地順利發動了。

可是好像什麼都沒有改變耶。

啊，不對，岩漿的流動方式有些奇怪。

怎麼很多地方看起來都變得模糊不清？

不對，是看到的景象變成兩層了。

這個重疊的景象就是未來的可能性嗎？

簡單來說，這個技能就是所謂的未來視吧？

不過，因為這只是可能性，所以也無法盡信。但只要好好鍛練，這個技能說不定會很有用。

雖然岩漿重疊在一起的範圍目前還不大，看起來還不太派得上用場就是了。

奇怪？等一下，這個技能也沒有消耗任何東西耶。

咦？難道這也是被動技能？

……好厲害的技能。

沒想到那個不被需要的預測會生出這種不得了的好東西。

對不起，預測。就算是笨小孩，只要努力，還是能成為有用的人呢。

《熟練度達到一定程度。技能〈鑑定LV8〉升級爲〈鑑定LV9〉。》

笨小孩的前任代表出現啦！

鑑定大人！請問您這次的升級有什麼改變？

趕快讓我瞧瞧吧！

〈小型毒蜘蛛怪　LV7　姓名　無

能力值

HP：88／88（綠）　MP：185／185（藍）

SP：88／88（黃）　：88／88（紅）＋612

平均攻擊能力：109　平均防禦能力：108

平均魔法能力：139　平均抵抗能力：173

平均速度能力：956

技能

「HP自動恢復LV5」「MP恢復速度LV3」「MP消耗減緩LV2」

「SP恢復速度LV2」「SP消耗減緩LV3」「破壞強化LV1」

「斬擊強化LV1」「毒強化LV3」「氣鬪法LV1」

「氣力附加LV2」「猛毒攻擊LV3」「毒合成LV7」

「絲的才能ＬＶ３」
「操絲術ＬＶ８」
「命中ＬＶ８」
「集中ＬＶ10」
「平行思考ＬＶ４」
「探知ＬＶ６」
「毒魔法ＬＶ２」
「打擊抗性ＬＶ２」
「黑暗抗性ＬＶ１」
「石化抗性ＬＶ３」
「暈眩抗性ＬＶ２」
「疼痛無效」
「夜視ＬＶ10」
「嗅覺強化ＬＶ７」
「生命ＬＶ８」
「持久ＬＶ８」
「護法ＬＶ３」

「蜘蛛絲ＬＶ９」
「投擲ＬＶ７」
「閃避ＬＶ５」
「思考加速ＬＶ１」
「演算處理ＬＶ６」
「外道魔法ＬＶ３」
「深淵魔法ＬＶ10」
「斬擊抗性ＬＶ３」
「猛毒抗性ＬＶ２」
「酸抗性ＬＶ４」
「恐懼抗性ＬＶ７」
「痛覺減輕ＬＶ７」
「視覺領域擴大ＬＶ２」
「味覺強化ＬＶ５」
「魔量ＬＶ８」
「剛力ＬＶ３」
「韋馱天ＬＶ３」

「斬擊絲ＬＶ６」
「立體機動ＬＶ４」
「隱密ＬＶ７」
「預知ＬＶ１」
「鑑定ＬＶ９」
「影魔法ＬＶ２」
「破壞抗性ＬＶ１」
「火抗性ＬＶ１」
「麻痺抗性ＬＶ３」
「腐蝕抗性ＬＶ３」
「外道抗性ＬＶ３」
「視覺強化ＬＶ８」
「聽覺強化ＬＶ８」
「觸覺強化ＬＶ６」
「爆發ＬＶ８」
「堅牢ＬＶ３」
「傲慢」

「過食ＬＶ７」　「奈落」　「禁忌ＬＶ４」
「n%Ｉ=Ｗ」

技能點數：220

稱號

「惡食」　「食親者」　「暗殺者」
「魔物殺手」　「毒術師」　「絲術師」
「無情」　「魔物屠夫」　「傲慢的支配者」

喔……喔喔！多了稱號耶！

我一直想看到這個。

還有，這個出現在紅色計量條旁邊的數字，該不會就是過食所儲存的體力吧？

原來我儲存了這麼多的體力啊……

怪不得不管過了多久都不會減少。

好啦，那就趕快來鑑定稱號吧。

在能夠靠著鑑定大人的力量看到稱號後，我迅速對其進行鑑定。

〈稱號：滿足特定條件就能取得的強化代碼。取得時能得到兩個技能。稱號中存在著擁有特殊效果的稱號，以及能提升能力值的稱號〉

原來稱號的功用不是只有讓人取得兩個技能啊……

我還以為稱號的功用就只有那樣。

也就是說，我的稱號說不定也有某種特殊效果，只是我沒發現而已。

這讓我更加期待鑑定結果了。

事情就是這樣，趕快來鑑定吧！

〈惡食（註：原譯為「暴食」，但因會與之後出現的稱號重複，於本集改正）**：取得技能「毒抗性ＬＶ１」和「腐蝕抗性ＬＶ１」。取得條件：在一定期間內大量攝取毒物或相當於毒物的食物。效果：強化腸胃功能。說明：贈于連毒物都能食用之人的稱號。〉**

嗯。沒錯，我打從出生之後就一直在吃毒物。

就算得到惡食的稱號也沒人可抱怨。

話說，效果居然是增強腸胃功能……

不過，我經常食用毒物，搞不好這個效果其實很有用，只是我沒發現罷了。

要是沒有取得這個稱號和腐蝕抗性，我搞不好在吃下田螺蟲的那一瞬間就升天了。或許我真的受到不少幫助呢。雖然稱號名稱有點那個……

〈食親者：取得技能「禁忌ＬＶ１」和「外道魔法ＬＶ１」。取得條件：食用親人。效

果：無。說明：贈于食用親人之人的稱號〉

效果：無。

這個稱號有取得的意義嗎？

不管怎麼想，早在會得到帶有負面效果的禁忌這個技能時，這應該就算是不該取得的稱號了吧？

結果外道魔法也不能用，根本算不上好處。

這個稱號目前為止根本只有壞處……

〈暗殺者：取得技能「隱密ＬＶ１」和「影魔法ＬＶ１」。取得條件：偷襲暗殺的成功次數達到一定程度。效果：提高偷襲攻擊的傷害。說明：贈于不斷暗殺之人的稱號〉

喔喔喔，雖然取得的技能也一樣，但效果也很符合稱號給人的印象。

這果然就像是忍者吧。

畢竟忍者也有身為暗殺者的一面，所以應該不算有錯。

我是不是遲早也能空手偷襲，砍下敵人的腦袋啊？

啊，我本來就是空手，只是上面長著爪子，所以想做還是做得到。

〈魔物殺手：取得技能「強力ＬＶ１」和「堅固ＬＶ１」。取得條件：擊敗一定數量的魔物。效果：稍微增加對魔物造成的傷害。說明：贈于擊敗眾多魔物之人的稱號〉

啊，這稱號果然跟殺死的魔物數量有關。

雖然不曉得這裡說的一定數量到底是多少，但在我得到這個稱號時，確實擊敗了不少魔物。
效果看起來也不錯，這應該算是可以取得的稱號。
〈毒術師：取得技能「毒合成ＬＶ１」和「毒魔法ＬＶ１」。取得條件：使用一定分量的毒。效果：強化毒屬性。說明：贈于用毒之人的稱號〉
超級有用的稱號其一。
毒合成真是幫了大忙。
效果也很厲害耶。這簡直可說是專門為我而存在的稱號嘛。
如果還能使用毒魔法，就沒有什麼可以挑剔的地方了。
使用一定分量的毒這個取得條件，不曉得跟毒的強度有沒有關係？
若真是這樣，那我的毒算是很強，所以搞不好反而讓用量因此變少。
我明明打從出生就一直用毒，卻遲遲沒有取得這個稱號，搞不好就是因為這個緣故。
〈絲術師：取得技能「操絲術ＬＶ１」和「斬擊絲ＬＶ１」。取得條件：利用絲進行的攻擊達到一定次數。效果：增加絲的攻擊力。說明：贈于以絲為武器之人的稱號〉
超級有用的稱號其二。
這是讓我的主要武器蜘蛛絲得到大幅強化的稱號。
雖然在這個中層沒什麼展現的機會就是了！
不過，不管是從取得條件、效果還是說明，都能看出這是為了把絲用來攻擊而存在的稱號。

以我的情況來說，黏性絲應該才是主要武器。
與其說那是攻擊，不如說是一種輔助武器。
所以我才會那麼晚取得這個稱號。
畢竟黏性絲根本算不上是攻擊。
難道是在我開始使用蜘蛛流星錘和投網之後，這些招式才被勉強算做攻擊嗎？
如果早點知道取得條件，我當初說不定就能輕鬆許多。
〈無情：取得技能「外道魔法LV1」和「外道抗性LV1」。取得條件：做出無情的行為。效果：不會感到罪惡感。說明：贈於無情之人的稱號〉
整段說明都有點隨便，拜託說得更詳細一點好嗎？
取得條件之類的部分也未免太過不清不楚了吧？
嗯……效果也很微妙，這個稱號整體來說都很微妙呢。
〈魔物屠夫：取得技能「剛力LV1」和「堅牢LV1」。取得條件：擊敗一定數量的魔物。效果：增加對魔物造成的傷害。說明：贈于擊敗巨量魔物之人的稱號〉
嗯。這完全就是魔物殺手的上位稱號。
只要擊敗比魔物殺手更多的魔物，八成就能得到這個稱號吧。
從效果和說明看來，感覺就是這樣。

〈傲慢的支配者：取得技能「深淵魔法LV10」和「奈落」。取得條件：取得「傲慢」。效果：提升MP、魔法、抵抗等能力，增加精神系技能的取得熟練度，取得支配者階級特權。說明：贈于支配傲慢之人的稱號〉

等等。給我等一下。

這是什麼誇張的效果？

我的能力值之所以突然暴增，就是因為你這傢伙的緣故嗎？

還有，不光是這樣，居然還能增加熟練度！

傲慢的效果明明就已經有增加了耶！

難怪預測之類技能的升級速度會這麼快！

話說，支配者階級特權是什麼？

〈支配者階級特權：賦予支配者的世界的一部分的管理權限〉

咦？什麼意思？我也能使用這種權限嗎？

《已接受傲慢的支配者行使特權的要求。目前沒有傲慢的支配者所能行使的權限。》

居然沒有！

真是的……這稱號到底是怎麼回事？

傲慢這個技能真是謎團重重。

算了，至少我搞懂許多關於稱號的事情了。

鑑定大人果然可靠。

從鑑定大人的成果得到心靈滿足後，我開始享用涼掉的鯰魚。

中層魔物最大的麻煩之處，就是都得像這樣擺放一段時間才能吃。

就算擺放一段時間，也只有表面會涼掉，裡面還是熱呼呼的。

一個沒注意就會扣ＨＰ，吃的時候要很小心，實在有點討厭。

啊，鯰魚好吃耶。

真的假的！

在這段蜘蛛生之中，我還是頭一次遇到覺得好吃的食材！

糟糕。不該放過另一隻的。

等等，如果我現在追上去，不知道還追不追得上？

那傢伙的速度相當慢，就算現在才開始追，我好像也追得上吧？

啊，不過要是牠逃進岩漿裡，我就束手無策了。

可惡，太失敗了。

總之，先來好好品嚐這隻鯰魚吧。

《熟練度達到一定程度。技能〈味覺強化ＬＶ５〉升級爲〈味覺強化ＬＶ６〉。》

好好吃喔。活著真是太好了。真的很好吃。

雖然比起前世吃過的東西，這根本算不上什麼，但我在此之前都只能吃到難吃的東西。
我總算遇到真心覺得美味的食物。
雖然我在前世時不是很注重吃飯這件事就是了。
當時的我到底有多麼幸福，我還是在轉生成蜘蛛後才有所體會。
我已經吃膩難吃的魔物了。
我想吃好吃的東西。
決定了，我要狩獵鯰魚。
就算鯰魚有點強也無須在意。
如果是為了滿足這份渴望，我願意賭上性命。
這件事就是有著這樣的價值。
給我洗乾淨脖子等著吧，鯰魚。我要吃到你們滅絕為止。
鯰～魚！鯰～魚！鯰～魚～在～哪～裡！
為了找尋鯰魚，我在迷宮裡徘徊。
找不到。
不想找牠的時候就突然跑出來，想找牠的時候卻偏偏不出現。
快點出來。出來給我吃。
就是在這種時候，偏偏會遇到其他傢伙。

〈艾爾羅噴火怪　ＬＶ８

能力值　ＨＰ：170／170（綠）　ＭＰ：161／161（藍）

ＳＰ：158／158（黃）　：156／167（紅）

平均攻擊能力：87　平均防禦能力：84

平均魔法能力：84　平均抵抗能力：81

平均速度能力：91

技能

「火竜ＬＶ１」「命中ＬＶ４」「游泳ＬＶ４」「炎熱無效」

〉

出現的是三隻海馬。

在其中一隻的能力值中，多出了以往沒有的東西。

喔喔，我知道了！

因為鑑定大人的等級提升，所以對方的技能也看得到了！

哈哈！鑑定大人終於散發出作弊技能的感覺了！

可是海馬，你的技能會不會太少了啊？才四個耶。

太可憐了吧。難怪感覺比我看到的能力值還要弱。

而且，除了顯然是火抗性封頂技能的炎熱無效之外，每個技能的等級都很低。

總之來鑑定一下初次見到的技能吧。

〈火竜：火竜種專有的特殊技能。能隨著等級提升發揮出不同的特殊效果。ＬＶ１：火球攻擊〉

嗯。如我所料，看來火竜是只有火竜種擁有的特殊技能。

〈游泳：讓游泳的動作變得更有效率〉

就跟我的蜘蛛絲一樣。

如果只有等級1，好像就只能吐出那種火球。

話說，本人的等級明明就是8，但火竜的技能等級竟然只有1。

是因為技能等級不好提升嗎？還是因為這傢伙懶得提升熟練度？

至於游泳則是讓游泳技術變好的技能。

嗯。看過技能之後我就確信了，我不可能輸給這傢伙。

既然知道這點，那我就把牠們輕……應該不可能輕鬆解決吧。

畢竟這些傢伙躲在岩漿裡面。

而且我只有慢慢丟石頭這樣的攻擊手段。

嗯……要不要把毒加在石頭上看看？

我立刻試了一下，結果造成的傷害沒有多大變化。

我的蜘蛛猛毒分為接觸傷害與攝取傷害這兩種。

接觸傷害是毒素入侵皮膚等部位時所造成的傷害，而攝取傷害則是毒素入侵敵人體內時所造成的傷害。

兩者相較之下，攝取傷害壓倒性地高。

雖然接觸傷害本身並不高，但要是放著沾在上面的毒素不管，傷害就會在一定時間之後爆發性增加。

因為沾在上面的毒素滲透進體內了。

換句話說，接觸到的毒素最後還是會被攝取進體內。

不過，要是在此之前把毒素洗掉就另當別論。

因此在對付沒辦法把毒素洗掉的魔物時，我不需要特地瞄準嘴巴，只需要把毒隨便沾到對方身上的某處就行了。

雖然在急需解決掉敵人時，最好還是瞄準嘴巴或眼睛，但要是考慮到安全，把毒素沾到敵人身上較無防備的地方反而較好。我都會視情況分別選用這兩種策略。

因為這個緣故，我依序把毒沾到在耗盡ＭＰ後，若無其事地爬上陸地的海馬身上。以這些傢伙的情況而言，因為嘴巴太小不好瞄準，所以只能把毒沾到身上。

鯰魚！我好想你喔，鯰魚！我終於找到你嘍，鯰魚！

快點獻上你的肉！我現在就要！

眼前的選項就只有殺人越貨！我找到渴望已久的鯰魚肉啦！

那傢伙在岩漿之中悠哉地游泳。

我得先把牠從岩漿裡拖出來才行。

順帶一提，我還成功鑑定出鯰魚的技能。

能力值跟上一隻差不多。

鯰魚擁有的技能是「火竜ＬＶ２」、「龍鱗ＬＶ１」、「命中ＬＶ７」、「游泳ＬＶ６」、「炎熱無效」和「過食ＬＶ２」。

火竜升到等級２後所能使用的是名為「熱纏」的招式，一如其名，這似乎是能讓身體被炎熱纏繞的招式。

我還以為那是防禦系的招式，但從鑑定大人的說明看來，重點應該是運動能力會在招式發動時提升。

因為是自己的身體會變熱，所以要是沒有火抗性，反而會對自己造成傷害。不過鯰魚擁有炎熱無效，所以不會有這個問題。

龍鱗則是讓全身長滿特殊鱗片的技能。

說到這種鱗片的特殊之處，就是有著極高的防禦力，還能在某種程度上妨礙魔法的力量。

只不過，所謂的妨礙並非完全擋下，而是干擾魔法的結構，讓威力減弱。

不過，反正我沒辦法用魔法，只要把那當成是很堅硬的鱗片就行了。

剩下的全都是已經知道的技能。

可是我突然想到，這種鯰魚該不會是海馬的進化種吧？

畢竟牠們同屬火竜種，鯰魚擁有的技能也都是海馬的上位技能。

跟海馬相較之下，感覺起來就是技能等級更高，還多了龍鱗和過食這兩個技能罷了。

從種族和技能組合看來，總覺得很有可能。

不過，這樣就表示進化會讓外表出現巨大的變化。

從海馬進化成鯰魚，就生物學來說反而是退化吧？

我也不是很清楚，無法這樣斷言就是了。

雖然外表改變了相當多，不過要是把海馬那張圓圓的嘴巴使勁拉開，再把整個身體變得更加膨脹，是不是就會變成鯰魚了呢？

嗯……很微妙……

算了，這種事情不重要。

因為我只關心我的鯰魚肉。

事情就是這樣，我要先發制人，用毒石發動攻擊！

我丟出的毒石擊中鯰魚背部。

嗯。ＨＰ果然幾乎沒有減少。

看來還是跟上次一樣，趁著鯰魚衝過來時，用毒合成進行攻擊吧。

正當我如此盤算時，鯰魚那傢伙從岩漿裡對我吐出火球。

真的假的……比海馬的火球還要大顆，而且速度更快耶。

不過，即使如此還是射不到我。我輕易避開飛過來的火球。

雖然思考加速目前只能稍微延長體感時間，但是跟一般的狀態相較之下，整個世界的動作感覺都變慢了。

拜我本身快得誇張的速度所賜，即使是在這種緩緩前進的時間之中，我也能比較正常地行動。

不過，要是思考加速的技能等級提升，這種緩慢前進的時間恐怕會變得更緩慢，到時候就不知道會怎麼樣了。

現在的感覺，差不多是把一秒延長為一點一秒吧？

因為只是體感時間，我也不曉得到底延長了多久，但大致上就是這個幅度。

鯰魚就這樣吐出第二發火球。

這傢伙居然採用跟海馬一樣的戰法。

看來鯰魚果然是海馬的進化種呢。

難道之前那隻鯰魚只是碰巧一開始就直接爬上陸地，原本應該會採用跟海馬一樣的戰法嗎？

啊，不過鯰魚還多了熱纏這招，搞不好會視情況改變戰法。

上次可能是因為那隻鯰魚偶然探頭出來，正好看到眼前有東西，才會決定二話不說地先發動襲擊。

我避開鯰魚的火球。

對方的ＭＰ差不多要耗盡了，不知道鯰魚會做何反應？

海馬會在ＭＰ耗盡後傻傻地爬上陸地，鯰魚又會如何呢？

要是牠不主動上陸，那我可就頭痛了，不過從之前那傢伙選擇逃跑的反應看來，只要感受到危險，牠們就有可能逃跑。

我可不允許那種事喔。我會一直追到天涯海角喔。

無視於我的擔憂，鯰魚放棄吐火球了。

嗯？牠的ＭＰ還有剩下一些耶。

啊，減少了。難道牠使用熱纏了嗎？

連這種事都知道，真是太強了。對手的情報被我摸得一清二楚，鑑定大人果然是作弊技能。

嗯？鯰魚張開那張大嘴巴了喔。

牠想幹嘛？

從鯰魚張到最大的嘴巴裡發出「轟轟轟轟轟」的聲音。

咦？牠在幹嘛？

牠有這種技能嗎？

愣在原地的我感覺到一陣風。

這風好像被吸進鯰魚的嘴巴了耶。

你是某某行星的粉紅惡魔嗎！

雖然沒有這種技能，但這難道是過食的應用技巧？

糟糕，再這樣下去，我會被吸過去，掉進岩漿裡……才怪。

嗯。雖然音效很驚人，也真的有風捲起，但還不足以吹動我的身體。

也許是發現這一點，鯰魚停止吸氣了。

然後就這樣和我對上視線。

這種微妙的氣氛是怎麼回事……

不管是莫名膽小的地方也好，鯰魚特有的白痴臉也罷，這傢伙該不會是中層的賣萌角色吧？

鯰魚急急忙忙地從岩漿裡爬出來，就連那動作看起來也可愛得毫無意義。

牠就這樣張著大嘴巴衝了過來。

啊，這樣就不可愛了。可是，我就是在等待這一刻！

我在快要被吞下去的最後關頭施展毒合成。

同時迅速閃躲。

鯰魚一邊吞下猛毒一邊筆直衝撞。

我注視著牠的行動……啊，鯰魚跌倒了。

而且倒在地上不斷抽搐。

蜘蛛猛毒真的很有效。

如果是普通的毒，效果應該不會這麼好。結合了我天生擁有的蜘蛛毒後，毒合成的威力也跟著暴增。

這個技能跟我真是太搭了。

好啦，往痛苦掙扎的鯰魚身上繼續灑毒吧。

身體猛力抽搐一下後，鯰魚就斃命了。

再來就是等待因為熱纏和岩漿的影響而變熱的鯰魚屍體涼掉。

然後就能開飯啦。

雖然以前都是基於義務吃掉被我擊敗的魔物，但這次可不一樣！

我能好好品嚐食物了。

啊啊……這是多麼美好的事情啊！

快點涼掉吧。

我現在超級期待享用這頓大餐呢。

魔物圖鑑
file.07

艾爾羅噴火獸

LV.01

status【能力值】

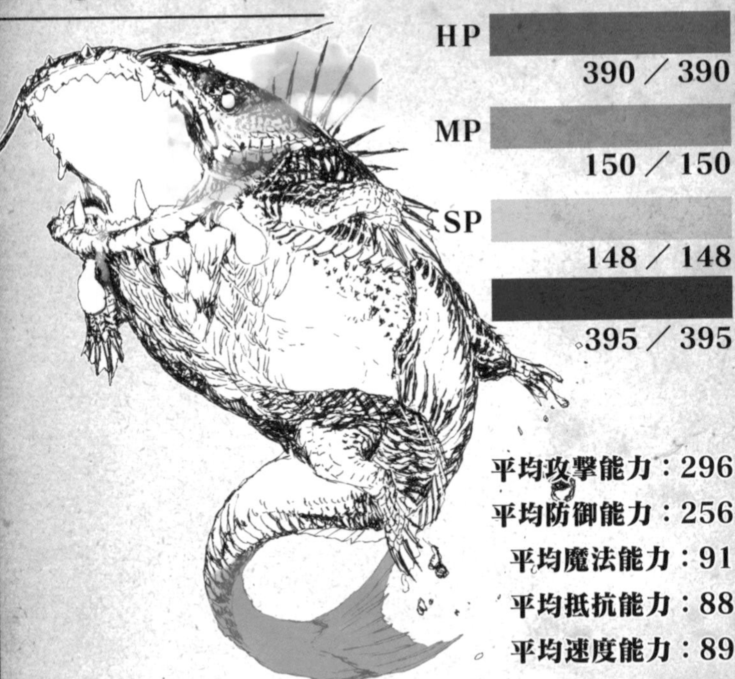

HP
390／390

MP
150／150

SP
148／148

395／395

平均攻擊能力：296
平均防御能力：256
平均魔法能力：91
平均抵抗能力：88
平均速度能力：89

skill【技能】

「火竜LV1」「龍鱗LV1」「命中LV6」
「游泳LV5」「過食LV1」「炎熱無效」

俗稱鯰魚。外表就像是長著手腳的鯰魚。下位竜種。海馬的進化種。可以用那張大嘴吞下任何東西。跟海馬相較之下，個性非常膽小，只要敵人有點強大就會立刻逃跑。危險度是C。

S2 魔法課

今天要上的是魔法實踐課。

在課堂上學到某種程度的基礎知識後，我們總算能上實際使用魔法的課了。

「接下來要把能使用魔法的法杖發給你們。為了安全起見，我們今天使用的是灌注了水魔法的法杖。」

用略為有氣無力的聲音這麼宣布後，負責教授魔法課的歐利薩老師開始發放法杖。

聚集而來的學生爭先恐後地接過法杖。

「大家都取得魔力感知和魔力操縱了吧？沒有的人可沒辦法上這堂課喔。沒有的話就乖乖舉手。」

沒有魔力感知和魔力操縱的學生並不存在。

話說，歐利薩老師在之前的課程中不就教過我們了嗎？

「那就開始集中魔力吧。」

我遵照歐利薩老師的指示，開始集中魔力。

「成功集中之後，就把魔力灌注到法杖上。然後灌注在法杖裡的魔法就會擅自發動了。」

咦？就這麼簡單？

「法杖裡的魔法是水魔法等級1的水球。雖然只是射出水球的簡單魔法，但絕對不可以對著人發射。靶已經準備好了。」

在歐利薩老師的手指前方設置了好幾個靶。

學生們開始各自朝向靶發出魔法。

絕大多數人都因為魔力不夠，或是魔法不夠完整，導致水球在碰到靶之前就消失不見。

「在這段時間內，你們可以隨意使用魔法。只要使用次數夠多，還能取得水魔法這個技能。不過請注意自己的魔力剩餘量。覺得快用完了就暫時停止練習。要是累倒了，我可不管。」

真是不負責任。

不過每年大概都有學生累倒吧。

畢竟絕大多數學生都是初次使用魔法，其中還有幾個因為成功發動魔法而興奮不已的傢伙。

就算有人因為興奮過頭，使用了超出自己極限的魔法也不意外。

『水魔法啊……既然都是要練習，我還比較想練習土魔法……』

坐在我肩上的菲忍不住抱怨了一句。

因為菲是地竜，就適性上來說，比起水魔法，應該更擅長土魔法。

在鑑定之儀時，我看到了自己的屬性適性。

光最高，水其次。

就這點來說，這堂課對我而言很有意義。

只不過，連屬性適性都能看到的鑑定石為數不多。

沒辦法使用那種高位鑑定石的人們就得像現在這樣，使用灌注了魔法的魔道具不斷發動魔法，慢慢取得技能。

目的是透過取得那個技能的速度來了解自己對該屬性的適性。

然而前提是得擁有多種屬性的魔道具，有些貧窮的魔法師家族甚至只擁有一種魔道具。

在那種情況下，不管有沒有適性，學生都只能使用那種屬性的魔道具。

由於這間學校擁有所有屬性的魔道具，所以不需要擔心這種事。

「我不擅長水魔法，反倒是擅長火魔法……」

「真巧。我也是水魔法不行，最擅長火魔法。」

卡迪雅和由古的對話傳進耳中。

雖說自己不擅長，但卡迪雅的水球還是漂亮地擊中靶心。

在這群幾乎連靶都碰不到的學生之中，光是能夠準確打到靶，應該就算是厲害了吧。

我稍微觀察了一下，能夠好好地把魔法射到靶的人，頂多就只有卡迪雅、由古和前世是長谷部的悠莉。

悠莉正專心地朝向靶不斷發動魔法。

像那樣射不停，不會有問題嗎？雖然我有些擔心，但現在的悠莉八成聽不進別人的話吧。

她肯定是打算即使耗盡ＭＰ也要硬撐，直到成功取得技能為止。

順帶一提，岡老師不在這裡。

老師有時候會來上學，有時候又會消失不見。

她沒有告訴我們自己沒來上學時都跑去做什麼。

還有，如果有心挑戰，蘇八成也辦得到。但她一直躲在我身後，絲毫不打算使用魔法。

「蘇，妳不用練習魔法嗎？」

「我怎麼可能在哥哥之前先練習？我會趁著哥哥在世人面前展現完美的魔法，並沐浴在眾人憧憬的目光之中時偷偷練習。」

呃……嗯。總覺得難度一下子變得超級高。

雖然我想成為讓妹妹引以為豪的哥哥，但總覺得這個願望似乎變成無比沉重的壓力。

在我們說著這些話的期間，幾位學生因為耗盡魔力而暫時停止練習，並開始休息。

既然有空著的靶，那我也來試用一下魔法吧。

仔細想想，這還是我人生中頭一次使用魔法。

雖然一直有進行控制魔力的練習，但我之前都受到安娜的制止，所以還沒有使用過魔法。

總覺得有些興奮。

只是妹妹從背後傳來的壓力也讓我頗為緊張……

「呼……根本沒必要練習自己不擅長的魔法嘛。」

就像是要潑我冷水一樣，由古丟掉手中的法杖。

「比起練習不擅長的魔法，加強自己擅長的魔法有效率多了。」

由古提高自己體內的魔力。他想要做什麼？

下一瞬間，由古發動魔法，而且沒拿法杖。

他發動的是火魔法。那傢伙已經取得火魔法的技能了？

橫向排成一列的靶全被火焰吞沒。

壓倒性的破壞力。

那些連靶都打不到的學生應該都很清楚，那股威力有多麼可怕吧。

這是展現自己實力的絕佳時機。由古八成是看穿這一點，才會為了展現自己的實力而故意做出這種事情。

但他做得太過火了！

靶的所在位置燃起熊熊烈火。

火焰搞不好會繼續延燒，在這附近造成火災。

我將全身魔力都灌注到手中的法杖，然後朝向火焰釋放。

吸收我的魔力後，灌注在法杖中的水魔法立刻發動，射出水球。

直接擊中火焰的水球就這樣當場爆開，變成直衝天際的水柱。

……威力強到連我都不敢相信。

射出的水球像是在呼應我的魔力般變得巨大，巨大到爆開來會變成水柱的地步。

火焰被那道水柱完全吞沒，最後消失不見。

《熟練度達到一定程度。取得技能〈水魔法ＬＶ１〉。》

我得到水魔法這個技能了。

之所以發動一次就能取得，可能是因為我的適性相當高吧。

若非如此，那就是因為發動的魔法規模太大，也可能兩者皆是。

「真不愧是哥哥！居然能用等級１的水魔法抵銷掉等級５的火魔法耶！」

彷彿要把我從逃避現實的狀態下拉回來一樣，蘇故意大聲稱讚我。

這樣啊……原來那是等級５的火魔法……

不對，蘇，妳是故意這麼說的吧？妳平常不會這樣大聲說話吧？

果不其然，被我搶走風頭的由古正瞪著我。

然而在他採取下一步行動之前，歐利薩老師已經悄悄出現在他身後。

「由古同學，我們可以談談嗎？」

「啊？我為什麼要跟你談談？」

「廢話少說，給我過來。」

歐利薩老師不容分說就把由古帶走。

現場只剩下被破壞殆盡的靶，以及不知道該如何是好，只能愣在原地的學生們。

『唔哇……夏目遜斃了。』

只有菲的呢喃聲，空虛地在我耳中迴盪。

我用眼角餘光瞥見卡迪雅忙著安撫亂哄哄的學生們的身影。每次都麻煩妳了，真是抱歉！

從這天開始，我就被由古盯上，變成他的眼中釘。

幕間　愛操心的公爵千金與妹妹

「卡迪雅，妳為什麼要壓下哥哥出色表現所引起的騷動？」

「蘇，妳覺得俊希望看到那種情況嗎？」

「不覺得。可是……卡迪雅好奸詐。說，妳跟哥哥到底是什麼關係？」

「什麼關係……不就是朋友嗎？妳怎麼這麼問？」

「騙人。你們不是普通朋友吧？那個叫作老師的精靈也是。聖女候選人和下任劍帝也是。你們到底是什麼人？」

「這是應該從我口中告訴妳的事情嗎？」

「什麼意思？」

「妳真的想從我口中聽到這個問題的答案？」

「這個嘛……」

「這種事還是去問俊本人吧。」

「可是……」

「雖然由我來說明也無所謂，但妳有辦法接受嗎？」

「我能接受。」
「向我問這個問題只是逃避。難道妳對俊的心意就只有這點程度？」
「才沒有那種事呢！」
「那就不要問我，去問俊吧。這樣對妳和俊都好。」
「也許妳說的對……」
「妳現在抱持著什麼樣的感情，我大概能夠體會。正因為如此，難道妳不覺得應該把那份感情宣洩在他本人身上？」
「……我知道了，對不起。還有，謝謝妳。」
「不客氣。啊，順便告訴妳，我們之間確實有著特殊關係，但並沒有戀愛方面的感情。這點妳大可放心。」
「嗚……嗯……」
「怎麼了？妳怎麼回答得這麼不乾不脆？」
「沒什麼。妳好像還沒有自覺，所以我不該多嘴。」
「嗯……？」
「為什麼我要推說不定會成為自己情敵的傢伙一把……」
「咦？妳說什麼？」
「沒什麼。」

「雖然把問題全丟給俊，但這樣應該不算過分吧。畢竟這是他們兄妹的問題，不該把毫無關係的我捲進去。沒錯，這件事與我無關，與我無關……不過明天還是跟俊說一聲吧。」

5 蜘蛛VS.火竜

我好好享用了鯰魚。真是太好吃了。

味覺強化也在此時升到等級7。

真想吐槽自己，妳這傢伙到底吃得有多專心啊！

可是這也沒辦法啊！

人家以前只吃過難吃的東西嘛！

過食也順便升到等級8了。

雖然現在的儲存量已經夠用，但只要等級提升，能夠儲存的總量應該也會增加，對我有好無壞。

差不多也快升到10級了，我也開始在意起過食的衍生或是進化技能。

畢竟這個技能這麼好用，我自然會有比較高的期待。

還有一件事也讓我頗為在意。

我在意的事情，就是傲慢這個技能。

說到傲慢，就讓人聯想到七大罪。

而七大罪之中，還有一個名為暴食的罪行。

過食與暴食……不管在字面上和意義上都有類似之處。

過食的進化技能會不會就是暴食？

我實在沒辦法不這麼想。

畢竟傲慢的效果那麼誇張，要是過食進化成暴食，身為同系列的技能，說不定會有足以匹敵傲慢的效果。

若果真如此，這個技能還是會跟傲慢一樣令我感到不安。

算了，現在只是等級8，在意這個還太早了。

再說，反正技能的等級本來就會擅自提升，就算在意也無濟於事。

好啦，差不多該開始找尋下一隻鯰魚了。

我～要～鯰～魚！

為了找尋鯰魚，我在中層徘徊。

不過到處都找不到鯰魚。

嗯……畢竟牠們原本就都躲在岩漿裡面，沒那麼容易找到。

就連第一次遇到鯰魚的時候，牠也是從岩漿裡突然跑出來。

如果牠們平常都躲在岩漿裡面，要找到就會變得很困難。

仔細想想，在不依賴技能的情況下，我找尋敵人的能力其實相當高。

雖然我沒有自覺，但只要回想一下，就會發現這不是用直覺比較好就能解釋清楚的程度。

從還在上層和下層的時候開始，我就連一次都不曾遭到偷襲。只要感覺到危險，幾乎每次都沒有猜錯。

我想，這八成是蜘蛛原本就擁有的能力。

或許是我沒有注意到，其實我能從空氣流動之類的細微變化察覺到敵人的動向。

這麼一想，我就明白自己為何沒能發現鯰魚躲在身旁的岩漿之中。

如果我是從空氣流動感知敵人的位置，那只要敵人躲在岩漿裡面，我自然就感知不到。

說不定我也沒辦法察覺到來自水中或土裡的偷襲。

這麼看來，岩漿附近都有危險。

要是敵人突然撲過來，就這樣把我拖進岩漿，那我必死無疑。

不過，就算不至於這麼慘，靠近岩漿也依然危險，所以我還是盡量保持距離。

看來以後得隨時提防魔物突然從岩漿裡蹦出來了。

就像現在這樣……

從岩漿裡面跳出來，出現在我面前的魔物，一言以蔽之就是……鰻魚？

嗯，那魔物就像是長著手腳的鰻魚。

能力值　ＨＰ：１００１／１００１（綠）　ＭＰ：511／511（藍）

ＳＰ：899／899（黃）　：971／971（紅）＋57

平均攻擊能力：893　平均防禦能力：821

平均魔法能力：454　平均抵抗能力：433

平均速度能力：582

技能

「火竜ＬＶ４」「龍鱗ＬＶ５」「火強化ＬＶ１」「命中ＬＶ10」

「閃避ＬＶ１」「機率補正ＬＶ１」「快速游泳ＬＶ２」「炎熱無效」

「生命ＬＶ３」「爆發ＬＶ１」「持久ＬＶ３」「強力ＬＶ１」

「堅固ＬＶ１」「過食ＬＶ５」

〉

糟糕。這隻鰻魚強得一塌糊塗。

〈艾爾羅噴火竜：棲息於艾爾羅大迷宮中層的中位竜種魔物。雖然是雜食性，但有著喜歡獵食其他魔物的習性〉

這種強度還只是中位啊……

話說，從這種技能組合看來，難道這隻鰻魚也是鯰魚的進化種嗎？

不，現在可不是在意這種事的時候。

我跟鰻魚之間的距離差不多有十五公尺。
對方已經發現，並且盯上我了。
雖然我的速度比較快，但其他能力值都輸到令人絕望的地步。
最糟糕的一點，是就算加上過食所儲存的量，我在掌管總和體力的紅色計量條上輸給牠。
就算我選擇逃跑，也很可能因為耗盡體力而被追上。
要是對方能在事情變成這樣之前放棄就好了……
即使排除這個因素，我的黃色計量條也不夠長，能夠維持極速的時間太短。
在最糟糕的情況下，當代表爆發力的黃色計量條見底時，我可能就會因為喘不過氣而被抓到了。
我逃得掉嗎？
當我如此盤算時，鰻魚的身影變成兩個。
這是預知發動的現象。
然後，我還看到那隻多出來的鰻魚做出吐出某種東西的動作。
下一瞬間，鰻魚就跟那幅景象一樣吐出火球。
看來牠們的基本戰術果然都一樣。
不過那顆火球的體積更大，速度更快。海馬和鯰魚的火球根本無法與之相提並論！
我趕緊閃躲。

雖然思考加速有發揮作用，但火球飛過來的速度，讓我一點都感覺不到那種效果。

火球直接命中我原本站著的地方，爆炸開來。

即使借助預知和思考加速的能力，我也只能勉強躲開。

我原本還以為能躲得更加輕鬆……這到底是怎麼回事？

〈機率補正：能強化與機率有關的技能的效果〉

是因為這個技能的緣故嗎？說不定是這個技能提升了敵人的攻擊命中率。

這麼看來，即使擁有我的迴避能力，想要一直成功閃躲或許很困難。

看來情況真的不太妙。

我避開鰻魚吐出的火球。

下一顆火球飛向我閃避的地方。

這已經不是逃不逃得掉的問題了。

爆炸的餘波稍微削減了我的ＨＰ。

如果全速閃躲，我是還不至於躲不過，但黃色計量條減少的速度會很快。

要是一直使出極速，黃色計量條轉眼之間就會見底，讓我喘不過氣。

到時候就完蛋了。

我靠著預知和思考加速的效果預測火球的軌道，先一步進行閃躲。

然而鰻魚也猜到我會先一步閃躲，立刻跟著修正軌道。

究竟誰能猜到對手的下一步？這場心理戰充滿了緊張感。
不過，對方就算沒猜對也不會有多大影響，我只要猜錯一次就會死掉，雙方之間有著巨大的差別。
《熟練度達到一定程度。技能〈思考加速LV1〉升級爲〈思考加速LV2〉。》
《熟練度達到一定程度。技能〈預知LV1〉升級爲〈預知LV2〉。》
在這個時間點提升技能等級，實在太走運了。
飛過來的火球感覺起來好像有稍微變慢。
但因為我的行動速度在體感上也變慢，必須多加小心。
我避開火球。
結果，預知之中的鰻魚做出我之前從未見過的行動。
雖然那毫無疑問是要吐火的動作，但預備動作比以往還要來得大。
我解放一直保留不用的極速。
以彷彿拋下周圍景色般的速度奔馳。
猛烈的火焰燒盡了我身後的一切。
〈火焰吐息：吐出能讓廣範圍陷入燃燒的火焰吐息〉
那是火竜的技能等級提升到4時所能使用的招式。
雖然沒有直接被擊中，但光是餘熱就讓我背部發燙。

ＨＰ也在慢慢減少。

這樣下去情況只會越來越糟，只要被直接射中一發，我就會沒命。

話雖如此，我也找不到有效的解決對策。

現在只能像這樣繼續閃躲，等待機會到來。

我感到彷彿壽命慢慢縮短般的焦躁。

火球再次飛過來。

由於鰻魚的等級10命中，以及機率補正這兩個技能的緣故，每發火球的瞄準位置都精準無比。

要是我沒有閃避、思考加速和預知這三個技能，天曉得我有沒有辦法完全避開。

《熟練度達到一定程度。技能〈閃避ＬＶ５〉升級爲〈閃避ＬＶ６〉。》

好耶！雖然還不足以顛覆戰局，但現在只要有一點正面因素，我都想要。

我一邊閃躲火球，一邊確認鰻魚的剩餘ＭＰ。

雖然用掉不少，但還剩下超過一半。

火焰吐息不愧是廣範圍攻擊，消耗的ＭＰ比火球多上許多。

如果那種攻擊無法連發的話當然最好，要是可以，我希望牠能繼續保留著那招。

畢竟預知不見得會發動，要是沒發動，我沒有自信能完全避開。

我得盡量看清楚鰻魚的動向。

正當我如此盤算時，預知捕捉到了鰻魚吐出火焰吐息的身影。

我再次全速奔馳。

不過，鰻魚這次沒有筆直吐出火焰，而是甩頭讓火焰變成橫掃！

原本就已經很寬廣的火焰吐息的攻擊範圍又變得更廣了。

嗚！稍微被掃到了。

明明只被掃到一點，ＨＰ卻扣了10點。

被掃到的地方是部分背部和一條後腿。

雖然後腿有點痛，但要移動還不成問題。

話雖如此，我的速度可能會因此稍微減慢。這下可不妙了。

《熟練度達到一定程度。技能〈火抗性ＬＶ１〉升級為〈火抗性ＬＶ２〉。》

事到如今，一直沒升級的火抗性總算升級了。

來得正好。

只要火抗性提升，自動恢復的效果應該就會強過地形造成的傷害。

雖然恢復量微不足道，但有跟沒有還是有著天壤之別。

我看向鰻魚的ＭＰ。

很好。低於一半了。

火球的ＭＰ消費量大概是10，而火焰吐息則差不多是50。

雖說低於一半，但只要鰻魚有那個意願，還是能吐出四發火焰吐息。

那可不是什麼好玩的事。

我試著拉開跟鰻魚之間的距離。

鰻魚也不想讓我得逞，一邊吐出火球一邊追了上來。

計畫成功。

我猜牠應該沒辦法在移動的同時吐出那種火焰吐息。

再來就是盡量逃跑，讓牠繼續吐出火球，直到MP耗盡為止。

只要撐過這關，機會就會到來……應該吧。

現在只管閃躲就對了。

我努力退向後方，但仍不忘以閃躲為第一優先。

為了避免被逼到岩漿旁邊，我慎重地選擇逃跑路徑。

只要走錯一步就會沒命。

感覺像是在走鋼索。

《熟練度達到一定程度。技能〈HP自動恢復LV5〉升級爲〈HP自動恢復LV6〉。》

很好！

由於專注力在實戰時會提高到極限，等級的提升速度也會變快。

跟火抗性一樣，我一直苦苦等待升級的技能在這個時間點升級了。
我只在一瞬間開心忘我。不過，這一瞬間便足以要命。
鰻魚的頭部做出吐息的動作。
這完全在我的預料之外。預知也沒有發動。
看來是躲不過了。
從鰻魚的口中噴出火焰吐息。
我在下一瞬間使勁往地面一蹬，跳到空中。
火焰吐息掠過我的腳。
我一邊忍著疼痛，一邊把用氣力附加強化過的蜘蛛絲射向天花板。
氣力附加是能消耗紅色ＳＰ，讓物體得到強化的技能。
只要使用這個技能，我就能射出能在短時間內承受中層炎熱的絲。
儘管如此，能夠承受的時間依然很短，於是我趕緊把絲拉向自己，在天花板上著地。
然後在燒起來之前把絲切斷。
《熟練度達到一定程度。技能〈立體機動ＬＶ４〉升級爲〈立體機動ＬＶ５〉。》
我從天花板上俯視鰻魚。
鰻魚從岩漿裡面仰望我。
雖然成功逃到天花板上是好事，但現在的狀況不太樂觀。

爬到天花板上時，我的行動速度無論如何都會比在地上時還要慢。
連在地上都閃躲得那麼勉強了，我根本不可能在天花板上持續躲避鰻魚的攻擊。
如果不快點回到地上，在這種地方受到狙擊就完蛋了。
話雖如此，鰻魚的狀況也很難說是遊刃有餘。
鰻魚的ＭＰ已經減少許多。
如果從剩餘量來換算，大概還能使出三次火焰吐息，火球則是十六發。
跟剛開始時相比之下少了許多。
但牠還有將天花板上的我擊落的餘力。
看是我先回到地上，還是鰻魚先將我擊落。
現在可不是保留實力的時候。
氣鬪法，發動！
氣鬪法是消耗紅色ＳＰ，暫時提升物理系能力值的技能。
紅色體力對我而言至關重要，如果可以，我並不想隨便消耗，所以我至今一直都沒發動過這招。不過在這種緊要關頭，也由不得我繼續堅持這個原則。
我立刻開始移動。目標是距離最近的牆壁。
鰻魚似乎也看穿了我的意圖。
為了精準地妨礙我的行動，牠吐出火球。

在爬到天花板上的狀態下，我很難進行閃躲。

不是在意黃色計量條的時候了。

我全速閃躲逼近過來的火球。

看來只能依靠氣鬪法提升的能力值，還有ＳＰ消耗減緩和ＳＰ恢復速度的效果蠻幹了。

在黃色計量條耗盡之前，我無論如何都得躲到牆邊。

我勉強閃過逼近的火球。

不過，我也因為這樣而遲遲無法抵達牆邊。

在這段期間，黃色計量條也逐漸減少。

這可不妙。要是黃色計量條耗盡，我就連想爬在天花板上都會變得困難。

只有這種情況，我無論如何都得避免。

雖然這麼想，但因為火球狙擊的位置太過巧妙，讓我無法照著自己的想法前進。

而且黃色計量條終於見底了。

疲倦感在此同時襲向身體。火球毫不留情地向我逼近。

嗚！我自知無法成功避開，主動從天花板跳到空中。

火球在極近距離爆開，爆炸氣浪撫過我的身軀。

我好不容易才控制住差點在空中翻滾的身體，射出帶有氣力附加效果的絲。

我立刻將黏到牆上的絲拉向自己。

火球飛過我上一秒的所在之處。
我的身體像是鐘擺一樣擺盪，在有驚無險的情況下成功著地，而不是掉進岩漿裡面。
火球毫不留情地飛了過來。
我在著地的同時順勢翻滾，成功避開火球。
好難受。在耗盡黃色計量條的狀況下繼續行動的代價，就是令我幾乎喘不過氣，並且感受到襲向全身的倦怠感和疼痛。
我靠著疼痛無效和痛覺減輕的效果，硬是無視這些感覺。
因為鰻魚正準備再次從嘴巴吐出火焰吐息。
我鞭策顫抖的身體，全速奔馳。
視野的角落被火焰染成赤紅。熱量從背後傳來。
我像是要甩掉這一切般地全速奔跑。
然後我成功避開火焰吐息了。
《熟練度達到一定程度。技能〈閃避ＬＶ６〉升級爲〈閃避ＬＶ７〉。》
成功躲過火焰吐息後，我吐出堆積在體內的空氣。
黃色計量條開始恢復。
火球已經不再飛過來。
鰻魚的ＭＰ終於耗盡。

失去遠距離攻擊手段的鰻魚，以滑行般的動作來到陸地上。

牠身上就只有臉長得像是鰻魚。

在我眼前的魔物，是一條有著類似東方的龍的細長身軀的竜。

即使耗盡ＭＰ，牠的雙眼依然緊盯著我。

看來完全認定我是敵人了。

起初可能只是覺得有些礙眼，才會想要把我除掉。然而在戰鬥的途中，那些火球攻擊就開始變得認真起來。

在使出火焰吐息後，牠已經完全進入認真模式。

看來我接連避開攻擊，似乎惹得牠不太高興。

即使就這樣轉身逃跑，我也不認為牠會願意放過我。

雖說ＭＰ已經耗盡，牠的ＳＰ依然完好。

相較之下，我的ＳＰ已經消耗不少。

在耗盡黃色計量條的情況下繼續行動的代價，就是讓紅色體力也減少到無法忽視的地步。

因為還有過食所儲存的體力，我還不至於立刻無法行動。但要是跟鰻魚較量體力，輸的一方毫無疑問會是我。

我無法成功逃跑。

既然如此，那就只有一種選擇了。我只能設法打贏這一戰。

如果只看能力值的數值，我毫無勝算。

不過，數值並不是一切。

如果實際戰鬥過，就算不情願也會明白，在這個世界中，技能才是最重要的東西。

再說，明明雙方有著這麼大的能力值差距，我還能活著本來就是奇蹟。

而引發這個奇蹟的原因，毫無疑問就是技能的恩惠。

正因為我將技能的力量發揮到最大限度，填補了能力值上的差距，才能像這樣成功地把鰻魚拖到條件對等的戰場上。

雖然能力值的差距確實很大，但並非絕對無法填補的差距。

而是足以靠著技能填補的差距。

然後，我還看透了鰻魚擁有的一切技能。

在耗盡MP的現在，我該提防的是命中、閃避和機率補正這三個技能的組合技。

還有龍鱗擁有的防禦力，以及火竜等級3的最後絕招。

最後是那種巨大身軀擁有的單純物理攻擊力和防禦力。

光從這些戰力看來，牠也是個不得了的強敵。

但我手上也還有王牌。那就是我最強的攻擊手段——猛毒攻擊。

在這種攻擊面前，對方的防禦力就跟沒有一樣。

那是足以穿透鱗片的防禦，侵蝕敵人身體的猛毒。

最後我能依賴的還是只有技能。
我唯一能勝過對方的因素，就只有技能。
不過，那也只代表我有機會勝過對方。
雙方的防禦力就跟沒有一樣。
這是只要攻擊命中就能獲勝，一擊必殺的生死決鬥。
既然如此，那決定勝負的關鍵就是……
於是，在地上展開的第二回合靜靜地開始了。

鰻魚扭動著那細長的身軀。
經過前面的攻防後，鰻魚似乎對我相當警戒。
雖然還不到猿猴那種程度，但這種鰻魚比起其他魔物聰明多了。
這表示我就是有這麼難應付。
《熟練度達到一定程度。技能〈思考加速ＬＶ２〉升級爲〈思考加速ＬＶ３〉。》
《熟練度達到一定程度。技能〈預知ＬＶ２〉升級爲〈預知ＬＶ３〉。》
彷彿要配合這道天之聲（暫定）般，鰻魚行動了。
牠扭動身軀，用那條尾巴拍了過來。
我當然避開了，不過鰻魚的攻擊還不只這樣。

牠立刻用尾巴橫掃，對我發動攻擊。

我繼續退向後方，避開這一擊。

這次牠像是要跟尾巴對調位置一樣，把頭轉了過來。

我就是在等待這一刻。

在因為思考加速而變得略為緩慢的世界中，我凝視著逼近過來的鰻魚嘴巴。

我在還勉強來得及閃躲的最後一刻發動毒合成。

然後立刻退開。

這只是跟對付鯰魚時一樣的戰法，但效果相當驚人。

如我所料，鰻魚把猛毒吞進肚子裡了。

鰻魚的ＨＰ迅速減少。

鰻魚痛苦掙扎，身體往周圍胡亂攻擊。

我遠離牠的攻擊範圍。

結果，既然雙方都擁有一擊必殺的攻擊力，那先擊中敵人的一方就會獲勝。

既然如此，那麼在讓攻擊擊中敵人的策略上較為出色的一方當然會贏。

更進一步而論，就是我的迴避率高過鰻魚的命中率。

即使牠擁有等級10命中和機率補正的效果，也還是無法勝過我的閃避、思考加速和預知的組合。

因此，早在將鰻魚拖到地上時，我的勝算就大幅提升了。

不過事情還沒有結束。

雖說擁有一擊必殺的威力，但那一擊恐怕還沒辦法殺死鰻魚。

畢竟連鯰魚都無法只用一擊就徹底殺死，我不認為身為其上位種的鰻魚會這樣就死掉。

再說鰻魚還有那個技能。

鰻魚的ＨＰ在我眼前迅速恢復。

〈生命變遷：能透過消耗SP來恢復HP〉

這是火竜這個技能達到等級3後就能使用的招式。

只要消耗ＳＰ，就能恢復相對分量的ＨＰ。

即使從ＳＰ的量看來，想要完全恢復是不可能的事，但至少還能保住足以承受猛毒的ＨＰ。

此外，我還在鰻魚的鑑定結果中看到新增的〈毒抗性ＬＶ１〉和〈ＨＰ自動恢復ＬＶ１〉。

雖然體內的毒還是在慢慢削減鰻魚的ＨＰ，傷害的巔峰期已經過去。

不過，我也不可能傻傻地看著鰻魚重新復活。

我盡可能做出最強韌的蜘蛛絲，纏住鰻魚的身體。

雖然絲很快就會燒光，但是無所謂。

只要能在一瞬間阻止鰻魚的動作就行了。

計畫成功，我在一瞬間讓鰻魚停下動作。

那一瞬間，我朝向鰻魚的臉連續發動毒合成。

好幾顆劇毒水球打在鰻魚臉上。

鰻魚激烈掙扎，連絲都被扯斷。

從嘴巴和眼睛入侵的毒素，毫不留情地削減鰻魚的ＨＰ。

那種速度不是牠剛剛才取得的自動恢復所能應付。

那種威力也不是牠剛剛才取得的毒抗性所能抗衡。

我在這段蜘蛛生中苦心鑽研出來的武器，可沒有廢到用那種即席做出來的盾牌就能擋下。

連用來恢復ＨＰ的ＳＰ都不剩的鰻魚，終究沒能承受住這種攻擊。

《經驗值達到一定程度。個體——小型毒蜘蛛怪從ＬＶ７升級爲ＬＶ８。》

《各項基礎能力值上升。》

《取得技能熟練度等級提升加成。》

《熟練度達到一定程度。技能〈平行思考ＬＶ４〉升級爲〈平行思考ＬＶ５〉。》

《熟練度達到一定程度。技能〈ＳＰ恢復速度ＬＶ２〉升級爲〈ＳＰ恢復速度ＬＶ３〉。》

《取得技能點數。》

《經驗值達到一定程度。個體——小型毒蜘蛛怪從ＬＶ８升級爲ＬＶ９。》

《各項基礎能力值上升。》
《取得技能熟練度等級提升加成。》
《熟練度達到一定程度。技能〈爆發LV8〉升級為〈爆發LV9〉。》
《熟練度達到一定程度。技能〈持久LV8〉升級為〈持久LV9〉。》
《取得技能點數。》

《經驗值達到一定程度。個體——小型毒蜘蛛怪從LV9升級為LV10。》
《各項基礎能力值上升。》
《取得技能熟練度等級提升加成。》
《熟練度達到一定程度。技能〈演算處理LV6〉升級為〈演算處理LV7〉。》
《熟練度達到一定程度。技能〈視覺強化LV8〉升級為〈視覺強化LV9〉。》
《熟練度達到一定程度。技能〈生命LV8〉升級為〈生命LV9〉。》
《取得技能點數。》
《滿足條件。個體——小型毒蜘蛛怪可以進化了。》
《有幾種能夠進化的上級種族。請從下列種族中選擇一種。》
・毒蜘蛛怪
・死神之鐮》

喔喔，是進化耶。

進化……？太快了吧！雖然擊敗猿猴大軍時我也這麼覺得，但這次也太快了吧！

算了！進化的事情可以等之後再說。

我現在只想好好感受這份感動。

我打贏了——！

呀呼——！我贏啦！我打贏那麼厲害的鰻魚了喔！

我是不是有點強？我根本就超強對吧！

嘿……嘿嘿嘿……

我幾乎沒用到蜘蛛絲，在正面對決中打贏了喔！

已經沒人能說我弱了吧？我超強的！

呀呼——！

鰻魚是個強敵。牠確實是個強敵，這是場死鬥。

不過，獲勝者是我！

叫我第一名！嘿嘿嘿嘿嘿……

贏了！第三部完！騙你的啦！

魔物圖鑑
file.08

艾爾羅噴火竜

LV.01

status【能力值】

HP 980／980

MP 490／490

SP 880／880

950／950

平均攻擊能力：881
平均防御能力：809
平均魔法能力：444
平均抵抗能力：421
平均速度能力：573

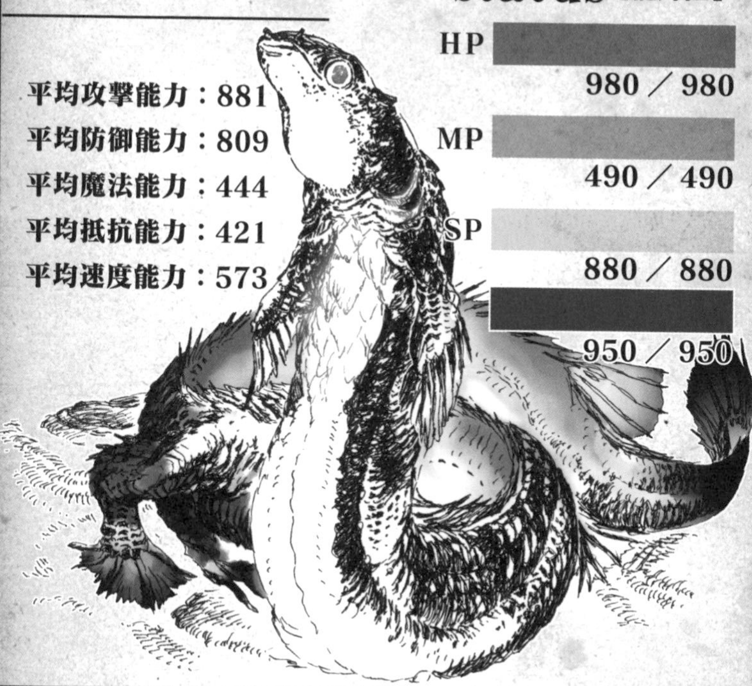

skill
【技能】

「火竜LV4」「龍鱗LV5」「火強化LV1」
「命中LV10」「閃避LV1」「機率補正LV1」
「快速游泳LV2」「過食LV5」「炎熱無效」
「生命LV3」「爆發LV1」「持久LV3」
「強力LV1」「堅固LV1」

俗稱鰻魚。外表就像是長著手腳的鰻魚。中位竜種。鯰魚的進化種。能使出下位竜種無法比擬的強力火球攻擊。物理攻擊力和防禦力也很高，總之就是強。還擁有足以判斷狀況的思考能力。雖然不像鯰魚那樣膽小，但遇到比自己強的敵人時也會撤退。危險度是B。

S3 菲的養育日記

我差不多該幫菲提升等級了。畢竟菲是地竜的幼年體。

她身為一種魔物，如果不提升等級完成進化，就會在幼年體的狀態下死去。

為了順利成長，就得讓她擊敗魔物來提升等級。

菲即將面臨再不進化就有危險的時期。

可是我沒辦法離開學校。

因此，我拜託侍女安娜，請她幫忙菲練等。

「那麼，我們出發了。」

安娜抱著菲離開學校。

雖然她只帶著幾名看似士兵的男子，但安娜也是半精靈，實際年齡與外表並不一致。

在王國之中，她身為魔法師的實力也是從上面算起來比較快。

她肯定會帶著順利完成進化的菲回來。

順帶一提，安娜並不曉得菲是轉生者。

她應該只認為菲是稍微聰明一點的地竜孩子。

知道菲是轉生者的人，就只有包含我在內的轉生者。
就連蘇都不知道這個事實。
雖然菲看上去跟由古頗為要好，但她本人的說法則是：「夏目？會有人喜歡那傢伙嗎？」
看來覺得他們感情不錯只是我的錯覺。
而且由古在看到菲的外表時也是大聲爆笑，搞不好他們的個性其實不合。

把菲送走後過了幾天，她順利完成進化回來了。
如果要提升等級，就表示得跟魔物戰鬥。
因為有生命危險，我原本還有些擔心，但看來我白擔心了。
雖然這是件好事，但重新回來的菲的外表卻是個大問題。
「妳變大隻了。」
『這就是所謂的成長期啦。』
重新回來的菲變得相當巨大。
她原本只跟變色龍差不多大，還能騎在我的肩膀或頭上，但現在的身長大約有一公尺左右。
如果連尾巴的長度都算進去，說不定跟我的身高差不多。
她的體格從手掌大小突然變得跟大型犬差不多。
『我這樣還算小了喔。要是進化到下個階段，還會變得更大隻。』

「要是妳變成那樣，就沒辦法繼續待在屋內了。」

她現在還能跟我在宿舍房間裡一起生活，但要是繼續變大下去就進不去房間了。

『那可真讓人頭痛呢。』

即使轉生為魔物，她原本也只是名普通的日本女高中生。

要她跟其他魔物一樣住在屋外，內心應該會有所排斥。

『算了，只要進化成這副模樣，壽命應該就能延長不少。我沒必要緊張。』

既然本人都這麼說了，那就這樣吧。

我就相信她不是因為不想被趕出房間才這麼說。

還有，我很在意她進化後的能力值，便徵得本人的同意，試著鑑定了一下。

結果她比我還要強。

『畢竟魔物的能力值提升幅度，本來就比人類還要大。』

話雖如此，比起進化之前，也未免差太多了吧！

『有什麼關係嘛。你在人類之中已經強得跟作弊差不多了。我可是賭命練等耶。就算獎勵是比別人稍微強一些也不過分吧？話雖如此，但對我來說，這其實不太算是獎勵。』

「啊……對喔，女孩子就算變強也不會覺得高興……」

『就是這麼回事。雖然情勢所逼，讓我不得不變強，但我並不喜歡戰鬥。而且你知道我有什麼技能吧？就是過食。』

我知道。所謂的過食，就是吃下越多食物，就能儲蓄越多ＳＰ的技能。

如果是人類，即使取得過食這個技能也只會越吃越胖，但魔物不知為何不會變胖。

『因為擁有那個技能，安娜那傢伙就逼我吃魔物的肉。據說有種迷信，是只要吃下強力魔物的肉，能力值就會變得更容易提升。別開玩笑了好嗎？』

唔哇……這我可不敢領教。

雖然魔物的肉味道可能有好有壞，但我一點都不想吃。

『真是的……那個女僕……我總有一天絕對要向她討回公道！她居然把魔物的肉硬塞進死命掙扎的我的嘴巴！太過分了！』

該怎麼說呢……請節哀順變吧。

可是像這樣仔細一看就會發現，魔物的能力值真的很高。

雖然在她進化之前是我的能力值比較高，但是她進化後就超越我了。

菲的平均能力值是700左右。

就我所知，在人族之中，也只有少數精銳的能力值能與之並駕齊驅。

而且菲還只是下位竜種。

要是她繼續進化下去，應該能抵達能力值超過１０００大關的境界吧。

說不定就連身為勇者的尤利烏斯大哥，在能力值上都有可能被她追上。

再加上，雖說還在發展途中，但她的技能也鍛鍊得頗為充實。

儘管在能力值上處於劣勢，人族依然能與魔物作戰，就是因為在技能上占有很大的優勢。
因為魔物不會去鍛鍊技能。
如果只是尋常魔物，技能的數量不會很多，但菲可不是這樣。
不但擁有身為魔物的優勢，她還擁有身為人類的優勢。
要是全世界的魔物都跟菲一樣，人族和魔族現在早就滅亡了吧。
她比我晚出生都已經是這樣了。
而且她只練了幾天的等級就變成這樣。
如果她比我還要早出生……如果她花費更多時間鍛鍊等級……
比如說，如果菲在原本所在的艾爾羅大迷宮裡出生，就這樣在裡面努力求生……應該會強到沒人打得贏的地步吧。
或者是，如果存在著擁有類似遭遇和人類智慧的魔物……
算了，應該不可能還有其他像菲這樣犯規的傢伙了。

幕間　愛操心的公爵千金與地竜

「妳好大隻……」
『是啊。要是繼續變大下去，我就不得不住在外面了。』
「所以妳才不想繼續進化？」
『是啊。不行嗎？』
「不，我沒說不行。不過，妳現在跟俊住在同一間房間吧？雖然妳現在變成這副德性，但原本是女生的妳跟男生住在一起，不會不自在嗎？」
『都變成這副德性了，妳覺得我還會在意？老實說，我們所屬的種族也不一樣，根本不可能會有那方面的感覺。還是說，妳有能夠對爬蟲類發情的特殊癖好？』
「才沒有！」
『有的話就嚇死人了。同樣的道理，我也對人類男性沒什麼興趣。』
「是這樣嗎？」
『就是這樣。因為我原本是人類，所以還分得出美醜，但換作是普通的地竜，根本分不出人類的長相吧？』

「啊……經妳這麼一說，我也分不太出動物的長相。」

『不過，我沒遇過其他地竜，也不曉得地竜的帥哥長什麼樣子啦。』

「我也沒辦法想像。」

『雖然剛出生那時候，我一直把俊當成理想中的白馬王子就是了。』

「咦？」

『因為……那傢伙看起來就是貨真價實的英俊王子嘛。而且我當時還留有身為人類時的感覺啊……』

「喂喂喂……」

『妳在緊張什麼？不過，在知道裡面的人是那傢伙後，我就對他沒什麼興趣了。』

「啊……這樣啊……」

『因為那可是山田耶。是那個人畜無害的超級平凡人。』

「喂，妳這樣講太過分了吧？」

『別生氣別生氣。我現在在某種意義上很尊敬他。即使轉生到這種異世界，他也依然貫徹著身為平凡人的使命。要是沒有強大的意志力，辦不到這種事吧？』

「真不知道妳這算是貶低還是稱讚……」

『算是稱讚啦。可是，妳也太過保護他了吧？妳不覺得自己有點反應過度嗎？』

「才沒有那種事。」

（她不但不喜歡我跟俊同居，聽到我對俊的心意還會慌張，我一否認就鬆了口氣，這應該就是那麼回事了吧？事情好像很有趣，我還是別多嘴吧。）

6 死神之鐮

呼……哈……

我太過興奮，都快喘不過氣了。看來擊敗強敵讓我興奮過頭。

呼……好啦，興奮這麼久也差不多夠了。來想想之後的計畫吧。

首先，我的等級一口氣升了好幾級。

真不愧是鰻魚。竜種果然不是浪得虛名。

光看能力值的話，對方壓倒性地強過我，而且還有傲慢的效果，會一口氣提升這麼多級也是可以理解的事。

技能也在這一戰中提升相當多，我拿到了好多經驗值。

話雖如此，老實說，運氣在這場對決中是很重要的因素。

事實上，只要走錯一步，我現在可能已經變成焦炭了吧。

鰻魚就是這樣的強敵。

話說，如果單純只看能力值，幾乎沒有能讓我打贏的因素。

對決猿猴大軍時也一樣，我是不是打太多這種驚險的戰鬥了？

在技能方面最令我開心的，是ＨＰ自動恢復和火抗性提升了。

之前一直都被地形的炎熱傷害抵銷掉的自動恢復消果，在等級提升後應該會稍微凌駕在傷害之上。

不過因為等級提升，我的ＨＰ已經完全恢復，所以無法確認就是了。

這樣一來，如果受到的傷害不大，就能靠著時間慢慢恢復。

在此之前，我給自己設下頗為嚴苛的條件，極力讓自己不受到傷害，看來以後可以輕鬆一點了。

不過，要是被敵人的攻擊直接擊中，我想我還是會馬上升天吧。

啊，我好像升到等級10了。

升到等級10，就表示可以進化了。

可是，我該怎麼辦呢？在這種地方進化好嗎？

我之所以這麼說，是因為進化伴隨著相對應的危險。

首先，在進化的過程中，我會徹底失去意識。

因為我在這段期間會變得毫無防備，要是被其他魔物襲擊就死定了。

在上次和上上次進化時，我都在周圍鋪設了蜘蛛網，然後躲在裡面進化，所以能確保自身的安全，但這次可沒辦法這麼做。

畢竟在這裡沒辦法使用蜘蛛絲。

要是在這種充滿岩漿的地方築巢，築到一半就會起火燃燒。

叫我在火災現場中進化？誰辦得到啊。

不只是這樣。

進化時會消耗大量能量，ＭＰ和ＳＰ都會耗盡。

ＭＰ是還好，但要是ＳＰ耗盡，我很可能因為肚子餓而失去行動能力。

在最糟糕的狀況下，甚至會直接餓死。

之前進化時，我身邊都碰巧有著大量食物，進化後剛好可以大吃一頓解決這個問題，但這次可沒有那種東西。

雖然還有鰻魚啦。但就算將這隻巨大身軀的鰻魚吃掉，恐怕依然沒辦法讓我的ＳＰ完全恢復吧。

即使不用擔心餓死，應該也有好一陣子都得積極展開狩獵。

啊，不過，不曉得過食的儲備體力還有多少？

之前進化的時候，我都處於過食的儲備體力已經耗盡的狀態。

雖然跟鰻魚的戰鬥讓儲備體力減少許多，但還是剩下不少量。

如果將這些儲備體力用在進化上，我的體力說不定不會見底。

嗯……可是，我好像不該只憑這種樂觀的推測就展開行動。

雖然就心情上來說，我想要進化，但要是考慮到安全之類的因素，不進化好像比較好吧？

可是我上次也思考過同樣的問題，等級會不會繼續提升也是件令人擔憂的事。

小型系蜘蛛怪的最高等級可能只到10級。

若真是這樣，我又還要繼續攻略中層，這段期間得到的經驗值就會全都浪費掉。

這實在不是好事呢。

想到這點，我就覺得果然還是應該進化……嗯……

總之，能夠進化的上級種族好像又有好幾種了，先來用鑑定調查一下吧。

事情就是這樣，麻煩您了，鑑定大人。

〈進化選項：毒蜘蛛怪　OR　死神之鐮。〉

嗯？毒蜘蛛怪就算了，這個死神之鐮是什麼東西？

連蜘蛛怪都不是耶。

〈死神之鐮。進化條件：擁有超過一定數值的能力值，以及「暗殺者」這個稱號的小型蜘蛛型魔物。說明：被稱作是不祥的象徵而受人畏懼的小型蜘蛛型魔物，擁有強大的戰鬥能力和匿蹤能力〉

喔喔，鑑定大人啊！

居然連進化條件這種東西都出現了！

真不愧是鑑定大人！做任何事情都不馬虎！

嗯……也就是說，因為我的能力值滿足條件，才能進化成那個種族吧。

換句話說，我之前都沒能滿足那個條件對吧？

沒想到進化居然跟稱號有關。

我之所以能進化成毒蜘蛛，會不會是因為擁有毒術師的稱號？

很有可能。

〈毒蜘蛛怪。進化條件：小型毒蜘蛛怪ＬＶ10。說明：名為蜘蛛怪的蜘蛛型魔物的稀有種成年體，擁有非常強力的毒〉

毒蜘蛛怪也姑且鑑定看看吧。

不過，如果要進化，當然要選擇另外一邊吧。

因為死神之鐮的進化條件頗為嚴苛。更重要的是，根據鑑定大人的說法，這個種族似乎擁有很高的戰鬥能力。

體型較小這點也很有魅力。

從名稱和說明看來，這似乎是有別於蜘蛛怪的另一種進化體系，讓我感到有些不安。

如果在蜘蛛怪的體系中繼續進化下去，我肯定會變得更強。

畢竟我已經親眼目睹過其進化型態。

那就是身為我老媽的超大型蜘蛛，以及在下層目擊到的上級蜘蛛怪。

或許從我以前至今的弱小可能無法想像，但只要繼續進化，我遲早能達到那樣的領域。

雖然明白這點，但要是選擇那種進化途徑，我的身體就會變大。

有一句話是大能兼小，但我覺得小型化才是最新的主流。

小型但是高性能。這就是我的目標！

這只是場面話，其實我只是不想讓身體變大，失去靈活的行動能力。

要是變成我老媽那樣，能夠正常活動的範圍到底還剩下多少啊？

我可不想遇到以前能順利通過的道路，突然變得無法通過那種鳥事。

想想看，要是我在這個遍地岩漿的中層變大隻，會有什麼後果？

我已經能想像得到自己在狹窄的通道裡不小心一腳踩空的光景！

下場可不是變成落湯雞，而是變成落岩漿雞啊！會死人的！

我不曉得進化成成年體之後，會讓體型變得多大。不過對我而言，體型變大的缺點實在是太大了。

不光是因為沒辦法通過某些通道，在戰鬥方面也很不妙。

畢竟我是靠著閃躲功夫吃飯。體型變大也會讓我更容易被敵人擊中。

如果想維持超高閃避能力，還是維持嬌小的體型比較好吧。

再說，體型變大就代表體重也會增加。

體重變重，也會讓行動變得遲鈍。

想要最重視速度的我放棄速度？門都沒有。

因為這個緣故，我不想在蜘蛛怪的體系中繼續進化下去。

在這時候看到其他體系的進化選項，我當然會想要選擇那邊。

但我並非毫無懸念。

蜘蛛怪的進化終點確實很強，死神之鐮的進化終點不見得就很強。

在最糟糕的情況下，死神之鐮也可能就是進化的終點。

在這種情況下，在蜘蛛怪的體系中繼續進化，最後說不定會變得更強。

不過，若真是這樣，那也沒辦法。

畢竟能力值可以透過等級提升來提升，也能透過鍛鍊來提升。

就算是弱小的魔物，只要用愛慢慢培育，總有一天肯定會變強。就像我一樣。

說真的，跟剛開始的時候比起來，我還真是變得超強。

在經歷過那段只要稍微被摸一下就會死的超級弱小時期後，我總覺得絕大多數的逆境都有辦法克服了。

因此，我還是進化成死神之鐮吧。

問題在於該如何安全地完成進化，不過我已經想好對策了。

如果問我這個對策是否真的安全，我還是會感到不安，但總比沒有對策來得好。

事情就是這樣，來吧，鰻魚的屍體！

今天的三分鐘建築教室。

需要準備的材料是鰻魚屍體。頂級的喔。

首先，把鰻魚拉直。

接著，從尾巴的地方開始盤起來。

請小心地把牠盤成漂亮的漩渦狀。

這時候的重點是在中間保留某種程度的空間。

如果能擺成正確的圓形，鰻魚的身體就會重疊在一起，然後就能繼續往上盤。

不要從外側，而是從漩渦的內側進行作業。

重複這個動作，最後把鰻魚頭放在頂點就大功告成了。

鰻魚避難所完成。

唔哇……蓋得真是漂亮！

很好。鰻魚擁有龍鱗，應該超級硬才對。

尋常攻擊八成傷不了它，雖然比不上蛛巢，但防禦力可以期待。

如果是在這裡，就算進化也不成問題……應該吧。

做好心理準備就上吧。

《個體——小型毒蜘蛛怪進化為死神之鐮。》

好啦。然後，我的意識突然遠去……

早安。

雖然我也不清楚現在是不是早上……

但這次也平安醒過來了呢。太好了。

畢竟就危險度而論，這次的進化是過去以來最危險的一次。

幸好沒有一覺醒來就發現自己身在天國。

咦？不是天國，而是地獄？

為人清廉潔白的我怎麼可能下地獄嘛。哈哈哈。

好啦，雖然想要跟往常一樣先來鑑定能力值，但還是得先確認安全才行。

鰻魚避難所看起來沒有變化，但周圍也有可能已經被魔物包圍了。

那就往外面偷偷看一下吧。

嗯。什麼都沒有。很好很好。

那我就邊吃鰻魚邊鑑定……啊，不行。

之前吃蛇那時候也是一樣。如果不先剝下鰻魚的鱗片，就沒辦法開動。

可惡。算了。

總之，我的肚子沒有餓到無法活動，這應該是過食的功勞吧。

邊剝鱗片邊確認能力值吧。

〈死神之鐮　LV1　姓名　無

能力值

HP：195／195（綠）100UP
MP：1／291（藍）100UP
SP：195／195（黃）100UP
：195／195（紅）＋43 100UP
平均攻擊能力：251 118UP
平均防禦能力：251 118UP
平均魔法能力：245 100UP
平均抵抗能力：280 101UP
平均速度能力：1272 100UP

技能

「HP自動恢復LV6」「MP恢復速度LV4 1UP」「MP消耗減緩LV3」
「SP恢復速度LV3」「SP消耗減緩LV3」「破壞強化LV2 1UP」
「斬擊強化LV2 1UP」「毒強化LV4 1UP」「氣鬪法LV2 1UP」
「氣力附加LV2」「猛毒攻擊LV3」「腐蝕攻擊LV1 NEW」
「毒合成LV8 1UP」「絲的才能LV3」「萬能絲LV1 NEW」
「操絲術LV8」「投擲LV7」「立體機動LV5」
「隱密LV7 1UP」「無聲LV1 NEW」「集中LV10」
「思考加速LV3」「預知LV3」「平行思考LV5」
「演算處理LV7」「命中LV8」「閃避LV7」
「鑑定LV9」「探知LV6」「外道魔法LV3」

「影魔法ＬＶ３ 1UP」　「毒魔法ＬＶ３ 1UP」　「深淵魔法ＬＶ10」
「破壞抗性ＬＶ２ 1UP」　「打擊抗性ＬＶ２」　「斬擊抗性ＬＶ３」
「火抗性ＬＶ２」　「黑暗抗性ＬＶ２ 1UP」　「猛毒抗性ＬＶ２」
「麻痺抗性ＬＶ４ 1UP」　「石化抗性ＬＶ３」　「酸抗性ＬＶ４」
「腐蝕抗性ＬＶ３」　「暈眩抗性ＬＶ３ 1UP」　「恐懼抗性ＬＶ７」
「外道抗性ＬＶ３」　「疼痛無效」　「痛覺減輕ＬＶ７」
「視覺強化ＬＶ９」　「夜視ＬＶ10」　「視覺領域擴大ＬＶ２」
「聽覺強化ＬＶ８」　「嗅覺強化ＬＶ７」　「味覺強化ＬＶ７」
「觸覺強化ＬＶ７ 1UP」　「生命ＬＶ９」　「魔量ＬＶ８」
「爆發ＬＶ９」　「持久ＬＶ９」　「剛力ＬＶ４ 1UP」
「堅牢ＬＶ４ 1UP」　「護法ＬＶ４ 1UP」　「韋馱天ＬＶ３」
「傲慢」　「過食ＬＶ８」　「奈落」
「禁忌ＬＶ５ 1UP」　「n%I=W」

技能點數：500

稱號

「惡食」　「食親者」　「暗殺者」
「魔物殺手」　「毒術師」　「絲術師」

「無情」「魔物屠夫」「傲慢的支配者」﹀

咦?嗯嗯?等一下。

仔細再看一遍吧。說不定只是我眼花了。

我重新看向能力值的數值。

咦?什麼!咦……咦咦咦咦咦咦咦——!等……等一下!咦?

提升超級多。這也未免提升太多了吧!

真的假的?真的有提升這麼多嗎?

喔……原來這個種族的戰鬥能力真的很強……

這樣真的可以嗎?

我可以變得這麼強嗎?

要是變得這麼強,我可是會得意忘形喔。

可以嗎?可以吧?

……呼……呵呵呵……我的春天來啦!

之前一直困擾著我的能力值低落問題,就這樣被一口氣解決掉了!

雖然這樣的能力值比起鰻魚還算低,但已經強到不會被路邊的小怪隨便摸一下就死掉!

畢竟我之前可是一直處於受到攻擊就等於死亡的狀態。

不過，這樣一來我也擁有上得了檯面的能力值了！

呼……呼呼呼……呼嘿嘿嘿嘿……

這樣的能力值已經強過海馬，說不定還強過猿猴了吧？

技能等級也提升了不少。不錯不錯。

啊，禁忌也升級了！

喂喂喂！等級5？

也就是說，距離滿級已經完成一半的進度！

如果我的推測沒錯，一旦升到等級10，應該會發生某種事情。

這可不妙……

算了，反正才一半。沒事兒，沒事兒……吧？

還有，好像多了我沒見過的技能。

腐蝕攻擊……真的假的？

這個腐蝕應該就是那個腐蝕吧？

就是那個鑑定之後才發現，效果比我想像中還要危險的腐蝕對吧？

連那種鬼東西都能使用了嗎？我好強啊。

另一個沒見過的技能是……無聲啊……

雖然我隱約猜得到效果，但還是鑑定一下吧。

〈無聲：能減少發出的聲音〉

嗯。果然沒錯。

萬歲！我的忍者度提升啦！

我是不是變得以後都能施展一次奇襲了呢？

此外，還有一個讓我相當在意的技能。

蜘蛛絲和斬擊絲都消失了，多了一個名叫萬能絲的新技能。

雖然那八成是蜘蛛絲的進化技能，但斬擊絲跑去哪裡了？

〈萬能絲：產生能夠客製的絲。客製項目：黏性。伸縮性。彈性。質感。強度。粗細。附加「斬」，「打」，「衝」等屬性。附加抗性。〉

蜘蛛絲多了能夠附加屬性的新功能。

這樣看來，「斬」就是跟斬擊絲一樣的效果，而「打」是附加打擊屬性，「衝」則是附加衝擊屬性。

「打」感覺像是一般的拍打。

「衝」似乎是能讓絲在一瞬間發出類似衝擊波的東西。

要是在那種狀態下碰到絲，就會因為衝擊力而受到傷害。

如果不是在中層，這招根本超級有用啊！

嗚……好想趕快離開中層試用看看！

確認過能力值後，鱗片也剝完了。

很好，那就來實際品嚐鰻魚吧。

我開動了。

……好吃耶。

味道嚐起來又跟鯰魚不太一樣。

我再說一次。好吃。

這次的進化沒有讓我的ＳＰ減少。

取而代之的是過食儲存的體力幾乎耗盡。

這是過食有好好發揮效用的證據。

這樣一來，就算沒有囤積食物，每次進化時也只需要用過食儲存體力就行了。

既然如此，我就多吃一點，努力增加儲存的體力吧。

從之前的數值倒推回來的話，過食好像最多能儲存到技能等級乘以100左右的體力，那我現在應該能儲存到800點左右。

《熟練度達到一定程度。技能〈過食ＬＶ８〉升級爲〈過食ＬＶ９〉。》

話才剛說完就升級了。

這樣我就能儲存更多體力。

說到能力值上的變化，技能點數也增加了不少。

提升一級明明只會增加20點才對，但現在的點數比起最後一次看到時多了280點。

就算其中60點是因為提升三級而來，那剩下的220點到底是從哪兒來的？

難道只要進化，就能得到獎勵點數嗎？

若是這樣，那我之前計算技能點數時，怎麼算都算不對就說得通了。

算了，既然能得到點數，那當然再好不過。

畢竟有500點，說不定我能找到什麼不錯的技能。

之後再來慢慢瀏覽能夠取得的技能列表吧。

現在有比這一點更讓我在意的事情。

這在剝鰻魚鱗片時就發現了，我身體的形狀好像有些變化。

原本像是利爪般的兩隻前腳，變成類似細長鐮刀的形狀。

而且這個鐮刀極為鋒利。

鋒利到讓我在短時間內就完成之前令我苦不堪言的剝鱗工作。

雖然鱗片本身切不開，但能輕易劃開鱗片和皮膚連接的地方。

不曉得是因為攻擊力提升，還是因為這個鐮刀太過鋒利。

除此之外，我的身體也變黑了。雖然以前就有點黑黑的，但現在完全就是黑色。

完全不會反射光線的黑色。一片漆黑！

因為沒有鏡子，我沒辦法確認全身的模樣，但重大變化大概就是這樣了吧。體格感覺沒有變化。

不過，大概只是我沒有發現，其實很多小地方都不一樣了。

因為我之前一直都是蜘蛛怪，所以即使進化也完全沒有外觀上的變化。

可是，我在這次的進化中變成不一樣的種族。

只要仔細比較，一定能找到許多不同之處。

這種時候沒有鏡子實在很不方便，連要確認自己的外表都不行。

算了，我試著動了一下，目前還沒有覺得不對勁的地方。

整體上似乎沒有太大的變化，看來還能做出跟以前一樣的動作。

畢竟我在進化前，根本沒想到身體變化的問題。

知道沒有改變太多，真是讓人鬆了口氣。

可是，這個鐮刀倒是變了不少。

該怎麼說呢……感覺好像舉起來就會聽到鏘的一聲。

話說，這個鐮刀不管怎麼想都會讓人聯想到死神吧？

在種族說明中也提到這種魔物是不祥的象徵，還擁有腐蝕攻擊這個技能，所以我想八成就是這麼一回事。

雖然我的忍者風格並沒有改變，但強化到極點，好像就變成死神風格了。

也來確認一下等級提升的技能吧。

剛力和堅牢升級是件令人開心的事。

這樣一來，成長補正值又會增加。

雖然我的能力值已經變強許多，但比起鰻魚等級的對手，畢竟還是矮上一截。

此外，毒合成、毒魔法和影魔法都升級了。

先不管沒辦法使用的魔法，來看看毒合成多了什麼東西吧。

〈附加屬性「麻痺」：增加麻痺屬性〉

什麼？這……這是……！

我……我搞不好得到不得了的東西嘍！

自從來到中層以後就超級活躍的毒合成，更進一步進化了！

唔哇……我得趕快來試試看。

既然已經決定，我便在蜘蛛猛毒中追加了麻痺屬性。

至於會有什麼樣的效果，就等到下次的機會再來好好嘗試吧。

啊，可是絕大多數的敵人碰到蜘蛛猛毒就會當場斃命。

也在弱毒中加入麻痺屬性好了……嗯，搞定。

如果遇到下個敵人，就先用這種加了麻痺屬性的弱毒灑過去吧。

啊～真是期待。

至於新增的魔法嘛……那個不重要，反正我也用不了。

奇怪？可是等一下，我真的沒辦法使用魔法嗎？

平行思考和演算處理的等級也提升了不少。

我差不多能使用探知了吧？

好久沒用了，來試試看吧。

吸……吐……準備完畢！

開啟探知！

咕哇！嗚呃呃呃！嗚！

《熟練度達到一定程度。技能〈演算處理ＬＶ７〉升級爲〈演算處理ＬＶ８〉。》

《熟練度達到一定程度。技能〈平行思考ＬＶ５〉升級爲〈平行思考ＬＶ６〉。》

《熟練度達到一定程度。技能〈探知ＬＶ６〉升級爲〈探知ＬＶ７〉。》

《熟練度達到一定程度。技能〈外道抗性ＬＶ３〉升級爲〈外道抗性ＬＶ４〉。》

關掉！

呼……有夠難受。

不過，我比之前還要能夠忍受了。

雖然光是忍受就耗盡全力，但也算是前進了一步。

看來我努力的方向沒錯。

雖然還沒辦法靈活運用，但總算看到一點希望了吧？

我正在中層到處亂逛。

反正我吃下鰻魚，把肚子完全填飽了，之前擔心的餓倒在路邊那種事應該不會發生。

照這樣看來，我好像沒必要積極找尋獵物，可以慢慢前進。

心情也不錯，中層的炎熱好像也沒那麼難受了。

唉，但我果然討厭這裡的炎熱。

周圍看不到魔物的身影，來確認一下我一直很在意的技能點數吧。

畢竟這次的進化讓點數一口氣增加到500點，搜尋一下說不定能找到不錯的技能。

除了探知之外的每個技能都非常管用，如果能保持這樣，繼續拿到好用的技能就好了。

而且除了讓禁忌提升等級之外，傲慢也沒有造成什麼壞處。

禁忌看起來也不像會立刻引發什麼災難。只要這樣一想，這個技能其實應該沒有壞處吧？

考慮到那些超級強大的效果，傲慢帶來的益處根本就高於壞處。

只需要100點就能取得這個技能，實在太不可思議了。

光是從效果看來，就算說要1000點，我也可以接受。

雖然想要找到跟傲慢一樣物超所值的好東西，但這樣太過奢求了。如果有看到還不錯的技能，我就盡量去取得吧。

反正累積太多點數也沒有意義。

這種東西就是要拿來用的。

繼續累積點數，等待上面的技能解禁，反而缺乏效率。

既然都這麼決定了……鑑定大人，麻煩您動手吧！

我在顯示技能點數的地方進行雙重鑑定。

開始瀏覽跑出來的技能列表。

嗯……這樣看過去，能用100點取得的技能還有不少耶。

因為都是些感覺不太需要的技能，所以我沒有取得。不過下次有空的話，要不要隨便試著提升熟練度看看？

只是，若有那種閒工夫，還不如拿去賺取其他更有用的技能的熟練度。

啊……可是，搞不好裡面會有跟預測一樣，在進化之後突然變得有用的技能……

嗯……有點煩惱。

算了，比起這種事，現在得先來瞧瞧上次沒能看到的200點以上的技能。

喂喂喂……還真的有耶。跟傲慢一樣做壞掉的技能。

〈忍耐（500）：通往成神之路的n%之力。擴大自身的神性領域。只要還有MP，不管受到多大的傷害，都能留下1的HP繼續存活。此外，還能凌駕W的系統，得到對MA領域的干涉權〉

又出現充滿神祕語言的神祕技能了……

而且同樣有著誇張的性能。

這是能消耗ＭＰ發動鎖血的技能嗎？

雖然不清楚消耗ＭＰ是怎麼個消耗法，但這是只要ＭＰ還有剩餘量，就能一直玩疊屍打法的意思嗎？

搞不懂。這種無恥的性能是怎麼回事？

嗯，這次就不需要猶豫了。拿吧。

《目前擁有的技能點數是500。可以使用技能點數500取得技能〈忍耐〉。要取得嗎？》

要。

《成功取得「忍耐〉。剩餘技能點數是０。》

已經取得傲慢的我，字典裡早就沒有撤退這兩個字！

這種做壞掉的技能，我全都要拿到！

好啦，管你是禁忌還是什麼，全都放馬過來吧！

《熟練度達到一定程度。技能〈禁忌ＬＶ５〉升級爲〈禁忌ＬＶ７〉。》

我錯了。果然還是不要過來比較好。

《滿足條件。取得稱號〈忍耐的支配者〉。》

《基於稱號〈忍耐的支配者〉的效果，取得技能〈外道無效〉、〈斷罪〉。》

《〈外道抗性LV4〉被整合爲〈外道無效〉。》

啊……禁忌跟我想的一樣升級了。這次還連升兩級。算了，這也沒辦法。

雖然等級提升好像會發生什麼事情，但我也沒有對策。

拜託不要直接降下天譴斃了我喔。

啊……不曉得到底會發生什麼事，總是莫名刺激著人的想像力，這種感覺實在可怕。

比起這種事，更重要的是稱號。

我忍不住了！趕快來確認取得的新稱號吧！

〈忍耐的支配者：取得技能「外道無效」和「斷罪」。取得條件：取得「忍耐」。效果：提升防禦和抵抗等能力。邪眼系技能解禁。增加抗性系技能的取得熟練度。取得支配者階級特權。說明：贈予支配忍耐之人的稱號〉

啊，果然如此。這果然是作弊級的稱號。

防禦和抵抗都增加了。

雙方都增加了100點，防禦升到351，抵抗升到380。

這鬼東西到底是什麼？這技能是不是太過作弊了？

抗性系技能的熟練度變得容易提升也是很棒的效果。

我是重視閃避的類型，所以沒什麼機會承受攻擊。因為這樣，抗性系技能一直都沒什麼辦法提升。

這效果能彌補我的弱點，讓我相當開心。

透過鍛鍊增加的抗性，該怎麼賺取熟練度？

只要是自己擁有的屬性，其抗性似乎也會在升級時得到熟練度。

我明明沒做任何事，還是在升級時取得黑暗抗性，所以這樣的推測應該沒錯。

嗯。畢竟我擁有深淵魔法。

至於其他抗性，只要用蜘蛛絲往自己身上鞭打，就能取得其技能。

如果只要鞭打自己就能取得技能，不管是誰都會這麼做。我就這麼做了。

咦？只有我會？才沒有那種事。我說沒有就是沒有。

此外，邪眼系技能的解禁也讓我有些在意。

我超想要這個耶～

只要得到某種邪眼，不就能玩「嗚，右眼隱隱作痛！」或是「所謂的殺死事物就是這麼回事」之類的了哏嗎？

真是讓人中二魂蠢蠢欲動的詞彙啊……

好想要……可是技能點數已經沒了！

啊……我得趕快升級，重新累積技能點數。

再來就是新取得的外道無效和斷罪這兩個技能。

外道無效似乎是外道抗性的最上級技能。

外道抗性的效果是增加對於直接侵害靈魂之攻擊的防禦力，相較於此，外道無效的效果則是讓這類攻擊完全無效。

這樣一來，即使遇到會使用外道魔法或類似攻擊的敵人，我也不用擔心。

〈斷罪：對靈魂中累積著系統內罪過之人，造成與罪過累積值成正比且無法抵擋的傷害〉

哇……也就是說，這是一種會對犯下越多罪過的傢伙造成越大傷害的攻擊。而且無法抵擋這點也很可怕。

嗯？等一下？

這該不會是跟禁忌有關的技能吧？

例如禁忌的等級越高，受到的傷害就會越多之類的？

有可能！

唔哇……要是還有其他擁有斷罪的傢伙，那我可就不妙了。

嗯……可是，這個技能沒有出現在能用技能點數取得的技能列表上。

難道這是只能透過支配者稱號取得的特殊技能，除了我之外，沒幾個人得到？

雖然是樂觀的推測，但如果真是這樣就好了。

若是這樣，那我可是得到了貴重的技能。

不過，這技能有著跟奈落一樣的味道。總覺得派不上用場。

雖然試了一下，但果然無法使用。

也許只是因為沒有目標才沒有發動，但我隱約確信這技能派不上用場。

算了，就算無法使用斷罪，我的戰力依然提升非常多。

就算禁忌的等級提升，也只能順其自然了。

只要禁忌升到等級10的後果不是當場死亡那種要命的事情，那我甘願乖乖承受那些壞處。

話說回來，我的能力值上升很多，技能也很充實。

我根本就是最強的蜘蛛了吧？

魔物圖鑑
file.09

死神之鐮

LV.01

status【能力值】

HP
200／200

MP
200／200

SP
200／200

200／200

平均攻擊能力：100
平均防御能力：100
平均魔法能力：100
平均抵抗能力：100
平均速度能力：100

skill
【技能】

「蜘蛛絲LV1」「毒牙LV1」「腐蝕攻擊LV1」
「斬擊強化LV1」「隱密LV1」「無聲LV1」
「影魔法LV1」「毒抗性LV1」

被稱作不祥象徵的蜘蛛型魔物。是一種很少被目擊到的稀有魔物，據說遭遇者在幾天之內就會死去。會在不知不覺間出現在別人身後，用附帶腐蝕攻擊效果的鐮刀砍下受害者的腦袋。因為威脅性比看上去的能力值還要高，所以危險度被認定為C。

S4 校園生活

我的校園生活一帆風順。

課程內容幾乎都是學過的東西，但我還是當成複習仔細聽講。

實在覺得無聊到不行時，就偷偷進行提升技能的練習打發時間。

光看上課時的情況，這樣的生活似乎很和平，其實在人際關係上出現不少問題。

主因是我的身分，以及我在之前的魔法課上做的好事。

身分的問題在於，再怎麼說我也是王族。雖說在我還是學生的期間，身分等同於一般人，但還是會有問題。

無法跨越的鴻溝就是無法跨越。只要是這個國家的人都會對我保持距離，這也無可奈何。

即使是其他人或是別國的貴族，也不會隨便跑來找我說話。

畢竟我可是王族。只有同樣身為王族，以及地位相當的公爵階級的人才匹配得上。

雖然其中也有想要巴結我的學生，但這種學生全都被卡迪雅趕走了。

由於我多半會在不敢推辭的情況下接納那種人，所以我很感激能毫不猶豫幫我趕跑那些人的卡迪雅。

雖然很感激，但因為她的好意和之前在魔法課上太出風頭，我變得有些被孤立。

相較之下，從那堂魔法課後，由古的跟班就變多了。

現在同學年的男生中，有將近一半都是他的人。他就跟前世時一樣，慢慢變成男生的核心人物。

我則跟前世時一樣，盡量遠離那個團體，避免和他們扯上關係。

我知道自從之前魔法課的那件事發生後，由古就開始敵視我了。

沒必要刻意接近討厭自己的傢伙。

可以的話，我想避免不必要的麻煩。

結果，我變得經常跟熟悉的卡迪雅、蘇和菲，以及悠莉混在一起。

卡迪雅和蘇是能讓我敞開心胸的對象。菲雖然有些臭屁，但畢竟已有多年交情。

至於悠莉嘛……那個……該怎麼說呢？

雖然同樣都是轉生者，但她在不同的意義上，跟夏目一樣讓我不太擅於應付。

長谷部現在的名字是悠莉恩．烏倫。

烏倫這個姓氏，聽說是一間被當成孤兒院的教會的名字。

長谷部——悠莉似乎是棄嬰。

這個世界有許多棄嬰。

雖然就連之前的世界也有棄嬰，但是在這個文明並不發達，而且還有魔物跋扈橫行的世界，棄嬰的數量更多了。

在還是嬰兒時就被拋棄，從懂事開始就住在教會這種事，其實到處都看得到。

不過，悠莉跟那些隨處可見的孤兒不一樣。

她剛出生就擁有前世的記憶，有著完整的自主意識。

回過神來，自己突然之間就變成嬰兒了。

我也有過同樣的經驗，那真是令人震撼。

腦袋一片混亂，內心更是充滿不安。

不曉得自己的未來會變得如何？難道以前的自己死掉了嗎？

如果真是這樣，那之前的人生到底變得如何了？

就如同我之前所經歷過的一樣，她心中應該也充滿不安。

更何況，悠莉是在這種狀態下被父母遺棄，受到的打擊肯定不是我所能比擬。

老實說，我無法想像悠莉當時的心情。

在這極度的不安之中，悠莉找到了心靈的寄託。

那就是神言教。

那是扶養悠莉的教會所信仰的宗教，其教義深深影響著整個人族。

一言以蔽之，其教義就是「為了聆聽神明的話語，我們要努力鍛鍊技能」。

神言——我不曉得那到底是什麼。

雖然套用遊戲中的說法，那就是類似系統訊息之類的東西。但是在這個世界上，聽見那種聲音是理所當然的事。

聽見這種聲音會覺得奇怪的人，就只有我們這些轉生者吧。

聽見這種聲音是理所當然的事。技能存在也是理所當然的事。這就是這個世界的常識。

神言教是宣揚這種聲音正是神明的聲音，為了多聽到神明的聲音，就得努力提升技能和等級的宗教。

雖然在我看來，這種教義簡直莫名其妙，但這個世界的人不知為何都能接受。

而應該和我抱持同樣感想的悠莉，也深深沉迷在這種宗教之中。

「俊的技能提升了很多呢。我覺得這樣很好。從今以後也請盡量提升等級，多多聆聽神明大人的聲音吧。」

「俊不升級嗎？不行喔！只要提升等級，就能聽到更多神明大人的聲音了喔。為了聆聽神明大人的聲音，你一定要提升等級。」

「俊會使用鑑定對吧？那我先跟你說一聲，如果看到擁有禁忌這個技能的人，請一定要跟我說。因為擁有被神明大人定為禁忌的技能是不可饒恕之事。絕對不可饒恕，是絕對喔。因為這表示那人做出了連神明大人都忌諱的禁止行為，沒有活下去的價值，一定要殺掉。所以一定要告訴我喔。我們約好了喔。」

「俊，我今天技能升級，聽到神明大人的聲音了！啊啊……居然能聽到神明大人神聖的聲音，我今天肯定會過得很幸福。」

嚇到了。我真的嚇到了。

悠莉說著神明大人時的眼神，根本就失常了。但會這麼覺得並不是我的問題。

悠莉原本應該不是這種女孩吧。

她應該是隨處可見的尋常高中女生才對。

她之所以會變成這樣，肯定是受到生長環境的影響。

重新轉生的恐懼。被雙親捨棄的絕望。

非得在異世界活下去不可的不安。

在這種心理狀態下，以懷念的日語所發出的神言，就算成為她內心的支柱也不奇怪。

而且她身邊全是信奉神言教的人。

在這種情況下，悠莉會對神言教的教義為之傾倒，或許也是無可奈何的事。

不過因為傾倒過頭而一路爬到聖女候選人的地位，我覺得就有點誇張了。

還有，真希望她不要再一直勸人加入神言教。

每次見面，她都會用「想加入神言教了嗎？」這句話代替打招呼。

但是不好意思，我不打算信仰任何宗教。

雖然我委婉拒絕，悠莉並沒有死心。

不但如此，反而更加積極進攻。

每次都惹得蘇火冒三丈撲向悠莉，然後卡迪雅出面當和事佬。這樣的光景屢見不鮮。

蘇最近也有些奇怪。

感覺起來，就像明明有話想問我，卻又遲遲無法說出口。

雖然我能猜到她想問的是什麼……

正確來說，是卡迪雅告訴我的。

「蘇……那孩子想知道我們的關係喔。」

「咦？什麼關係？」

「就是我和你前世的事情啦。從我們跟老師和其他人相處時的態度，她應該察覺到其中有問題了。」

「啊……這麼說來，我們好像有在蘇面前很正常地用日語交談。」

「就是這麼回事。從出生至今一直在一起的哥哥，突然用自己沒聽過的語言跟陌生人親密交談，任誰都會覺得奇怪。」

「這樣啊……這下子糟糕了。」

「總之，要是那孩子問起，你就自行判斷該實話實說，還是蒙混過關吧。」

「咦？不是應該選擇蒙混過關嗎？」

「做決定的人是你。看你是要繼續欺騙親妹妹，還是要把真相告訴她。不管你做出什麼選擇，都得作好心理準備，好好地回應人家。不然對那孩子太失禮了不是嗎？」

「嗚……我明白了。」

事情就是這樣，蘇似乎很想知道我和大家之間的關係。

老實說，我一點心理準備都沒有。

要我把真相告訴蘇？

雖說我和蘇的母親不一樣，但確實是兄妹。

不過，前世的我是和蘇毫無瓜葛的陌生人。

雖然我把蘇看成是親妹妹，但是在得知真相後，蘇還會繼續把我當成哥哥嗎？

況且，我在相當程度上是依靠前世的記憶與經驗，成長到今天這個地步。

相較於靠著自身力量與我比肩的蘇，我可以說是用了不正當的手段。

當蘇知道這件事時，會不會看不起我？

只有蘇不會這樣——雖然我如此認為，但早在腦海中浮現出這樣的想像時，我就沒辦法如此樂觀了。

可是要我選擇蒙混過關，我又覺得太不誠實。

親妹妹明明如此煩惱，為了是否該問清楚真相而躊躇不前，我無論如何都不認為自己應該隨便打發掉這個問題。

如果要隱瞞真相，就得作好一輩子隱瞞下去的心理準備。

到底該怎麼處理這件事，我還沒找到答案。

不過，萬一蘇問起這件事，我就得認真回答她。

如果卡迪雅沒有告訴我這件事，我可能不會想這麼多，隨便就敷衍了事。

真該感謝事先給我建議的卡迪雅。

總而言之，我的煩惱其實不少。

由古討厭我，悠莉拚命拉我入教，還得思考該如何處理我跟蘇之間的問題。

而且老師身上依然充滿謎團。

有時候才剛在想她沒來上學，跑去哪裡，她卻又突然出現在課堂上。

即使在遇到她時拋出一堆問題，也經常被她含糊帶過。

尤其是在問起京也的所在之處時，這樣的傾向似乎特別強烈。

京也是我和卡迪雅在前世時感情特別好的朋友。

不過，老師一直不願意告訴我們他在哪裡。

老師似乎大致知道他的下落，卻沒有將他納入保護。

雖然在意京也目前的處境，但看老師這態度，似乎不會告訴我們了。

沉迷於宗教的悠莉。

原本就擁有強烈自我顯示慾，現在無止盡膨脹的由古。

變得讓人摸不清底細的岡老師。

他們在這個世界都變了個人。

這可能是沒辦法的事。

我們待在這裡的時間並不短，這裡的環境又跟日本相差甚遠。

說不定不改變還比較困難。不過，我害怕改變。

這麼說或許有點奇怪，但悠莉和由古的改變方式，看起來就像是發瘋了。

「卡迪雅，拜託妳不要改變。」

我不由得對卡迪雅如此說道。

只要想到連卡迪雅都從我熟知的叶多變成別人的可能性，我就感到害怕。

我之所以能像這樣保持原本的自我，都要歸功於有卡迪雅這個從前世就認識的朋友待在身邊。

因此，我會希望卡迪雅也不要改變，這也很自然吧。

幕間　愛操心的公爵千金與聖女候選人

「大島，為什麼妳會光明正大地跟女生一起換衣服？」

「咦……？啊，抱歉。在這裡生活太久，我已經不去在意那種事了。如果長谷部會在意，我就跟妳們錯開時間，不然就是到其他地方換衣服如何？」

「咦？啊，嗯……」

「妳幹嘛一臉傻眼？」

「呃……因為我沒想到妳會回答得這麼冷靜。照理來說，這種時候，不是應該更加慌張地辯解嗎？」

「這個嘛……我在轉生之後就完全感受不到女生身體的魅力了。虧我還是男生時，曾經那麼著迷，但那種慾望就像是作夢似的消失無蹤。所以就算看到女生的身體，我也毫無感覺。拜此所賜，罪惡感之類的感情也一併消失了。」

「這樣啊……那妳都不會感到害羞嗎？」

「我生為公爵千金，從換衣服到洗澡全都是由侍女服侍耶。羞恥心那種東西，早就不知道飛去哪裡了。」

「原……原來如此。那樣好像也挺辛苦的。」
「是啊。所以讓我從那種地方解放的宿舍生活真是太棒了。聽到其他大小姐抱怨沒有侍女很不方便時，我反倒覺得難以置信呢。」
「沒錯。我也這麼覺得。」
「畢竟長谷部是在孤兒院長大嘛。妳應該還留有在日本生活時的價值觀，會不會跟那些貴族不太合得來？」
「嗯。老實說是這樣。」
「我想也是。就連我都偶爾會跟不上他們的想法。」
「啊哈哈。雖然面對的問題不同，看來我們都過得頗為辛苦。」
「是啊。不過，我吃的苦頭跟妳比起來，應該不算什麼吧。」
「有嗎？」
「當然有。雖然我的日子確實不好過，但至少沒有生命危險。」
「也許是吧。不過，我覺得這樣的遭遇也是件好事。」
「好事？」
「沒錯，因為我就是拜此所賜，才能理解神明大人的聲音有多麼重要！」
「是……是喔……」
「難道不是嗎？神明大人看透了一切。祂是全知全能的真神。特地用日語對我說話就是最好的證據。只要聽從神明大人的聲音，凡事都會一帆風順！」

「也……也對。可能真的是這樣吧……」

「就是這樣！所以，大島也加入神言教吧！」

「呃……抱歉，因為家庭因素，我無法選擇自己的信仰。」

「這樣啊……那就沒辦法了。不過，要是妳改變心意，隨時都能告訴我喔。」

「沒問題……啊，對了，那妳還是希望我到其他地方換衣服嗎？」

「啊……嗯……總覺得，聽到妳剛才那番話，我好像不在意了。反正遲早得習慣，妳就待在這裡換衣服吧。」

「可以嗎？」

「嗯。話說，在我看來，現在的妳一點破綻都沒有。」

「什麼意思？」

「我是說妳不像個男生。妳的言行舉止完全就跟女生一樣，只要不說就沒人會識破。」

「我是該高興還是該難過……」

「不是該高興嗎？因為妳以後都得一直以女孩子的身分活下去。」

「真是複雜。」

「身為一個女人，我是妳的前輩。而且引導世人是我的使命。要是有什麼問題，就儘管來問我吧！」

「謝謝。到時候就靠妳了。」

「拜託我不要改變啊——真是為難人的要求。這樣還叫我不要改變才是不可能的事吧……我變得像是女人了嗎？傻應該不會把我當成女人看待吧？嗯？我到底在說什麼？這句話沒有什麼深刻的含意……應該沒有吧？」

7 管理者的影子

啊，既然外道抗性變成外道無效，那我就不會因為探知而感到頭痛了是嗎？

那是外道屬性的攻擊對吧？就算說是攻擊也可以對吧？

那種就連痛覺減輕的效果都能壓過的疼痛，不可能是普通的頭痛對吧？

如果能夠讓探知所造成的外道屬性攻擊變得無效，那種疼痛不是也會消失嗎？

凡事都需要嘗試。

吸……吐……準備完畢！

開啟探知！

……哇塞。好厲害。這真是太厲害了。

雖然之前我都只顧著忍耐頭痛，沒辦法好好體會，但沒想到頭痛消失後會感受到這麼棒的體驗耶。

即使探知發動，我也不會頭痛了。

不，正確來說還有一點點痛，但還是痛覺減輕所能蓋過的等級。

這種頭痛，肯定是類似用腦過度後會發燒之類的副作用吧。

探知所帶來的情報量就是如此龐大。

《熟練度達到一定程度。技能〈演算處理LV8〉升級爲〈演算處理LV9〉。》

《熟練度達到一定程度。技能〈平行思考LV6〉升級爲〈平行思考LV7〉。》

《熟練度達到一定程度。技能〈探知LV7〉升級爲〈探知LV8〉。》

《熟練度達到一定程度。取得技能〈神性領域擴大LV1〉。》

雖然好像多了新技能，但之後再來確認吧。

現在我只想沉浸在這份感動中。

成功發動探知當然令人開心。

不過，探知所帶來的體驗更是讓我為之震撼。

在我所能認知到的這個空間，其中的一切情報似乎都匯集起來了。

魔力的流動，物質的結構，空氣的流動……各式各樣的情報都流進我的腦海。

好像有種全能感從心底湧出。

我能掌握周圍的一切。

照理來說無法掌握的情報，都能透過技能的效果在某種程度上得到理解。

光是某種程度上的理解，就已經為我帶來龐大到彷彿能窺見宇宙真理的情報量。

而且這還只是我能認知到的這塊小小空間的探知結果。

我再次深深體會到世界的遼闊和偉大。

糟糕……沒來由地想哭。雖然不曉得蜘蛛的眼睛流不流得出淚水就是了……

暫時關掉探知吧。

呼……真厲害。這種無法解釋的感動是怎麼回事？

如果要比喻，這就像是眺望滿天星星時的感動。大概就是那種感覺。

啊啊，雖然想再多沉浸於感動中一段時間，但還是切換一下心情吧。

我成功發動探知了。

既然如此，那我以後是不是該一直發動探知？

嗯……只不過，探知的性能太過強大，說不定反而會帶來不便。

因為知道的事情太多，注意力就會集中在那些事情上。在戰鬥時，說不定反而會無法集中精神。

話雖如此，如果能習慣那種狀態，不就所有問題都能迎刃而解？

雖然現在光是發動就讓我耗盡心力，但剛開始讓鑑定大人常駐時，我也覺得有點頭昏眼花，現在也已經適應。只要一直保持發動的狀態，我覺得自己遲早會習慣。

因此，儘管剛開始時可能會有些危險，我還是一直開著探知吧。

其他技能的等級也提升了，這樣對未來應該比較好。

既然這麼決定，那就再次開啟探知吧。

唔哇……真的好厲害……

啊，現在可不是感動的時候。

先來確認剛才取得的技能吧。

《熟練度達到一定程度。技能〈平行思考ＬＶ7〉升級為〈平行思考ＬＶ8〉。》

《熟練度達到一定程度。技能〈神性領域擴大ＬＶ1〉升級為〈神性領域擴大ＬＶ2〉。》

就在這時，我正想確認的技能升級了。

這個技能到底是什麼？

這麼說來，在忍耐的技能說明中，好像也有出現神性領域這個詞彙。

我記得其中也有說到擴大神性領域對吧？這也是一種擴大嗎？

這表示我的神性領域正在不斷擴大？

總之先來鑑定看看吧。

〈神性領域擴大：擴大神性領域〉

有說跟沒說一樣嘛。算了。

這種時候就要靠鑑定大人了！來吧，雙重鑑定發動！

〈神性領域：生命所擁有的靈魂的深層領域。是一切生命的根源，也是自我的最後依存領域〉

嗯嗯？有看沒有懂。

算了，至少我隱約能理解那是靈魂的重要部分，但擴大那種地方有什麼意義？

嗯……結果還是搞不懂效果……

雖然等級提升應該是好事，但我完全感受不到效果。

《熟練度達到一定程度。技能〈演算處理ＬＶ９〉升級爲〈演算處理ＬＶ10〉。》

《滿足條件。技能〈演算處理ＬＶ10〉進化成技能〈高速演算ＬＶ１〉。》

《熟練度達到一定程度。技能〈探知ＬＶ８〉升級爲〈探知ＬＶ９〉。》

技能升級的速度還是一樣快！

演算處理也已經練到滿級。

進化成高速演算了。看起來完全就是演算處理的上位技能。

另外，我想透過探知得到的功能，原本就是找尋敵人。

但因為我本身找尋敵人的能力已經很強大，一直以來即使沒有探知也還過得去。

要是再加上探知的力量，簡直可說是變得完美無缺。

就算說我已經不可能遭到偷襲也不為過了吧！誰都別想偷襲我喔！

然後，我另一個想得到的功能是魔力感知。

如果我的推測沒錯，只要再結合魔力操縱這個技能，我就能使用朝思暮想的魔法……大概吧。

這樣一來，我就能使用封印至今的深淵魔法或外道魔法了！

可是技能點數用完了！可惡！

雖然我不後悔取得忍耐，但沒有技能點數真教人難過。

話說，我原本還想把接下來取得的技能點數用在邪眼上耶！

怎麼辦？我兩邊都想要！嗚啊啊！

雖然明白這樣的煩惱太過奢侈，我還是不知道該選擇哪一邊！

《熟練度達到一定程度。技能〈探知ＬＶ９〉升級爲〈探知ＬＶ10〉。》

《熟練度達到一定程度。技能〈平行思考ＬＶ８〉升級爲〈平行思考ＬＶ９〉。》

咦？真的假的？探知先生也已經滿級了？

奇怪？可是，難道沒有追加技能或進化技能嗎？

呃……這樣會不會有點過分？

畢竟探知先生讓我費了這麼大的功夫。

雖然回報確實也很巨大，但如果還能更進一步要求，我希望能再多給點東西。

即使沒辦法讓我變得能戰勝地龍，至少我希望能讓自己強到足以從牠面前成功逃跑。

真的什麼都沒有了嗎？

《沙……沙……》

嗯？剛才那是什麼聲音？

……是我多心了嗎？

算了，就算強求不存在的東西也沒有意義。

不過，讓自己變強才是最為簡單明瞭的解決之道。

只要以後也繼續提升實力，不要驕傲自大，或許我會變得有辦法逃離那種誇張敵人的魔掌。

既然如此決定，那就繼續努力變強吧。

首先是提升等級。

我決定以後要積極狩獵魔物。

再來是技能。

提升技能等級是在移動時也能持續進行的事情。

鑑定大人也是，探知也是，預知和思考加速也是。

雖然探知已經封頂，但會連帶提升許多技能的等級。

在把所有技能都練到封頂之前，我就一直開著探知吧。

在此同時，也把其他能在移動時鍛鍊的技能等級都練一練吧。

最沒問題的就是五感強化系技能。

畢竟只要在移動時定睛凝視，或是一邊聞著味道一邊走路，就能提升熟練度了。

反正有些技能也差不多要封頂了，就從那些技能練起吧。

還有一件事。

這件事不能在移動時做，我想找個地方停下來好好研究。

那就是魔力操縱的練習。

仔細想想，只要能賺到熟練度，即使不支付技能點數，也有辦法取得技能。

既然如此，那我想把技能點數用在完全不曉得該如何提升熟練度的邪眼上，然後試著自己想辦法取得魔力操縱。

拜探知先生所賜，魔力感知的問題已經解決。

只要集中注意力，我就能把握魔力的流向。

再來，只要我能設法操縱這些魔力，或是努力嘗試操縱，就能賺到熟練度取得技能……應該吧。

只要順利取得技能，之後就是期盼已久的魔法練習了。

不過有件事情千萬不能忘記，我的目的是穿越這個中層，回到上層。

不管是提升技能還是提升等級，都只不過是在這個過程中順便進行的練習。

所以，這不是需要特地停下腳步去做的事。

頂多就是在情況允許下，在移動的同時順便進行。

這個中層只是個通過點，不是我要停留的地方。

千萬不能忘記這件事。

《熟練度達到一定程度。技能〈思考加速ＬＶ３〉升級爲〈思考加速ＬＶ４〉。》

《熟練度達到一定程度。技能〈預知ＬＶ３〉升級爲〈預知ＬＶ４〉。》

很好。多虧了傲慢的支配者這個稱號，精神系技能的提升速度變快了。

就這樣繼續提升等級吧。

在得到忍耐的支配者這個稱號後，抗性系技能的提升速度應該也變快了，但我不會想要主動去鍛鍊這些技能。

雖然只要用毒合成攻擊自己，就能提升我的猛毒抗性和麻痺抗性，而且也能用萬能絲來提升斬擊抗性、打擊抗性、破壞抗性和腐蝕抗性，甚至是可能存在的衝擊抗性，但這些事情應該等我找到地方定居之後再進行。

那不是適合在這個會讓恢復速度變慢，而且沒辦法好好休息的中層該做的事。

若情況允許，我很想盡早提升能力值強化系技能的等級，但這也是應該等到安定下來後再慢慢進行的事情。

如果能在戰鬥中提升當然最好，但若是想透過其他途徑提升，就得進行肌力訓練之類的練習。

如果有那種時間和體力，還不如拿來往前多推進一點。

目前還是先從移動時也能提升的技能，還有五感系技能開始練起吧。

尤其是視覺強化已經練到等級9，很快就要封頂，我就優先鍛鍊這個技能吧。

完成進化並且開始攻略中層後過了一段時間。

我把盯上的魔物全部收拾掉，結果等級提升了。

糟糕，有點得意，能力值的提升幅度有夠多。

不愧是號稱擁有強大戰鬥能力的種族，我的各種能力值都大幅提升了。

平均起來，大概都提升了20點吧。

就算把因為傲慢的效果而增加的成長值，以及各種能力值提升技能的加成效果排除掉，結果還是很驚人。

如果我繼續這樣提升等級，似乎就能徹底解決能力值低弱的問題了。

等級的部分大致就是這樣，技能的部分也提升了相當多。

雖然我一直使勁盯著東西猛瞧，但視覺強化的技能等級卻遲遲沒有提升。

一日升到等級9，想要繼續升級果然不容易。

不過其他技能倒是提升了不少！

首先，無聲升到等級3了。忍者度提升！

還有，思考加速和預知也分別升到等級5，迴避率提升！

火抗性也升了一級，終於來到等級3了。

升級速度應該有受到忍耐的影響而變快，但我還是覺得花了不少時間。

我到底有多怕火啊？話說，我都已經進化成其他種族，難道還是一樣怕火嗎？

搞不好除了火之外的抗性都有所改變。

因為沒辦法測試，我也無從得知就是了。
畢竟我以前的防禦力就跟沒有一樣，就算抗性稍有變化，其實也沒什麼差別。
不過，既然防禦力以後將會增加，那搞清楚自己的抗性，或許是件好事。
因為除了火屬性之外，我說不定還有其他的弱點屬性。雖然我沒有方法可以調查抗性就是了……

最後是平行思考。
這個技能在升到等級10後進化了。
新技能名叫平行意識！
這是個非常方便的實用技能。
這個技能一如其名，能讓我的意識增加。
平行思考是讓人好像能用同一個意識同時思考好幾件事情，但這個平行意識則是能將意識完全分割開來，有點像是雙重人格那樣。
雖然雙方都是我，卻能憑各自的意識分別思考。
而且還同時具備過去的平行思考能力。
感覺就像是思考能力單純變成兩倍一樣。超級方便。
每個人在孩童時期……不，就連每天被時間追著跑的大人也一定幻想過，要是還有另一個自己的話，不知道該有多好，而這正是能夠實現那種願望的技能。

無論是誰都會希望能讓一個人格負責讀書工作，讓另一個人格專心玩耍。

不過，因為雙方其實是同一個人，所以要是有其中一方偷懶玩耍，另一方也不可能坐視不管啦。

儘管如此，這個技能能把以前只由一個人負擔的工作分成兩份，還是讓我變得超級輕鬆。

只要等級提升，平行意識的數量說不定還會增加。

只不過，只能由其中一個意識負責操縱身體。

因為這個緣故，我讓其中一個意識負責操縱身體，另一個意識負責整理鑑定大人和探知先生收集而來的情報。

藉由像這樣分工合作，任何一方負責的工作量都能減輕，並專注在自己負責的工作上。

有實際練習過武術的人或許明白。在戰鬥的時候，人的視野會變得異常狹窄。

那應該是極度專心和緊張所造成的現象。

不過，在像這樣把其中一個意識分割開來負責整理情報的現在，這種視野狹窄的問題也消失了。

我只要像這樣收集情報，把事情都丟給負責操縱身體的意識去做就行了。

事情就是這樣，拜託妳了，身體部長！

【交給我吧，情報部長！】

還可以像這樣跟自己對話。

因為雙方基本上都是我，所以能完美地共享情報。

這些意識沒有主從之分。雙方都是我。因為我是我，所以還是我！

嗯，真莫名其妙呢。

我是不在意啦，但有些人可能會因此變得搞不懂自己的存在定義。

例如分不清哪一方才是真正的自己，導致迷失自我之類的。

很有可能……還是說，其實是能夠正常運用這個技能的我比較特別……應該不至於有這種事吧？

就在情報部長忙著思考時，身體部長在不知不覺間擊敗魔物了。

幹得漂亮啊，我。

【沒這麼厲害啦，我。】

這次我試用了新取得的腐蝕攻擊，但這招派不上用場。

攻擊力本身是很厲害。

明明只有等級1，威力卻強得誇張。

根本就是強過頭了。因為魔物只挨了一擊就化為塵埃了耶。這很奇怪吧？

所謂的腐蝕是這種意思嗎？難道不是變得腐爛才對嗎？

這已經不是腐蝕，根本就是風化了吧。掌管死亡與崩壞的屬性……太可怕了。

等級1就已經威力過剩。

要是等級繼續提升，這個技能到底會變成怎樣？
至於我說這個技能派不上用場的理由，主要有兩個。
第一個理由是不會留下魔物的屍體。也就是說，我會沒東西吃。
只要使用這招，與賺取經驗值同樣重要的，我狩獵魔物的另一半理由就無法達成了。
這可不行。在雙重意義上都不行。
另一個理由是更加嚴重的問題。
那就是這招也會對我造成傷害。
我看向帶有腐蝕攻擊效果的鐮刀。鐮刀的刀刃變得破破爛爛，ＨＰ也減少了。
這是自爆攻擊吧！
就是這麼回事。雖然這招威力強大，代價也很高昂。
如果是在非得拚盡全力的激戰中，倒是還可以找機會使用。但看來在對付其他小嘍囉時，還是不要使用比較好。
尤其是還待在中層的這段期間，畢竟自動恢復的速度也會變慢。
呃……這個鐮刀要花多久才會治好啊？
雖然我好像差不多快要升級，到時候就會治好，但如果要靠升級來恢復，我在下一場戰鬥中可能就沒辦法使用鐮刀。
也罷，就算沒有鐮刀，我還有毒合成。只要不是像鰻魚那樣的強敵，影響應該不會太大。

再說，雖然最近也開始使用鐮刀，但我在這個中層的主要武器是毒合成。
因為光是碰到中層的魔物就會受傷。
雖然使用鐮刀能鍛鍊斬擊強化之類的技能，還是會受到一些傷害。
而且要是用鐮刀砍死魔物，內臟就會掉出來，會不方便食用。
事情就是這樣。身體部長，下一隻獵物就用毒合成解決掉吧。
【好，我明白了，情報部長。】
哈哈，平行意識真是方便。
要是能有兩個身體，我就能使出夢幻的影分身。
啊，不過，這樣一來兩邊就都是本體，不管哪邊被幹掉都是損失。
啊……我可不想那樣。
雖然只要有一邊還在，我就能活下來，但那不就等同於擬似的死亡體驗嗎？
嗯……我不想要有那種體驗。
雖然我八成已經體驗過一次，但已經不記得了，所以不算。
事情就是這樣，身體部長，拜託妳千萬別做出可能害死我們的行動喔。
【不不不，情報部長，再怎麼說我也不可能那麼做吧。】
我想也是。

《熟練度達到一定程度。技能〈視覺強化ＬＶ9〉升級爲〈視覺強化ＬＶ10〉。》

《滿足條件。從技能〈視覺強化ＬＶ10〉衍生出技能〈望遠ＬＶ1〉。》

好耶！視覺強化的技能等級終於封頂了。

視覺強化的封頂獎勵是衍生出新技能啊……

趕快鑑定一下調查效果吧。

〈望遠：變得能夠放大遠方的景象〉

啊……是跟名稱一樣的效果啊……

嗯……有點微妙。

五感強化系技能的效果都不太起眼，就連衍生出來的技能也不起眼。

總之先發動看看吧。

事情就是這樣，身體部長，發動望遠吧！

【同意要求。望遠發動！】

哦？哦哦？喔喔喔！

這個技能很厲害耶。說它不起眼是我錯了。

我的視野中同時顯示著用望遠放大的影像，以及我原本視野的影像。

我本來還以為整片視野都會像望遠鏡那樣被放大，但看來這個技能可以只用一顆眼睛發動。

照理來說，這種效果應該會讓人因為完全不同的影像情報而感到混亂，但我實際上等於是有兩個自己一樣。

只要分頭處理這些情報，就一點都不會感到混亂。

因為目前的技能等級還很低，影像的放大倍率還不高，射程距離也很短。但只要等級提升，也許會變得頗為實用。

比如說，我可以用探知找到敵人潛藏的位置，然後一邊用望遠凝視該處，一邊保有原本的視野。

嗯嗯，這個技能似乎也是被動技能，不用消耗ＭＰ之類的東西。

畢竟用途看起來相當廣泛，我就一直開著望遠來提升技能等級吧。

【不好意思，可以在妳亢奮時打擾一下嗎，情報部長？】

什麼事，身體部長？

【在望遠看到的景象中發現獵物了。】

喔喔，馬上就派上用場了啊，真是個可愛的傢伙。

【要解決那傢伙嗎？】

這還用問嗎？

【了解。】

於是我迅速衝向敵人。

在上次用過腐蝕攻擊後，鐮刀就壞掉無法使用，所以我用毒合成在敵人身上灑下蜘蛛猛毒。

魔物的ＨＰ瞬間見底。這威力還是一樣可怕。

《經驗值達到一定程度。個體——死神之鐮從ＬＶ２升級爲ＬＶ３。》

《各項基礎能力值上升。》

《取得技能熟練度等級提升加成。》

《熟練度達到一定程度。技能〈視覺領域擴大ＬＶ２〉升級爲〈視覺領域擴大ＬＶ３〉。》

《熟練度達到一定程度。技能〈生命ＬＶ９〉升級爲〈生命ＬＶ10〉。》

《滿足條件。技能〈生命ＬＶ10〉進化成技能〈身命ＬＶ１〉。》

《取得技能點數。》

喔，等級剛好提升了。

鐮刀也在脫皮後復原。

而且終於有一個能力值提升系的技能進化了。

快來鑑定看看吧。

〈身命：技能等級乘以10的數值會變成ＨＰ的加成。此外，等級提升時會加上等同於技能等級的成長加成〉

果然如此……這是跟剛力相同系統的技能吧。

也就是說，只要完成進化，剩下的能力值強化系技能也會變得帶有成長加成效果。

如果情況允許，我想盡早提升這些技能，但還是忍耐到離開中層再說吧。

真想早點抵達安全的地方。

然後，久等的一刻終於到來！

等級提升讓技能點數變成100點了！喔耶！

自從進化之後，我每次升級都能得到的技能點數就變成50點。

以前只有20，但現在一口氣變成50。

拜此所賜，光是提升兩級，我就拿到了100點。

好啦，不曉得傳說中的邪眼系技能上架了沒？

〈詛咒的邪眼（100）：對視野內的對象造成詛咒屬性的傷害〉

〈死滅的邪眼（100）：對視野內的對象造成腐蝕屬性的傷害〉

〈麻痺的邪眼（100）：對視野內的對象造成麻痺屬性的傷害〉

〈石化的邪眼（100）：對視野內的對象造成石化屬性的傷害〉

〈不悅的邪眼（100）：對視野中的對象賦予外道屬性「不悅」的效果〉

〈幻痛的邪眼（100）：對視野中的對象賦予外道屬性「幻痛」的效果〉

〈狂氣的邪眼（100）：對視野中的對象賦予外道屬性「狂氣」的效果〉

〈魅惑的邪眼（100）：對視野中的對象賦予外道屬性「魅惑」的效果〉

〈催眠的邪眼（100）：對視野中的對象賦予外道屬性「催眠」的效果〉

〈恐懼的邪眼（100）：對視野中的對象賦予外道屬性「恐懼」的效果〉

唔哇……真的上架了耶……

之前的列表中明明沒有這些技能。

話說，邪眼的種類還真多。要我在裡面選一種嗎？有點煩惱。

【情報部長啊……】

什麼事，身體部長？

【我們要不要乾脆多取得幾種邪眼？】

咦，什麼意思？

【妳知道嗎？我們有八顆眼睛喔。】

那又怎麼樣？

【換句話說，那我們最多可以同時發動八種邪眼不是嗎？】

妳是天才嗎！

【哼哼哼……沒錯，本小姐就是天才。】

真的假的……原來我是天才啊！天才不管做什麼事情都會被允許對吧！

【沒錯沒錯。妳不覺得同時發動八種邪眼很狂嗎？】

狂……太狂了。未來充滿著夢想啊！

【雖然望遠已經用掉一顆眼睛，所以只剩下七顆就是了。】

考慮到還得保留正常視野，那就是只剩六顆。

【是啊。那這次就先選擇一種，然後依序取得剩下五種，ＯＫ？」

ＯＫＯＫ。那麼，身體部長妳覺得哪種邪眼比較好？

【我覺得這次應該選擇我們還沒有的屬性，也就是詛咒或石化。畢竟比起魔物，外道系邪眼感覺起來更像是拿來對付人類的東西。】

也對。我個人覺得詛咒比較好。在上層對付石化蜥蜴時，我就已經體驗過石化的威力，在出現效果之前的等待時間太長了。

【雖然效果順利發動時的威力也相對強大就是了。這次果然還是應該保險點，選擇詛咒。】

真不愧是我，果然很懂。

既然如此決定，那就取得詛咒的邪眼吧。

〈詛咒：減弱各種能力值，同時對ＨＰ、ＭＰ、ＳＰ造成傷害〉

我得到詛咒的邪眼ＬＶ１啦。萬歲。

好不容易取得邪眼，當然要找隻魔物來試刀。

既然如此決定，就從探知先生的情報之中找尋疑似魔物的東西吧。

嗯……嗯嗯嗯……那邊好像有東西喔。

因為還有一段距離，所以我無法掌握正確情報，但那傢伙似乎爬上陸地了。

來得正好，就用這傢伙當實驗品吧。

啊，是進化版的青蛙。

這傢伙有著疑似令人懷念的青蛙進化之後的樣貌。

雖然感覺沒有變得很強，但已經進化得足以適應這個中層的環境。畢竟牠連炎熱無效這個技能都有。

還有，住在這種被岩漿照得一片光明的地方還擁有夜視的傢伙，我想八成都是來自上層的魔物的進化版吧。

因為上層和下層都是一片漆黑。

也許是有魔物不小心從上層跑進來，不得不配合環境進行進化。

希望不要有下層的魔物跑來中層。

要是那種傢伙完成適應中層的進化就太可怕了。

此外，我在看到這種青蛙的技能時發現一件事情。我一直以為是口水的那種攻擊，看來好像是我也愛用的毒合成。

青蛙似乎是用射出這個技能發射毒水。這個技能好像不錯，我也想要。

這樣一來，我就能製造出遠比這種青蛙的水球還要強力的毒彈。

不曉得從屁股猛力射出蜘蛛絲，能不能賺到熟練度？

【在妳這個情報部長想著無聊事情時，我已經合成麻痺毒讓青蛙陷入麻痺了。】

啊，身體部長幹得漂亮。

這樣我就能放心進行詛咒的邪眼的實驗了。

好，發動邪眼！

嗯。看來已經順利發動了。

不曉得效果如何？喔……喔喔……

青蛙的HP、MP和SP都在慢慢減少。

只有等級1的話，累積傷害的速度果然不快。

雖然黃色和紅色的SP都會減少，但黃色SP恢復較快，所以沒什麼效果。

如果等級提升，累積傷害的速度或許會快過恢復速度也不一定。

不曉得能不能讓敵人一直處於喘不過氣的狀態……如果可以就太噁心了。

啊，不過，在此之前敵人應該會先耗盡HP死掉吧。

畢竟HP和SP的數值大致上都差不多。

喔，能力值也降低了。

數值旁邊還多了「削弱中」這樣的訊息。

還有，目前數值的旁邊還多了顯示最大值的括號。

喔喔……原來只要被會降低能力值的攻擊擊中，就會像這樣顯示出來啊……

只要看到這些標示，就能一眼看出敵人中了什麼攻擊。

真不愧是鑑定大人，做起事來一點漏洞都沒有。

對了，這種邪眼果然不是無消耗的被動技能。我的ＭＰ減少了。
不過減少速度並不是很快。差不多是十秒減少１點。
因為青蛙累積傷害的速度是五秒減少１點，所以效率還算不錯……吧？
考慮到我現在的ＭＰ，至少能發動超過五十分鐘，這麼一想就覺得性價比還算不錯。
畢竟只要等級提升，累積傷害的速度應該也會變快。
啊，青蛙身上的麻痺效果消失了。
我才剛這麼想，身體部長就往青蛙身上再灌了一發毒合成。真不愧是我，反應真快。
嗯……雖然ＨＰ之類的數值都很順利地逐漸減少，但能力值的減少速度變慢了。
在降到一半之前，各種能力值的降低速度都跟ＨＰ差不多，但之後就幾乎不會降低。
難道能力值存在著降低的底線嗎？
仔細想想，這也是理所當然的事。
要是能一直降低下去，搞不好會出現防禦力變成零的狀況。
那根本就是紙了嘛。不，那已經脆弱到連紙都稱不上。
不過，如果能夠讓能力值降低一半，效果就算是相當大了。
雖然對青蛙之類的小嘍囉沒有太大影響，但若讓鰻魚之類的強力魔物能力值減半……
因為比起技能，魔物戰鬥時更加依賴能力值，所以削弱能力值就等同於大幅削弱那傢伙。
如果鰻魚的能力值減半，那就跟鯰魚沒什麼差別了。

這技能有可能變成對付強力魔物的王牌。
看來以後得優先提升這個技能的等級才行。
嗯?奇怪?青蛙死掉了!
奇怪?牠的ＨＰ應該還有剩啊!
牠的ＨＰ好像突然就迅速減少了，為什麼會這樣?
啊，在ＨＰ減少之前，紅色的ＳＰ先耗盡了。
原來是因為這樣……只要紅色的ＳＰ見底，ＨＰ就會開始急速減少。
好可怕!
唔哇……那剛進化完畢時，根本就超級危險嘛。
有飯吃真是太好了。
雖然多虧有過食這個技能，我不太會遇到紅色ＳＰ耗盡的狀況，但以後還是小心點吧。
總之，詛咒的邪眼似乎頗為實用。
要不要在ＭＰ充足時發動邪眼，賺取熟練度呢?
嗯。為了以備不時之需，我決定至少留下一半的ＭＰ，然後把剩下的ＭＰ全部拿去鍛鍊邪眼吧。
而且在移動的過程中也能發動邪眼。
可是，這個邪眼不管怎麼想都是一種魔法吧?

因為ＭＰ會減少，還會發生明顯無視物理法則的不可思議現象。
但真要說的話，其他技能也一樣就是了。
魔法跟其他技能的差別到底是什麼？
是那個嗎？視覺效果？
邪眼的效果確實是很不起眼，不依靠鑑定大人的力量就看不到。
說到魔法，不是會給人更加華麗炫爛的印象嗎？
嗯。視覺效果很重要呢。我果然還是想學會魔法。
雖然詛咒的邪眼也算是遠距離攻擊，但跟我當初想要的東西不一樣，屬於持續型的技能。
我果然還是想要「發射！命中！轟沉！」這種簡單明瞭的遠距離攻擊。
詛咒的邪眼很好用，但要是再加上射擊魔法不就更猛了嗎？
不錯耶。感覺不錯。
嗯。我還是繼續以學會魔法為目標吧。

在下是身體部長。
還沒有名字。
這次希望大家聽我抱怨一下情報部長的事情。
那傢伙是個白痴。

前陣子，為了學會射出，她就說「來練習從屁股把絲發射出去吧！」然而實際嘗試的結果，絲射得比想像中還要遠，就這樣掉進岩漿。

火差點就延燒到我身上。

要是我沒有趕緊把絲切斷，早就變成一團火球了。

總之，那傢伙三不五時就像這樣拋出莫名其妙的提案，結果都沒有什麼好下場。

照著那傢伙的提案去做的事情，沒有一件成功。

雖然每次都興致勃勃地跑去實行的我也有問題啦。

但她就不能再想些更好的提案嗎？

只要仔細想想，就能知道行不通不是嗎？

為什麼她明明就負責思考，卻不懂得深謀遠慮？

白痴嗎？

她就是白痴吧。

所以身為身體部長的我必須振作一點。

畢竟我的行動直接攸關我們的生死。

喂，身體部長。

【幹嘛，情報部長？】

能不能把邪眼跟望遠結合起來啊？

【妳是天才嗎！】

哼哼哼……沒錯，本小姐就是天才。

【真的假的……原來我是天才啊！天才不管做什麼事情都會被允許對吧！】

沒錯沒錯。妳不覺得用望遠從遠距離發動邪眼很狂嗎？

【狂……太狂了。未來充滿著夢想啊！】

既然已經決定，就快去找尋獵物吧！

【呀哈——！】

在下是情報部長。

還沒有名字。

同時發動望遠和邪眼的實驗失敗了。嗯……

畢竟要是能辦到那種事，就跟作弊沒兩樣，所以這也沒辦法。

拜一直保持發動狀態所賜，望遠升到等級5了。

比起等級1的時候，能夠放大的距離和倍率都增加了。

如果能加上邪眼的效果，應該就能變成相當不錯的遠距離攻擊……真是遺憾。

可是，邪眼這東西相當好用。

因為只要ＭＰ還足夠，我就一直開著邪眼，所以現在已經升到等級３了。

等級提升的速度有點慢。

但在攻略中層的過程中，我的ＭＰ經常處於過剩狀態，所以這樣剛好。

我還發現邪眼的一項特性，那就是邪眼發動時，視野似乎不會出現變化。

雖然沒辦法跟望遠一起發動，但視覺強化之類的效果還是管用。

如果在發動時還能保有正常的視野，那就沒必要特地保留不發動邪眼的眼睛。

就算要同時發動八種邪眼也不是夢想了。

此外，好像沒辦法讓邪眼加上各種屬性追加技能的效果。

雖然我用毒攻擊做過測試，但毫無效果。真可惜。

不過，這就跟望遠一樣，要是能夠實現就太過犯規了，所以不行也是無可奈何的事。

因為如果能把現在的我的猛毒加在邪眼上，就會變成光是用看的就能殺死對方，連某個號稱能看見死亡的魔眼都要自嘆不如。

光是用看的就能對敵人造成傷害，並且附帶能力值降低效果，已經是接近犯規的技能了，還想要有更多效果就太過貪心了吧。

然後，我還想到能不能讓八顆眼睛同時發動一種邪眼這個問題，結果這件事是能夠實現的。

只不過，效果不會改變。

雖然我覺得同時發動八顆邪眼，就算威力變成八倍也很合理，但天底下可沒有這種好事。

然而在發動望遠的時候，這種好幾顆眼睛同時發動的技巧還挺好用的。
因為我可以鎖定不一樣的地方，並且分別放大該處的景象。視用法而定，這種同時發動的技巧說不定派得上用場。
然後，我想換個話題，是關於身體部長的事。
那傢伙是個白痴。
我前陣子想到也許能取得射出這個技能的方法，提議進行從屁股把絲發射出去的練習，然後那傢伙就一邊說著「好啊，這是個好主意。馬上試試看吧！」一邊把絲發射出去……朝著岩漿發射……
雖然那傢伙說什麼「都是因為絲飛得比想像中遠」，但再怎麼樣也不用朝著有岩漿的方向發射吧？
發射出去的絲當然是掉進岩漿。
在火焰像是導火線一樣沿著絲燒過來時，我都快急死了。
雖然身體部長在千鈞一髮之際把絲切斷，所以沒釀成大禍，但要是沒來得及切斷，我的屁股又要著火了。
總之，對於我所想到的提案，那傢伙總是像這樣拿出意料之外的成果。
啊，真要說的話，應該是意料之下才對（註：上一句的「意料之外」原文是「斜め上」，這裡的「意料之下」原文則是「斜め下」，除了「意料之外」這個意思，還從往上變成往下，變成只有負面意義）。

真是的……即使我能想到天才級的點子，但要是負責執行的身體部長無能的話，不就毫無意義了嗎？

只要稍微想想，就能知道什麼事不該做不是嗎？

難道她整天只顧著動身體，連思考能力都退化了嗎？

白痴嗎？

她就是白痴吧。

所以身為情報部長的我必須振作一點。

畢竟我的指示直接攸關我們的生死。

【喂，情報部長。】

幹嘛，身體部長？

【我用望遠玩了一下，結果發現魔物了。】

真的假的？探知的效果範圍內還沒發現魔物耶。

【呼呼呼。情報部長，妳的存在意義是不是變薄弱了啊？】

開什麼玩笑，身體部長，想提供比我更多的情報，沒有一百顆左右的眼睛是辦不到的喔。

【哇哈哈哈……妳也只有現在還能說這種話了！給我洗乾淨脖子等著吧！】

哼……雖然那一刻永遠不可能到來，但是算了……有本事就爬上來吧！我就在這個遙遠的山巔上等妳！

【呵呵呵……】

呼呼呼……

【對了，妳想怎麼處理那隻魔物？】

不用說也知道是獵殺吧。

【遵命。好啦，小子們！準備戰鬥吧！】

呀哈——！

我今天也在中層徘徊。

嗯……來到中層也有一段時間了，但還是沒看到終點。

真不愧是全世界最大的迷宮。

要是人類想攻略這種地方，應該得做好賭上一生的心理準備吧？

不過，我倒是攻略得很順利就是了！

真不愧是我！

因為進化後的我能力值提升了，技能也變得更為充實。

在中層應該已經所向無敵了吧？

連在中層都這樣，要是回到上層，不就可以開無雙了嗎？

呵呵呵……雖然以前光是要活下去都得拚命，但現在的我一定沒問題！

只要知道不會輕易死去，這個世界就跟遊戲一樣，感覺有點好玩。

《熟練度達到一定程度。技能〈鑑定LV9〉升級爲〈鑑定LV10〉。》

哦？哦哦？喔喔喔！

終於……鑑定大人終於封頂了！

唔哇！我超開心！

身為第一個取得的技能，跟我同甘共苦的鑑定大人終於……終於變成完全體了！

剛開始時廢到無可救藥的鑑定。

每次升級時都會增加微妙的新功能。

看著這個技能變得越來越好用，我也備感喜悅。

脫胎換骨後變成出色的鑑定小姐。

儘管一直被我嫌棄，妳還是努力成長。

然後成為眾人認同的鑑定大人。

這樣的妳也終於……終於！唔哇啊啊啊！

太好了，妳幹得太好了。我好感動！

謝謝妳，鑑定大人！以後也請多指教了，鑑定大人！

不過，還是沒有進化技能或衍生技能啊……

不，我並不在意這個問題。

光是能把鑑定大人練到封頂，就已經是很厲害的事情了。

不過，我還是有些期待她能繼續進化，變成睿智的掌管者之類的技能。

沒有嗎？我還以為鑑定大人可能會有，結果卻是沒有嗎？

真令人失望。

……真的沒有嗎？

《沙……沙……沙，沙，沙……》

……這種跟電視雜訊很像的聲音是什麼？

《沙……要求，沙……上位管理者權限，沙……》

咦？怎麼回事？

《沙……理者沙……沙……駁回，沙……》

總覺得有些不妙。

明明不知道是什麼事情不妙，但我就是覺得不妙。

《沙……嗶！》

相較於之前聽到的聲音，聽起來異常清晰的那道嗶聲，讓我的身體不由得抖了一下。

《上位管理者D已經同意要求。》

《技能〈睿智〉正在架構中。》

《架構完畢。》

《滿足條件。取得技能〈睿智〉。》

《〈鑑定ＬＶ10〉被整合爲〈睿智〉。》

《〈探知ＬＶ10〉被整合爲〈睿智〉。》

《熟練度達到一定程度。技能〈禁忌ＬＶ７〉升級爲〈禁忌ＬＶ８〉。》

《滿足條件。取得稱號〈睿智的支配者〉。》

《基於稱號〈睿智的支配者〉的效果，取得技能〈魔導的極致〉、〈星魔〉。》

《〈ＭＰ恢復速度ＬＶ４〉被整合爲〈魔導的極致〉。》

《〈ＭＰ消耗減緩ＬＶ３〉被整合爲〈魔導的極致〉。》

《〈魔量ＬＶ９〉被整合爲〈星魔〉。》

《〈護法ＬＶ４〉被整合爲〈星魔〉。》

啊？啊？啊啊啊啊啊啊……？

不不不。奇怪。這樣太奇怪了吧？

怎麼回事？事情怎麼會變成這樣？我該作何反應？

我要冷靜。身體部長，先深呼吸一下吧。

吸……吐……呼……

很好。照順序整理一下狀況吧。
首先，就從我第一次聽到莫名其妙聲音的地方開始。
那聲音是什麼？不知道。
換作平常，我會覺得一直想這些想不通的事情毫無意義，就這樣把疑惑丟到一旁，但看來這次不能這樣。
因為這很明顯是異常狀況。
異常……沒錯，就是異常。
雖然在此之前，我都以為這個世界就是如此，毫不在意地取得技能，但日本可沒有技能這種東西。
要是在日本，有技能這種東西反而異常。
只因為「這個世界就是這種世界」這種廉價的想法，就把這當成理所當然的事，真的行嗎？
直到剛才為止都還行。不過，現在就不一樣了。
我剛才確實聽到天之聲（暫定）這麼說。
《上位管理者D已經同意要求。》
《技能〈睿智〉正在架構中。》
《架構完畢。》
這些話聽起來，就像是有人在監視著我，還聽從我的怨言創造出新技能不是嗎？

如果事情真是這樣，那犯人就是那位名為管理者D的人物。

還有，考慮到上位這個詞彙所代表的意義，名為管理者的人物應該不是只有這位D。

那所謂的管理者到底在管理什麼？

那還用問，就是技能。

照著這個流程想下來，就只能得到這個結論。

簡單來說，這個世界的技能，都是那些自稱管理者的傢伙所賦予的東西。

目的是什麼？怎麼辦到的？

這我實在想不通。

雖然想不通，但只有這點我敢說。

這個世界有什麼地方不對勁。

一股寒意竄過背脊。

有別於遇到地龍時的另一種恐懼，慢慢侵蝕著我。

那些名叫管理者的傢伙看到我驚慌失措的模樣，是不是正在偷笑？

好可怕。

一直以來讓我賴以為生的技能，現在卻像是某種難以理解的怪物。

難道不是嗎？

如果這些技能是管理者所賦予的東西，那我就等於是被他們玩弄在指掌之間。

因為我是靠著技能存活至今。
就跟遊戲一樣，感覺有點好玩？我是傻子嗎？
連這個世界是在管理者的意圖之下被創造成這樣都不知道，居然還說出這種天真的話。
如果管理者真的在管理技能，不就表示那些傢伙像是在經營遊戲一樣，觀察著這個世界的運作嗎？
如果真是那樣，那我不就是遊戲裡的其中一個登場人物了？
那樣的傢伙，簡直就跟神沒兩樣嘛。
我今後到底該如何是好？
該何去何從？

S5　支配者階級

今天是課外活動的日子。
課外活動的內容，是在離學校不遠的小山進行探索。
雖說距離不遠，但光是走路往返就得花上超過半天的時間。
只有通過校方測驗的部分學生有資格參加。
在我們這些入學第一年的學生之中，被允許參加探索課程的人，只有包含我在內的十二個人。
探索當天，我們早上徒步從學校出發，在中午之前抵達山腳下。
之後，我們在山腳下的小屋參加行前說明會，順便吃了午餐。
吃完午餐後，我們分班入山。
之後的行程是花上整天在山上探索，露營一晚，在隔天中午之前回到山腳下。
這座山只棲息著危險度最低的弱小魔物。
在我們出發探索之前，校方聘請的人員已經做過調查，確認沒有強力魔物。
即使是弱小的魔物，偶而還是會進化變強，所以這種確認工作不可免除。

在這次的探索中，學習基礎的野外求生技術。

體驗實際棲息著魔物的環境。

透過採集藥草之類的東西，學習山上的知識。

讓學生累積這些經驗，就是此次課外活動的目的。

目的就只有平安度過這一天，取得知識與經驗。

因此，積極與魔物戰鬥反而會被扣分。

雖然在被襲擊時做出適當的應對會加分，但主動跑去攻擊魔物則是禁止行為。

探索是分班進行，各班由四名學生加上一位老師所組成。

各班成員都是抽籤決定，只要不是實力太過不平衡的編組就不會交換成員。

我沒能跟蘇、卡迪雅和悠莉分在一起。

而且還跟由古同班。

班的成員是我、由古、前世是岡老師的菲莉梅絲，以及身為騎士兒子的帕爾頓這四名學生，再加上身為魔法科教師的歐利薩老師湊成五人。

我和帕爾頓的關係介於熟人和朋友之間。

儘管原本只是男爵，帕爾頓的父親還是立下許多戰功，一直爬到伯爵的地位。

帕爾頓受到父親的嚴格訓練，擁有偏重物理系的技能組合。

實力在整個學年之中也算是相當強。

儘管如此，他本人似乎還是對此不滿意，每天都專心鍛鍊自己，是個個性認真的少年。

由於他面對我時的態度就像是個臣子，所以我們雖然會交談，但感覺交情不深。

歐利薩老師是中年的魔法科教師。

他是一位沒什麼幹勁的教師，應付工作的態度非常明顯。

他似乎討厭麻煩事。當我和由古被分到他負責的班時，也毫不隱藏地皺起眉頭。

由古討厭我的事情，就是已經眾所周知到這種地步。

只不過，他不愧是教師，戰鬥能力非常高。

儘管技能組合偏重魔法，但也能夠稍微應付接近戰，能力值也比學生來得強。

因為在發生意外時，教師必須保護學生，所以會跟來參加這個探索課程的教師都不可能太弱。

令我感到意外的是，前世是岡老師的菲莉梅絲居然會跑來參加這堂課。

老師經常曠課。

她似乎有在暗地裡進行某些活動，卻沒有告訴我們內容。

畢竟連學校這邊的課都得翹掉，想必她一定很忙。

而這樣的老師跑來參加整整要耗上兩天的這堂課，我自然會感到意外。

話雖如此，畢竟還有我跟由古之間的問題。如果能陪在身邊的話，沒有比她更可靠的人了。

萬一由古跑來找碴，岡老師應該也會出面調解吧。

「那麼大家先解散吧。各自吃完午餐後就分班展開行動。」

負責帶隊的教師如此宣言後，說明會就結束了。

吃完午餐後就得分班行動。

「哥哥，我們要暫時分別了。我好寂寞。」

「蘇，才一天而已，妳太誇張了。」

「一天就已經很嚴重了。只要想到哥哥會不會在我看不到的地方遭逢意外，我晚上就擔心得睡不著覺。」

「妳放心。這座山的安全已經確認過了，不會發生什麼意外啦。」

為了讓蘇安心，我輕撫她的頭。

「俊，小心提防由古喔。來到這個世界後，那傢伙的腦袋似乎變得不正常了。」

「……我知道了。」

卡迪雅在離別時給我的小聲叮囑在腦海中回放。

腦袋不正常啊……

的確，現在的由古看起來就像是自我顯示慾的集合體。

他把許多前途無量的男生收為部下，忙著鞏固自己的地位。

說得難聽一點，他那副模樣，就像是個山大王。

雖然他以前就有點幼稚任性，但轉生似乎讓這個缺點變得更加嚴重。

希望他不要因為一點小事而發飆就好了。

無視於我的擔憂，探索的過程相當順利。

我們沒有遇到魔物，平安抵達預定露營的地區。

「修雷因大人，這裡就是露營地點嗎？」

「是啊。看來我們比預定的還要早到。」

「因為男孩子們的體力都很好啊。身為女生的我要跟上你們，超級辛苦耶。」

「無聊。岡姊的能力值也相當高吧？怎麼可能這樣子就受不了。」

「就算知道是這樣，也應該假裝不知道，然後送上關心的話語。我覺得這是成為好男人的條件喔。」

「我可不想成為看女人臉色過活的男人。」

「啊，霸道總裁系的男生其實也可以喔。」

在由古和老師如此閒聊的同時，我和帕爾頓開始準備露營。

歐利薩老師只是默默地看著這樣的我們。

「修雷因大人，可以幫我拿著那邊嗎？」

「嗯，可以啊。這樣嗎？」

「是的。再來只要像這樣把這邊弄好……」

「嗯，完成了。謝謝你，帕爾頓。」

「不會。原本應該是我一個人要負責準備這些東西，結果卻勞煩修雷因大人出手幫忙……」

「帕爾頓，在學校裡沒有身分地位之分，所以你沒必要這麼客氣。」

「身分確實是原因之一，但我個人也很尊敬修雷因大人，所以這是我自願做的事情。修雷因大人才是，請不要因為我的行動而露出那種過意不去的表情。」

帕爾頓率直的視線讓我認輸了。

我妹妹蘇也是一樣，我到底有哪裡值得讓人如此尊敬？

真是不可思議。

完成露營的準備之後，因為我們比預定還要早抵達，所以多出了點空閒時間。

既然有空閒時間，我們就決定在附近稍微晃晃。

大家分頭展開行動，在不會離開太遠的範圍內進行探索。

雖然單獨行動的提議遭到反對，但我們決定絕不離開能聽到彼此聲音的範圍。

如果是這樣的話，不管發生什麼事，位於附近的班員都能馬上趕到。

然後，我一個人來到山中。

如果能靠自己採到藥草，就能幫自己加分。

我一邊發動鑑定，一邊找尋要找的藥草。

就在這時，我聽到刀劍互砍的聲響。

聲音是從應該在附近探索的帕爾頓那邊傳來。

不曉得對方的劍是不是經過特殊加工，還是本人擁有無聲這個技能，總之那聲音極為細小。
不過，擁有聽覺強化的我清楚聽見那聲音了。
我連忙衝往帕爾頓的所在之處，但是被擋在面前的人物阻止了。
那人就是由古。
「嗨。」
「你想做什麼？由古……不，夏目。」
面對一派輕鬆地向我搭話的由古，我用緊張的聲音如此詢問。
「這個嘛……我覺得差不多該讓你退場了。」
由古若無其事地說出令人難以置信的話。
我在不知不覺間倒吞了口口水。
「你在開玩笑吧？」
「我看起來像是在開玩笑嗎？你太礙眼了。」
這一瞬間，笑容從由古嘻皮笑臉的臉上消失了。
「這個世界是為我而存在的世界。我會成為最強之人君臨天下的世界。可是，要是這個世界還有跟我一樣，甚至比我更強的傢伙，不就太奇怪了嗎？」
「你在說什麼傻話？這個世界不是任何人的東西，趕快醒醒吧。」
「我很清醒。這可是只要有技能就能辦到任何事的夢幻世界喔。簡直就是只為我而存在的世界嘛。不過，這個世界不需要像你這樣的傢伙。所以去死吧。」

由古拔劍了。我也不得不拔劍。

難以置信……這傢伙是認真的嗎？

我知道他討厭我，也知道這次的課外活動很可能發生問題，但沒想到他會為了這種理由跑來殺我。

他是認真的吧？

我知道這不是玩笑。

明明知道，卻依然沒有真實感。

儘管如此，心臟還是猛烈跳動，彷彿跳動聲直接在耳中響起一樣，握著劍的手也微微顫抖。

我壓抑著混亂焦急的心，看向由古的能力值。

〈人族LV31　姓名　由古‧邦恩‧連克山杜

能力值

HP：628／628（綠）　MP：566／566（藍）

SP：609／609（黃）　：502／611（紅）

平均攻擊能力：608　平均防禦能力：599

平均魔法能力：546　平均抵抗能力：522

平均速度能力：583

技能

「ＨＰ自動恢復ＬＶ４」
「ＳＰ恢復速度ＬＶ８」
「斬擊強化ＬＶ７」
「魔力感知ＬＶ８」
「魔力附加ＬＶ４」
「氣力附加ＬＶ７」
「麻痺攻擊ＬＶ２」
「立體機動ＬＶ６」
「隱密ＬＶ３」
「集中ＬＶ９」
「火魔法ＬＶ５」
「斬擊抗性ＬＶ３」
「麻痺抗性ＬＶ１」
「望遠ＬＶ１」
「嗅覺強化ＬＶ８」
「身命ＬＶ５」
「ＭＰ恢復速度ＬＶ４」
「ＳＰ消耗減緩ＬＶ８」
「打擊強化ＬＶ４」
「魔力操作ＬＶ５」
「魔力擊ＬＶ２」
「氣力擊ＬＶ７」
「劍的才能ＬＶ６」
「命中ＬＶ８」
「無聲ＬＶ１」
「預測ＬＶ３」
「破壞抗性ＬＶ２」
「火抗性ＬＶ３」
「疼痛抗性ＬＶ１」
「聽覺強化ＬＶ10」
「味覺強化ＬＶ７」
「魔藏ＬＶ４」
「ＭＰ消耗減緩ＬＶ４」
「破壞強化ＬＶ７」
「火焰強化ＬＶ４」
「魔鬪法ＬＶ５」
「氣鬪法ＬＶ７」
「火焰攻擊ＬＶ３」
「投擲ＬＶ５」
「閃避ＬＶ８」
「帝王」
「演算處理ＬＶ３」
「打擊抗性ＬＶ２」
「毒抗性ＬＶ２」
「視覺強化ＬＶ10」
「聽覺領域擴大ＬＶ１」
「觸覺強化ＬＶ８」
「瞬身ＬＶ５」

「耐久ＬＶ５」「剛力ＬＶ５」「堅牢ＬＶ５」
「道士ＬＶ４」「護符ＬＶ３」「縮地ＬＶ５」
「n%I=W」

技能點數：350

稱號

「魔物殺手」

好強。雖然他跟我相反，能力值比較偏重物理系，但有一定程度的實力。
而且這傢伙跟我不一樣，積極地使用技能點數取得技能。
其中最為棘手的是帝王這個技能。

〈帝王：提高技能的效果。此外，能以自身的氣魄賦予對方外道屬性「恐懼」的效果〉

由氣魄造成的恐懼效果，我還有辦法抵抗。
不過，提高技能效果這個效果根本犯規。
由古揮劍砍來。
我也揮劍迎擊。
嗚……好重！
「哼，我早就知道了。你幾乎沒有使用技能點數取得技能對吧？而且也沒練過等級。所謂的點數，就是要使用才有意義！就像這樣！」

由古的劍迸發出火焰。

我在千鈞一髮之際避開。

「要是打得太過激烈，說不定會被其他班的傢伙發現，所以你趕快受死吧！」

「你以為做這種事不會受到懲罰嗎？」

「放心放心，我可是這個世界未來的主人耶。不管做什麼都肯定會被原諒不是嗎？再說，我有好好進行滅證工作。我的手下現在應該正忙著解決其他人。等到把你解決掉之後，我會放出偷偷帶來的魔物。那是照理來說不會出現在這裡的強力魔物。可憐的學生和教師被突然出現的魔物吃掉了，而我則會擊敗那頭魔物，成功生還。這就是我寫的劇本。」

「你以為光靠這種破綻百出的計畫，就能讓你不被告發？」

「誰？被誰告發？告訴你，這裡不是日本，而我可是未來的劍帝耶。就算整個事件有些不自然的地方，誰又敢對我有意見？讓這件事變成國際問題真的好嗎？不可能有那種事吧。事情就是這樣。別以為這裡跟日本一樣，所有犯罪都會被公諸於世。」

由古那不像是日本人該有的想法，讓我啞口無言。

也對他居然能理所當然地接受那種想法錯愕。

「永別了。我會把你的事情記在腦海角落。」

纏繞著巨大火焰的劍往下揮落。

可是，那把劍沒能碰到我的身體。
由古的身體突然被擊飛了。
「夏目同學，你做得太過火了。」
不同於平時懶洋洋的聲音，那是令人背脊發寒的冰冷語氣。
從嬌小的精靈身上發出不協調的壓倒性存在感。
岡老師就出現在那裡。
「你的計畫已經宣告失敗，部下全都被我抓住了。還有，你帶來的魔物也被我處理掉了。」
「什……什麼！」
「你的心思好像全都放在俊同學身上，太過小看我了。不好意思，我不能放任你繼續失控下去了。」
老師走向倒在地上的由古。
由古想要偷襲逐漸接近的老師——
「咕哇！」
卻被某種看不見的東西壓倒在地上。
那肯定就是剛才轟飛由古身體的東西。
我想那八成是風系魔法。
老師伸手抓住由古的頭。我在那裡感知到魔力的流動。

她似乎正在對由古施展某種魔法。

「我要發動支配者權限。透過支配者的要求，發動支配者專屬技能。請問是否同意發動？」

「我同意。」

從由古口中發出一點都不像他的平淡聲音。

剛才的魔法……那該不會是被視為禁忌的外道魔法中的催眠魔法吧？

讓我驚訝的事情還不只於此，更令人驚訝的景象繼續向我襲來。

鑑定顯示出的由古的能力值正在逐漸降低。

而且就連技能也不斷消失。

轉眼之間，由古的技能就只剩下那個神祕的亂碼技能。

「……！妳對我做了什麼！」

終於恢復神智的由古大聲喊叫。

「降低能力值，還有剝奪技能。」

「什麼！怎麼可能辦到那種事情！」

「俊同學，鑑定結果如何？」

「……老師說的沒錯，你的能力值全都低於30，而且也沒有技能了。」

「什……什麼……」

「這個世界不是你的所有物。我勸你藉這個機會好好反省，以後就過著普通的人生吧。因為

即使取得技能變強，也不會有什麼好事……」

由古整個人茫然自失。我則是陷入混亂。

之後，探索課被迫中止。

帕爾頓和歐利薩老師都平安無事。

雖然情況危急，但多虧有老師出手幫忙，他們沒有受到太大的傷。

襲擊他們的由古手下全都被抓到了。

但沒人招出由古的事，由古本人也裝傻裝到底。

雖然等回到學校就會展開詳細調查，但看這個狀況，可能也沒辦法太過期待。

由古似乎確信自己有辦法成功脫罪，也許他事前有做過什麼準備吧。

我……不，不光是我，絕大多數的人這時都只把心思放在由古身上。

因此，誰也沒發現那頭魔物被悄悄放了出來，偷偷跟在我們身後。

8 睿智

〈睿智：通往成神之路的n%之力。能夠取得存在於自身知覺範圍內的一切事物的情報，但不得超過閱覽權限等級1。此外，還能凌駕W的系統，得到對MA領域的干涉權〉

〈睿智的支配者：取得技能「魔導的極致」和「星魔」。取得條件：取得「睿智」。效果：提升MP、魔法和抵抗等能力。增加魔法系技能的取得熟練度。取得支配者階級特權。說明：贈于支配睿智之人的稱號〉

〈魔導的極致：將系統內的魔力控制輔助，以及發動術式等各種能力值提升到極限。此外，MP的恢復速度加到最快，消耗降到最低〉

〈星魔：讓MP、魔法、抵抗等各種能力值增加1000點的加成。此外，等級提升時會加上100點的成長加成〉

……如果是以前，我應該會興奮到快要叫出來吧。

不，其實我現在也覺得這技能很厲害，只是沒辦法坦率地感到開心。

嗚……嗚嗚……嗚嗚嗚……唔啊！

啊——真是的！別想這麼多了！反正就算想破頭也沒用！

就算那什麼叫作管理者的傢伙真的存在，我又能拿他們怎麼樣？

我不可能對他們怎麼樣吧？

區區一隻蜘蛛，要怎麼對付那種跟神沒兩樣的傢伙？

我什麼都辦不到。

既然如此，那我只要跟以往一樣，隨心所欲地過活就行了。

跟蹤狂？偷窺狂？儘管放馬過來吧。

雖然不曉得對方是管理者還是神明大人，但你們就盡管把我的一生深深烙印在腦海中吧。

我要活得像烈火般燦爛，華麗地拉下謝幕！

讓你們見識一下我的生存之道！

【情報部長！】

什麼事，身體部長？

【燒起來了！】

喔，我的鬥志正在熊熊燃燒呢！

【不是啦！真的燒起來了！】

什麼？

【我是說絲啦！】

咦……啊……啊啊！

【因為剛才都在發呆，我忘記把絲切斷，火就燒到身上了！】

妳搞笑喔！既然有時間向我報告，還不趕快滅火！

《熟練度達到一定程度。技能〈火抗性ＬＶ３〉升級爲〈火抗性ＬＶ４〉。》

好熱！熱死人了！快使出毒合成！動作快！

【知道了。弱毒發動！】

嗚喔！我麻痺了！

【糟糕！現在的弱毒還加了麻痺的效果！】

妳搞啥啦！

《熟練度達到一定程度。技能〈麻痺抗性ＬＶ４〉升級爲〈麻痺抗性ＬＶ５〉。》

好熱！好麻！

【但是一點都不值得憧憬（註：此為日文的雙關語。上一句的「好麻」原文是「痺れる」，還有「令人崇拜」的意思。「そこに痺れる！憧れる！」則是網路上常見的哏，經常接在一起出現，意思是「真令人崇拜！令人憧憬！」）！啊哇哇哇！ＨＰ快沒了！】

要死了！這下真的會死！

【啊，ＨＰ變成零了。】

不會吧！

【忍耐發動！我要獻上ＭＰ作為祭品，以ＨＰ１的狀態復活！】

喔喔！

【可是火還沒滅掉，ＨＰ馬上又歸零了！麻痺狀態還沒解除嗎？】

再等一下……解除了！

【這次我要合成不帶麻痺效果的弱毒！還要把合成量設為最大！】

喔哇！一大塊毒水掉下來了！

【好痛。身體被壓垮，害得ＨＰ又減少了啦。】

啊……可是拜此所賜，火終於滅掉了。

【呃……嗯。反正也確認到忍耐的效果了，結果應該還算ＯＫ吧？】

一點都不ＯＫ吧？

【認真的話就輸了。】

話說，第一次耗盡ＨＰ，居然是因為這種鳥事，是不是有點好笑？

【認真的話就輸了。】

也對……

【剛才的意外讓ＭＰ減少了一半耶。】

要是沒得到睿智的話就死定了。

【有得到睿智，真是太好了。】

雖然事件的起因也是睿智就是了。

【認真的話就輸了。】

技能果然很方便呢。

【就是說啊。】

雖然不曉得管理者是為了什麼目的創造出技能並發給大家，但能拿到的東西就該收下來好好活用，不是嗎？

【就是說啊。嗯。就這麼辦吧。】

好啦，睿智這個技能的性能，感覺上就像是把鑑定大人跟探知加起來，再稍微強化一下。

光是這樣，就該在稱呼時加上敬稱了。得稱呼睿智大人才行。

第一個強化的項目，是能力值的鑑定結果中多了詳細這種東西。

只要在這個詳細上進行雙重鑑定，就能展開那項能力值的詳細情報，是一項非常棒的功能。

首先，攻擊與防禦這兩項能力值，分別都能看到身體各部位的詳細數值。

從那些數值可以得知，鐮刀部位是我身上攻擊力最強的地方，防禦力則是各個部位都差不多。

雖然身體部位的防禦力稍微偏低，但我的戰鬥風格原本就是以閃躲為主，只要別犯下讓身體被擊中的失誤就行了。

速度的詳細數值也是差不多的感覺，只是還進一步細分出反應速度、爆發速度和持續速度之類的項目。

雖然數值還算平均，但爆發速度相較於其他數值似乎稍高了點。

然後是魔法。這個實在是有點扯。

雖然其中分成魔法攻擊力、術式展開速度、術式安定度和術式強度等各式各樣的項目，但除了攻擊力以外的數值全都升到最高了。

居然有９９９９……這一點都不平均吧！

先把這樣的吐槽擺到一邊，我覺得這都是多虧了魔導的極致這個技能。

因為說明中寫著與術式有關的能力值都會升到最高之類的內容，我覺得這一定有影響。

這根本就是在叫我使用魔法對吧？

嘿嘿嘿。終於……我終於能使用魔法了嗎！

糟糕，我超期待的。

不過，重新確認睿智大人的效果才是當務之急。

千萬不能急。

最後是抵抗，在這些詳細數據中，這是最重要的一個。

上面記載著我所擁有的一切屬性與抗性。這樣就能搞清楚我害怕的屬性了。

我最害怕的屬性果然是火。

儘管擁有火抗性這個技能，數值也是最低。

啊，順帶一提，只要擁有抗性系的技能，該抗性的數值似乎就會隨之提升。

除了火之外，水、冰和光抗性的數值也偏低。

尤其是冰，幾乎都要跟火抗性一樣低了。

雖然只要待在中層，就應該不會受到冰屬性的攻擊，但看來我還是把這件事記在腦海中比較好。

相反的，數值最高的是外道抗性。也是啦，畢竟我都擁有外道無效了。

這項數值也是最高的９９９９。

第二名是毒抗性。

第三名是出人意料的黑暗抗性。

這樣就能搞懂我擅長和不擅長的抗性，但這些結果好像也能套用到攻擊方面。

比如說，就算使用我害怕的火屬性的魔法，我覺得效果也會變差。

相反的，如果是我擅長的外道屬性或黑暗屬性的魔法，威力應該會提升才對。

雖然這還只是推測，但我覺得有很高的機率實現。

能力值的詳細情報大概就是這樣，而且技能的詳細情報也看得到了。

具體來說，就是變得能看到熟練度的數值了。

由於升到下一級所需要的熟練度數值也會一併顯示，感覺能讓練等的效率變得更好。

順帶一提，就連還沒取得的技能的熟練度都看得到。

也就是說，即使沒有技能點數，也會顯示技能列表。

這真是嚇死人了，而且還是所有技能都解禁的狀態。

光是瀏覽這份列表，似乎就能用掉我一整天。

其中也有那種一看就是絕對不想讓人拿到，技能點數高得誇張的技能。

雖然效果確實有那個價值，但絕對拿不到。

我之前半開玩笑地對天之聲（暫定）……天之聲（暫定）這個稱呼是不是該改一下了？

不，還是繼續維持天之聲（暫定）吧。

啊，對了，我話還沒說完。

我半開玩笑地詢問天之聲（暫定）有沒有「不死」這個技能，結果這個技能真的存在，只是需要一億點才能取得。

太扯了……這根本就不打算讓人取得吧。

算了，不可能得到的技能就先擺到一邊。我想從那些伸手可及的技能中，找機會取得看似實用的技能。

雖然有一段時間都會把點數花在邪眼上，但如果完成這件事後還有剩餘點數，就拿去取得看起來不錯的技能吧。

至於探知先生強化的地方，是透過探知取得的情報也變得能夠鑑定了。

只不過，因為探知先生拿回來的情報已經相當詳盡，也沒什麼必要特地進行鑑定。

雖然我目前還想不到能充分加以活用的用途，但有這項能力也沒有損失，或許總有一天能派上用場吧。

最後，同時也是最為重要的一點，那就是居然新增了自動繪製地圖的功能！

萬歲！

而且連在取得睿智大人之前，我從出生至今走過的地方，全都顯示在地圖上了！

這個很厲害，真的很厲害。

我一直在其中漫無目的地四處徘徊的這座艾爾羅大迷宮，終於在這張地圖上顯示出其中的一角了！

艾爾羅大迷宮太遼闊了……

我原本所在的上層地圖，後來摔落到的下層地圖，以及目前正在攻略的中層地圖。

我把這些地圖連結起來，試著推算整座迷宮的部分樣貌，結果光是這樣就快要跟北海道一樣大了。這還只是一部分喔。

然後，我還推算從中層到上層的距離，結果發現路途還很遙遠。

因為這只是推算的結果，途中也可能會在某處遇到小山或縱穴，但看來我應該作好長途旅行的心理準備。

最後，一直以來都無法鑑定的神祕語言，果然還是無法鑑定。

話說回來，我剛才還以為自己死定了，其實就ＨＰ來看是死了。
要是沒有忍耐，我真的會死。如果死得那麼蠢，就別說什麼要華麗地拉下謝幕了。
管理者先生，如果你有看到剛才發生的事情，麻煩把它從紀錄上刪掉好嗎？算我求你。
不過，這也算是意外確認了忍耐的效果。
與其說是即使耗盡ＨＰ也能復活，感覺更像是即使ＨＰ歸零了，也能用ＭＰ作為替代品繼續行動。
從我剛才全身著火時的ＭＰ減少方式來看，應該是把ＭＰ暫時視為ＨＰ了。
因此ＨＰ本應受到的傷害，就這樣變成那些減少的ＭＰ。
實際上，就像是把ＨＰ和ＭＰ加在一起的感覺。
所以只要我受到超過致死量的攻擊，ＭＰ也會一口氣減少。
多虧有星魔這個技能，我的ＭＰ不尋常地大幅增加，所以我等於是變得相當耐打。
但ＭＰ會被用在原本的用途上，所以只把這個技能當成一種保險會比較好。
然後，星魔讓我的魔法系能力值大幅提升。要是不利用這些能力值，不就太可惜了？
這時候就輪到魔導的極致登場了！喔耶！
因為這個技能，可以說是我一直想要的魔力操縱的究極完全體啊！
太神啦！
而且還半買半相送，附送跟ＭＰ有關的便利技能！

賺翻啦！

因為是購買睿智大人的贈品，所以現在買還不用錢喔！

你……你說什麼……！

放心吧，我已經買好了！

恭喜嘍！

總之，這個魔導的極致真的是很猛的技能。

畢竟這其實就等於是取得最高等級的「魔力操縱」、「ＭＰ恢復速度」和「ＭＰ消耗減緩」。

剛才差點死掉造成減少到一半左右的ＭＰ，現在已經完全恢復了。

因為每秒都能恢復2至3點左右，所以大約十分鐘就足以完全恢復。

這算什麼……我的ＭＰ根本就是用到飽嘛。

而且還有ＭＰ消耗減緩的效果。只要是忍耐之外的技能，ＭＰ消耗量應該都會減少。

就算沒有特別節省，也不用擔心會用完。

即使讓邪眼保持發動狀態，也跟完全不消耗ＭＰ沒兩樣。

趕快讓邪眼一直發動吧。

既然萬事俱備，那我當然會想要試著使用魔法。

可是，我不知道用法……

但那已經是過去式了！我終於知道魔法的用法啦！

我是利用睿智大人的新功能──搜尋，才總算搞懂用法。

雖然遠遠比不上某位大老師，但只要調查跟技能系統有關的關鍵字，就會顯示該項目的說明。

我一直苦苦追求的指南功能終於實現了。

因為這個緣故，我也搜尋了魔法的用法。

根據搜尋結果，如果要使用魔法，似乎必須經過幾個步驟。

首先是認識魔力。這個步驟就相當於魔力認知。

如果沒辦法認識到魔力的存在，就沒辦法使用以魔力為燃料發動的魔法。因此，這是使用魔法時的大前提。

因為睿智大人的效果，魔力感知對我而言完全不成問題。

接下來是操縱魔力。

存在於我體內的魔力，感覺就像是粘稠的液體。我得用自己的意志讓這些液體流動。

這就是魔力操縱。如果能讓液體快速流動，或是做出複雜的流動方式就更好了。

照理來說都是要透過累積鍛鍊，才能慢慢讓液體流動，但因為擁有魔導的極致，我能自由自在地讓液體流動。

然後是架構術式。

各種魔法技能就相當於這個步驟，只要選擇想發動的術式，就會自動進行架構。

建構好的術式感覺起來就像是……管線吧？

這個架構速度也會因為能力值而變動。

由於我的術式架構速度已經升到最高，所以能在選擇術式的瞬間立刻發動魔法，速度快得像是作弊。

最後，只要把魔力灌注進架構好的術式，魔法就完成了。

感覺就像是把液體倒進管線。

只要液體抵達管線的終點，魔法就會變成能對現世造成影響的現象。

如果在這時增加流進管線的液體的量，就能提高魔法的攻擊力；如果加快液體的流速，就能縮短發動之前的準備時間。

只不過，這樣也會對管線造成多餘的負荷。

畢竟流量也會因為管線的粗細而存在著極限，如果管線不夠堅固，就會因為水壓太高而破裂。

要是承受不了那種負荷，術式就會失敗，在最糟糕的情況下甚至有可能發生爆炸。

由於越是高位的魔法，就擁有越複雜且越長的術式，所以這種傾向更為強烈。

如果要讓術式更加穩定，就必須製造更粗更堅固的管線。

關於這一點，因為我擁有魔導的極致，所以不成問題。

光是要發動一次魔法，就得經過如此繁雜的步驟。

可是！擁有魔導的極致的我，不需要思考這些麻煩的事情！

我能像是移動身體般地操縱魔力，在選擇要用的魔法的那瞬間，就能立刻架構出最合適的術式。

發動魔法就跟把水倒進杯子一樣容易！

總之，由於現在周圍沒有魔物，我就來試著發動能一眼看出效果的魔法吧。

毒魔法等級2的魔法——毒彈似乎是不錯的選擇。

即使成功發動外道魔法，沒有對象也毫無意義；就算成功發動影魔法，應該也不會令人感動。

至於深淵魔法……嗯，一下子就使用那種東西，好像有點難度。

好！架構術式！魔力充填完畢！毒彈發動！

幾乎是在做好準備的同時，我眼前就出現某種黑色的圓球，迅速飛了出去。

喔……喔喔！

雖然覺得成功得有些容易，但這可是魔法。

好猛。我有點感動。

不過，這種毒彈沒什麼威力。

畢竟這種毒不是蜘蛛猛毒。

毒魔法中的毒彈，似乎並不是把自己擁有的毒發射出去的魔法，而是一種發射毒的魔法。

因此這種毒是這個魔法專用的毒，跟蜘蛛猛毒不一樣。

然後，即使擁有我這般的魔法攻擊力，這種毒的威力也比不過蜘蛛猛毒。

雖然只要消耗更多魔力就能提升威力，但這樣還不如直接使用毒合成。雖然是好不容易才學會的魔法，看來使用的機會不多……

然後，測試過毒魔法中的毒彈之後，我也測試了毒魔法等級1的毒觸。

那應該是讓接觸到的對象受到毒屬性傷害的魔法，但果然存在著致命缺陷。

虧我還覺得以等級1能學到的魔法而言，這魔法的性能相當不錯，但這種魔法連自己都會中招。

也就是俗稱的自爆技。話說，我的自爆技是不是有點多啊？

雖然這種魔法可能很適合用來提升抗性，但在正常情況下根本毫無用處。

啊……不過，如果搭配等級3的毒抗，這招倒也不是完全沒用。

毒抗是能暫時提高抗性的魔法，只要搭配這招，毒觸說不定也能派上用場。

可是我已經有毒合成了，其實沒必要特地使用這招。

誰會沒事特地使用威力不強的自爆技啊。

因為威力不強，就連要拿來提升熟練度都做不到。

毒彈好像還有用處，但我應該不會用到毒觸。

影魔法我也姑且試過一遍。

結果……嗯，因為沒什麼可看之處所以省略。我只能說，如果要拿影子來玩倒是還行。

因為沒有對象就無從確認效果，所以我想等下次遇到魔物時再來測試外道魔法。

不過，因為那屬於精神攻擊的一種，說不定沒辦法從外表看出有沒有效果。

然後是最後的大魔王——深淵魔法。

要測試這個讓我頗為緊張。就各種意義上而言……

畢竟不管怎麼想，這種魔法都不太妙呢。

因為已經進化成睿智大人，為了保險起見，我再次鑑定了這種魔法，但說明內容並沒有變化。

結果，我還是不清楚這種魔法的效果。

雖然我知道這顯然是上位的黑暗魔法，但除此之外就一無所知。

如果有辦法使用，或許會變成極為強大的戰力，但這種不知道會跑出什麼東西的感覺，對心臟實在不太好。

因為我擁有魔導的極致，應該是不至於失敗，但還是會覺得緊張。

然而在我所擁有的魔法之中，這應該是最像魔法的魔法了吧。

黑暗魔法聽起來就超有感覺。

這種中二感讓我興致高昂。

那就先從等級1的地獄門開始測試吧。

好！架構術式！

……咦？

等……等一下！擁有魔導的極致的我，居然沒辦法駕馭……！

這種誇張的架構難度是怎麼回事？嗚……不行了。

正在架構的術式輕易擺脫我的控制，消失得無影無蹤。

好想大喊「這怎麼可能」！

我擁有的魔導的極致一如其名，應該已經是最上位的魔導系技能了耶。

儘管擁有那種技能，卻還是得到這種結果。

要是連這樣都不行，世界上不就沒人能使用深淵魔法了嗎？

話說，架構方式這麼困難的魔法，到底有多麼不妙啊？

就連等級1的魔法都沒辦法成功架構，這是怎麼回事？

要是發動等級10的反叛地獄，會不會直接變成世界末日？

哈哈哈……怎麼可能……不可能吧？真的不可能吧？

可是，就連等級1都這樣，看來是沒辦法使用了。

不。現在就放棄還太早。這確實是個難題。

不過，我是剛剛才學會使用魔法的初學者。

其他魔法師八成是透過努力練習，慢慢提升自己的技能等級，但我卻跳過這些過程得到作弊級技能。

換句話說，我還不習慣使用魔法。

因此，雖然能依靠技能的力量使用簡單的魔法，但上位魔法卻會因為我自身的不成熟而無法使用。我認為應該是這樣。

既然如此，那結論就只有一個——努力練習！

事情就是這樣，身體部長。

【嗯，我知道妳想說什麼，情報部長。】

妳能理解我的想法嗎？

【嗯……不過，這樣的話，情報該由誰來處理？】

不能由妳來分擔一點嗎？

【可以是可以啦，但畢竟會變成一個人做兩人份的工作，效率應該會大幅下降吧。】

傷腦筋……

《熟練度達到一定程度。技能〈平行意識LV1〉升級為〈平行意識LV2〉。》

來得正好！

哈嘍，第三個我。

〔哈嘍。事情我都明白了。既然有我在，那事情就解決了！〕

好！三號，那我就任命妳擔任魔法部長吧！

〔ＯＫＯＫ！，交給我吧。〕

於是，因為平行意識提升等級，我能同時存在的意識數量也增加了。

情報部長和身體部長的工作維持不變。

剛出生的魔法部長就負責在移動時，練習以深淵魔法為主的魔法。

睿智的支配者這個稱號的效果，應該會提升魔法系技能的熟練度取得速度。如果連毒魔法和影魔法也一併鍛練，將來肯定會派上用場。

而且在戰鬥的時候，魔法部長也會獨自施展魔法，進行攻擊。

雖然在單獨使用的情況下，毒魔法中的毒彈沒有太大用處，但如果能配合身體部長的行動使用，其利用價值就會爆發性提升。

可以牽制也可以突襲，能配合狀況做出各種應用。

而負責判斷狀況的情報部長也責任重大。

簡直就是三位一體。

仔細想想，我還真是厲害耶。

不但能力值急速提升，在運用身體戰鬥時，還能同時施展魔法。

光是聽到這樣，我就不想跟這種傢伙為敵。

奇怪？我是不是變得超強啊？

雖然發生了很多事情，但攻略中層的過程還算順利。

我不斷擊敗魔物提升等級，就連技能等級也提升了不少。

在這個過程中，過食終於升到等級10了。

暴食要來了嗎？雖然我都已經作好這樣的心理準備了，但進化後的技能名稱卻叫作「飽食ＬＶ１」。

〈飽食：可以吃下超過極限的東西。此時ＨＰ、ＭＰ和ＳＰ都會恢復。此外，還能把多補充的量額外儲存起來。由於多補充的量會變成純粹的能量儲存起來，所以不會變胖。等級提升能讓可以額外儲存的量增加〉

雖然不是進化成暴食，但這樣的性能還是很強大。

簡單來說，就是以前只對ＳＰ管用的效果，現在變得也對ＨＰ和ＭＰ管用了。

雖然額外儲存的量比起ＳＰ似乎偏低，但仍然是很厲害的效果。

光是能讓原本偏低的ＨＰ變多，我就很高興了。

而且還有忍耐的效果，如果ＨＰ和ＭＰ能增加，就能提升我的生存率。

ＭＰ原本就給人用不完的感覺，如果能夠儲存起來，也能減少浪費。

只不過，關於進化後的飽食變得不再會令人發胖這個效果，我就沒有因此得到好處了。

因為我本來就沒有變胖。這到底是為什麼呢？

根據過食的說明，額外儲存越多體力就會變得越胖，我曾經把額外體力儲存到接近極限的地步，照理來說應該會變得相當胖，但我其實完全沒有變胖。

難道這是蜘蛛才有的特殊體質嗎？雖然不是很清楚原因，但反正以後也不會變胖了，我決定不去在意。

對了。在等級提升之前，我把過食能儲存的額外體力儲存到最大值了。

最大值似乎是等級乘以100後的數值，所以最多只能儲存到900點。

雖然進化成飽食有讓上限稍微提升，但我想應該又會停在１０００點吧。

一旦沒辦法繼續儲存，就會覺得不趕快用掉太過浪費，正是日本人的節儉精神。

因為這個緣故，我一直提醒自己在平常移動時要盡量多消耗ＳＰ。

具體來說，就是一邊跑跳一邊前進。

我透過這樣的行為，賺取韋駄天之類技能的熟練度。

拜此所賜，以韋駄天為首的技能都升級了。

爆發和持久也都升級，終於練到封頂，成功進化。

這兩個技能分別進化為瞬身和耐久，還多了成長加成的效果。

這樣一來，在等級提升的時候，我的所有能力值就都能得到成長加成了。

不過，由於睿智的緣故，我的魔法系能力值提升速度異常地快，原本就擁有的韋駄天，則是讓速度的數值超級高。

嗯……我本來明明是高機動型的物理系角色，但光看能力值的話，卻變得像是高機動型的魔法系角色。

雖然讓我徹底蛻變的原因是睿智大人，但要說我是否真的變成魔法系角色，答案又有些微妙。

魔法系的各種技能確實升級了。

雖然有升級，卻無論如何都比不過蜘蛛猛毒。

結果，如果要認真戰鬥，我的王牌還是蜘蛛猛毒，而魔法只能作為輔助。

雖然這也是沒辦法的事就是了。

畢竟我一直以來都是靠著蜘蛛絲和蜘蛛猛毒這兩項武器戰鬥至今。

要是被突然蹦出來的魔法輕易取代，我恐怕也會有「那我以往的辛苦到底算什麼」之類的複雜心情吧。

啊……好想早點使用蜘蛛絲啊……我想快點離開中層。

要是成功抵達上層，我要馬上築巢，暫時躲在裡面花時間好好研究技能。

至於之後的計畫……老實說我也在猶豫，不知道該怎麼辦。

雖然要自己別去在意，但我果然沒辦法完全不去在意。

管理者。技能。

為了搞清楚這些事情，果然還是得向知情的人打聽。

不過，這個世界的人類到底是如何看待管理者的？我不知道。

仔細想想，我在這個世界還不曾跟任何人有過交流。

【有我啊！】

﹝還有我喔！﹞

妳們兩個跟我沒什麼分別吧！我說的是別人啦！

呼……笨蛋變多了，負責思考的我也越來越辛苦。

啊，對了，剛才說到溝通的事情對吧？

雖然我在前世時也幾乎不曾跟別人溝通，但只要有網路就能取得情報。

不過現在不一樣了。睿智大人只能搜尋到跟技能有關的部分情報。

而且就算有辦法調查，最關鍵的情報依然無法得知。

看似跟管理者有關的情報全都無法鑑定。

仔細想想，從大局來看，我只不過是個從出生之後都還不曾踏出家門的宅宅。

因為我不曾踏出艾爾羅大迷宮。

在沒有情報來源的狀態下，一個宅宅不了解世界局勢也是情有可原吧。

如果想知道關於管理者的事，就得走出艾爾羅大迷宮，跟這個世界的人類對話才行。

不過，因為我是不會說話的魔物，似乎很難跟人類正常對話。

雖然沒辦法擺脫魔物的身分，對話的問題說不定還有辦法解決。

第一個辦法是取得念話這個技能。

而另一個辦法則是進化成某種魔物。

睿智大人帶來了一項新功能，那就是進化樹。

只要看了這個，就能一眼看出我今後能進化成什麼樣的魔物。

之前進化時，我都是選擇當時看上去比較好的選項。而結果看來，我選擇的進化路線相當不錯。

從進化樹上來看，毒系似乎是相當稀有的種族，現在的死神之鐮也是。

不過，這個現在不重要。

問題在於，進化樹上顯示著我未來能進化的某種魔物的情報。

女郎蜘蛛——擁有蜘蛛的下半身與人類的上半身的魔物。

那是在我前世生活的日本也廣為人知的一種魔物。

只要我想進化成這種魔物，雖然路途有些遙遠，但還是辦得到。

如果擁有人類的上半身，應該就有辦法說話了吧。

問題在於，儘管如此我依然是個魔物，天曉得人類會不會聽我說話。

算了，就算不管這個問題，雖說只有一半，但能變成人型，對我還是很有吸引力。

雖說我已經習慣蜘蛛的身體，但一個健全的前高中女生會願意維持這樣的外貌，結束一生嗎？

照理來說都不會吧？

既然能變成人型，那我就以此為目標吧。

不過，現在想這麼多也沒用。

不管是要進化還是不進化，都還是很遙遠的事情。

再說，如果沒辦法離開中層，我也沒辦法走出迷宮。

以後再來思考這個問題吧。

S6 地竜來襲

那傢伙在我們抵達學校後突然出現。

不，正確來說，牠多半是一直偷偷跟在我們身後。

「啊……啊啊……」

我聽到某人的呻吟聲。

那頭魔物就是足以讓人發出那種沒出息聲音的壓倒性存在。

地竜——

原本應該不可能出現在這種地方的高位魔物。

而這種魔物正在學校前方對我們露出獠牙。

「夏目同學！那也是你幹的好事嗎！」

岡老師質問由古。

「我……我不知道！我沒聽說過會準備那種傢伙啊！」

由古一臉狼狽。他那副模樣，看起來不像是在說謊。

「喂，你們幾個，那是怎麼回事？」

由古也忍不住逼問被綁起來的這次事件的犯人集團。

「那是原本要在這次的計畫中使用的王牌。」

「是你們準備的嗎？」

「是的。由召喚師負責操控牠。可是，操控狀態似乎早就解除了。」

「誰是那個召喚師？」

「是我。但我沒辦法操控牠。那原本就不是憑我的實力有辦法駕馭的魔物。雖然抓到的時候很溫馴，也乖乖接受我定下的契約，但牠現在完全不聽我的命令！」

犯人們喋喋不休地回答由古的問題。

我不由得咂舌一聲。

想要駕馭實力比自己強大的魔物，根本就是瘋了。

在跟菲一起生活的過程中，我也取得了召喚師必備的調教技能。

不過，那個技能只能用在比自己弱的魔物身上。

即使是比自己強的魔物，只要雙方同意，也依然能締結契約。

但那必須建立在雙方的信賴關係上。

如果不是這樣，就沒人知道魔物什麼時候會背叛。就像現在這樣。

地竜揮舞牠的利爪，用跟樹幹一樣粗的尾巴掃了過來。

雖然參加課外教學的教師與高年級學生上前應戰，但實力差距一目瞭然。

這也是理所當然的事。根據鑑定的結果，那頭地竜的平均能力值是2000左右，即使在竜之中也算是上位的怪物了。

『變成不得了的大事了呢！』

在看到地竜後，前來迎接我的菲發出略顯焦急的念話。

「再這樣下去他們會全滅。我也去幫忙！」

「站住！我不允許那種事！太危險了！」

岡老師阻止我。

但是有人在我眼前受傷，我沒辦法置之不理！

我無視老師的制止，朝向地竜衝了過去。

「真拿你沒辦法！」

「既然哥哥要去，那我也要！」

「治療就交給我吧！」

卡迪雅、蘇和悠莉也跟了上來。

我邊跑邊準備魔法。就是我在之前的魔法課上學到的水魔法。

發射。水彈迅速逼近地竜。

但在命中地竜的前一刻，水彈就彷彿煙消雲散般消失了。

「是逆鱗嗎！」

那是竜種所擁有的特殊技能——龍鱗的上位技能逆鱗。

除了單純提升防禦力之外，還具備分解魔法結構的效果。

能夠同時對物理和魔法攻擊發揮強大的防禦力，是一種很難對付的技能。

「學生都退下！」

其中一位教師如此大喊，但我不予理會！

在這些人之中，我已經算是強者了。

既然如此，又怎麼能因為我是學生就退下。

「蘇！配合我！」

「好！」

我和蘇同時施展水魔法。

我們的魔法在空中合而為一。

蘇跟我一樣，也擅長使用水魔法。

如果能結合雙方的力量提升威力的話……！

水彈這次沒有消失，直接刺進地竜的身體。

地竜略顯痛苦地低聲呻吟。

行得通！雖然傷害不大，但並非無法貫穿牠的防禦！

周圍的教師與學生也模仿我，開始結合彼此的魔法發動攻擊。

卡迪雅也跟歐利薩老師一起朝向地竜發出火魔法。
然後，在牠因為魔法而退縮時，以接近戰為主體的人就上前攻擊。
造成的傷害不大，但並不是零。
我看到一絲希望，但地竜在下一瞬間抬起頭。
那是吐息攻擊的預備動作。
「快躲開！」
某人大喊一聲，但是來不及了！
我反而往前踏出一步，全力發動魔鬪法和氣鬪法。
同時使用技能點數取得光攻擊這個技能。
我讓光纏繞在劍上，正面揮向地竜吐出的吐息。
「唔……唔喔喔喔喔！」
撐住……撐住啊……我的身體！
『真是的！老是做這種危險的事！』
我似乎聽到菲的聲音。
吐息攻擊也在同時停下。
我順勢朝向地竜揮出劍，把牠缺了鱗片的脖子砍斷。

「我立刻幫你治療，別亂動喔。」

我一邊聽著宣告等級提升的神言，一邊讓悠莉用恢復魔法治療身體。

手上的傷特別嚴重，要是吐息再晚一點停下，我的雙手可能就要被轟飛出去了。

想到這裡，我的身體終於開始顫抖。

蘇和卡迪雅看到我這副模樣，想要過來搭話，但我拜託她們照顧其他傷患，把她們趕走了。

如果可以，我不太想讓她們看到這種丟臉的模樣。

戰鬥時，我心無旁鶩。

可是像這樣冷靜下來的瞬間，自己可能會死的恐懼便湧上心頭。

同時，我一直緊緊握住不放，彷彿完全固定在手中的劍，看起來變得非常可怕。

砍飛地竜腦袋時的感觸，還鮮明地留在手上。

這就是奪走生命的感覺，這就是真正的戰鬥。

我一直以為有了強大的能力值和大量的技能，自己就能戰鬥。

而我也真的戰鬥了。

不過，在戰鬥結束後我才發現——

我完全不明白何謂戰鬥。

所謂的戰鬥，原來是這麼可怕的事情。

所謂的殺生，原來是這麼恐怖的事情。

我緩緩鬆開手中的劍。

手指凍僵似的不聽使喚。

當悠莉完成治療時，我的手指總算完全放開了劍。

我告訴悠莉自己已經沒事，要她去治療其他傷患。

身體的傷已經治癒，只剩下我的心還有問題。

連我都覺得自己窩囊。

雖然我確實沒想過初次戰鬥就會面對這種強敵，但也不應該害怕成這樣。

而且還是在戰鬥結束之後。

尤利烏斯大哥幾乎每天都在重複這樣的戰鬥。

如果我想追上尤利烏斯大哥，就得笑著跨越這點程度的障礙。

看，現在不就有好幾個人正擔心地看著我嗎？

我得笑著說自己沒問題，讓他們放心才行。

換作大哥肯定會這麼做。來，笑吧。

……我怎麼可能笑得出來。

我好怕。差點被殺的恐懼。奪走他人生命的恐懼。

為什麼大哥……不，為什麼這個世界的居民有辦法一派輕鬆地做著這種可怕的事？

為什麼由古有辦法下定決心殺掉我？

就連殺掉非得擊敗的魔物都讓我如此害怕，要是殺了人，我沒有自信不會發瘋。
為什麼他有辦法策劃那種事情？
還是說，由古早就發瘋了嗎？
有可能。
在由古的稱號之中，就有魔物殺手。
魔物殺手是殺死許多魔物才能取得的稱號。
如果真是這樣，就代表由古殺過許多魔物。
他一直在做這種事。
在這個過程中，他的認知可能因此變得異常。
對於殺生這種行為的認知……
我總有一天也會變成那樣嗎？
我好怕。只要想到自己也可能變成那樣，我就快要喘不過氣了。
我大大地深呼吸，讓心情平靜下來。
我還沒整頓好心情。
不過，要是取得勝利的最大功臣垂頭喪氣，大家也沒辦法發自心底感到高興。
就算笑不出來，我至少該抬頭挺胸。
雖然我覺得可能太遲了。

注視著倒在地上的地竜的菲，突然映入眼簾。
救了我的人正是菲。
是菲在那一瞬間咬住地竜的脖子，讓吐息攻擊停下。
要是她沒有那麼做，我可能已經死了。
「菲，謝謝妳救了我。」
我努力壓抑好像要死灰復燃的恐懼，向她致上為時已晚的謝意。
『嗯。不用客氣。』
即使聽到我道謝，菲依然是一副心不在焉的樣子，繼續盯著死掉的地竜。
「怎麼了嗎？」
『你鑑定一下我的能力值吧。』
在因為菲莫名失落的模樣而感到疑惑的同時，我照著她的要求發動鑑定。
〈食親者〉
然後，我看到這個稱號。
一如其名，那是贈送給吃下血親之人的可怕稱號。
「難不成……」
『應該就是那麼回事吧。』
菲咬了那隻地竜的脖子一口。

如果事情真是那樣，那菲為何得到這個稱號也就不難理解了。

應該說，我只能想到這種可能性。

『那隻竜，該不會是來找我的吧？』

這並非不可能的事。

當菲還是一顆蛋時的所在之處，是離這裡有一段距離的艾爾羅大迷宮。如果那隻地竜是菲的父母，我想不到牠還有專程跑來這裡的其他理由。

我們很可能讓一個來找尋自己被抓走的孩子的父母，被自己的孩子親手殺掉。

只要這麼一想，那我不就等於是當著那孩子的面，砍下牠父母的腦袋……

「嗚……嗚噁！」

我吐了。

我的初次實戰，就這樣變成只有苦澀的回憶，永遠殘留在心中。

幕間　敗者的慟哭

「可惡！我不會就這樣認輸的！這個世界是我的！這是只為我而存在的世界！我不會認同這樣的結局！絕不認同！在得到一切之前，我絕對不會放棄！」

《熟練度達到一定程度。取得技能〈欲求ＬＶ１〉。》

「那個可恨的精靈！我絕對要報仇！不可原諒……我絕對不會原諒她！」

《熟練度達到一定程度。取得技能〈憤怒ＬＶ１〉。》

「我總有一天會奪走那傢伙的一切！就像我被奪走了一切一樣！」

《熟練度達到一定程度。取得技能〈奪取ＬＶ１〉。》

「給我等著瞧！我要摧毀那傢伙珍視的一切！還要邊笑邊侵犯那個大聲哭喊的臭婆娘！」

《熟練度達到一定程度。取得技能〈淫技ＬＶ１〉。》

「給我等著瞧吧！我會奪回這個世界！」

幕間　愛操心的公爵千金與吵鬧的轉生者們

「菲，妳沒事吧？」

『沒事啦。雖然嚇了一跳，但就算那隻竜是我的父母，也跟初次見面的陌生人沒兩樣啊。』

「這樣啊……別讓悠莉知道這件事喔。」

『也對。要是她知道我擁有禁忌這個技能，感覺會殺了我。』

「嗯？誰叫我嗎？」

『唔哇！沒人叫妳！沒人叫妳！』

「不要突然出現啦。這樣對心臟很不好耶。」

「咦？我只是很一般地路過而已耶。」

『我要向妳請求賠償金，補償我被嚇到縮短的壽命。』

「咦——！為什麼啊？」

「啊，對了，妳今天不用去跟俊傳教嗎？」

「喔，我已經去過了。」

『居然已經去過了……』

「在宣揚神明大人的偉大的道路上，可沒有放棄這種事！即使現在無法理解，大家都能理解神明大人的偉大的一天遲早會到來！」

「妳加油吧……」

『啊……總覺得她這種盲信的地方，跟那對兄妹很像……』

「是啊，我好像也能理解。俊是尤利烏斯先生的信徒，蘇則是俊的信徒。」

「沒錯！每次都把別人說得跟宗教狂一樣，卻沒發現自己也是勇者狂！妳們不覺得他很過分嗎？」

『他應該不想被妳這麼說吧。』

「不過，我也不是不明白妳的心情。只要聊起尤利烏斯先生的話題，那傢伙就停不下來了。」

『我也明白，勇者大人的英勇事蹟，我都已經聽到耳朵長繭了。』

「像是他無償拯救沒錢請人對付魔物的村子的事情嗎？」

『以負責管轄勇者大人的教會的立場來說，他做那種事情沒問題嗎？』

「其實是不行的，但因為這一代的勇者大人會自掏腰包捐錢給教會，教會高層也沒辦法太過強硬地加以批判。」

『真不愧是王族，不用擔心錢的問題。』

「那是因為有這個國家給他當靠山。如果是平民出身的勇者，就只會被當成普通的戰力，不斷被派到戰場上或是去做討伐魔物之類的危險工作。但要是太過勉強尤利烏斯先生，這個國家就有可能變成教會的敵人。」

『真是個難處理的問題。』

「不過尤利烏斯先生總是自願率先去做這種危險的任務就是了。」

「就像是真正的英雄呢！」

「我見過他本人，那個人真的就跟聖人一樣。可以說他的存在本身就是奇蹟。」

『要是有那種哥哥，弟弟不是變得性格扭曲，就是會真心崇拜他吧。』

「只要沒變得性格扭曲就好了嗎？」

「這樣不是很好嗎？事實上，以一個男人而言，追隨尤利烏斯先生的背影並不是錯事。」

『真不可思議，原本是男人的傢伙說出這種話還真有說服力。』

「我的心現在也依然是個男人。」

「騙人。」『騙人。』

「為什麼毫不猶豫就否定我啦！」

「啊哈哈。話說回來，尤利烏斯大人啊……我還沒見過他呢。」

「聖女候選人也見不到勇者大人嗎？」

「畢竟我還只是候選人。只要這一代的聖女亞娜大人還活著，候選人不管過多久也還是候選人。只要還是候選人，我就跟勇者大人毫無關係。只有在聖女或是勇者大人死去時，新任聖女才會誕生。」

『只要勇者死去，即使聖女還活著，也會換人嗎？』

「嗯。一位聖女就只會侍奉當代勇者一人。因此，要是尤利烏斯大人死去，即使亞娜大人還活著，也會決定下一任的聖女。啊，我好像不該說這種話……」

「不。雖然俊盲目崇拜著尤利烏斯先生，但那個人也不是所向無敵。事實上，他就曾經中了魔族的計，遭人下毒身陷險境。如果跟魔族之間的戰爭正式展開，就算是尤利烏斯先生也不見得能存活下來。」

『也對。雖然沒辦法在俊面前說這種話，但這場跟魔族之間的戰爭似乎不太好打。』

「畢竟一直保持沉默的魔王終於行動了。」

「是啊。根據傳聞，魔王似乎在我們還是嬰兒的時期就換人了。」

『那個時期還真是發生了不少事情。像是神言教和女神教之間的宗教戰爭，還有迷宮惡夢突然出現。』

「女神教是邪教！」

「好啦，妳說是就是吧。迷宮惡夢……唯一讓尤利烏斯先生嘗到戰敗滋味的蜘蛛魔物啊……」

『當他提起那件事時，我剛好和俊一起在聽。他口中的那隻魔物，簡直就跟魔王一樣。』

「搞不好那傢伙就是魔王。」

『蜘蛛怎麼可能變成魔族之王。魔族的外型不是跟人類一樣嗎？』
「不，只要達成菲所嚮往的人化，就能解決這個問題了。」
『我話先說在前面，沒有人化這種技能喔。』
「沒有嗎？」
『沒有。不過，或許有能辦到類似事情的技能。』
「總之，聽說只看外表的話，魔族跟人族完全沒有分別，就算有成功人化的魔物混在裡面也不奇怪。」
『這樣很容易搞混吧。既然叫作魔族，那好歹也該長個一根角吧？』
「與其說是魔族，那根本就是惡魔了吧？」
『既然他們的領導者叫作魔王，那也應該不算有錯吧？』
「嗯……對了，我突然想到，魔王疑似換人的時期，不就差不多是我們轉生來到這個世界的時期嗎？難不成那位魔王也是其中一位轉生者……」
「喂，再怎麼樣也不該開這種玩笑吧？要是真的如妳所說，那人不就等於還是嬰兒就當上魔王了嗎？」
「嗚……抱歉。」
『只要不是從嬰兒時期就開始到處殺死魔物提升等級，就不可能成為魔王。』
「那幅光景也未免太可怕了。」

9 炎海之主

哇，這地方好可怕。

我眼前有一大片巨大的岩漿湖，而且無路可走。

難道我走錯路了？

雖然如此懷疑，但其實這個中層的結構，本來就是一條相當寬廣且一直延伸的通道。

因為寬度差不多有一公里左右，所以稱作通道好像不太正確。

事情就是這樣。如果要繼續前進，就不得不越過這座岩漿湖。

幸好，即使沒有路，但到處都有小島。

憑我的跳躍力，應該能在島之間跳來跳去，最差的情況下也能走在天花板上。

我是有辦法突破這個難關，但人類應該不行吧？

看來人類的極限果然只到上層為止。

擁有超過北海道面積的迷宮，照理來想根本不可能成功攻略。

除非那人擁有勇者或英雄之類的傳說級力量。

我也不曉得那種人是否存在就是了。

說不定，管理者會賦予自己中意的美青年特殊的力量。

唔哇……那樣好卑鄙。

如果真有那種力量，拜託給我吧！

不行嗎？這樣啊……我想也是。

啊……我稍微逃避現實了一下。

雖說我有辦法突破這座岩漿湖，但前提是單就通過而言。

這個地方最可怕的一點，就是裡面潛藏著許多魔物。

這座岩漿湖不但面積廣大，就連深度也相當深。

最深的地方有著將近兩百公尺的深度。

這麼多的岩漿堆在一起，難道底下不會冷卻凝固嗎？

雖然感到疑惑，但事實上就是形成了這種巨大的岩漿湖。

而這座遼闊且深不見底的岩漿湖中都是魔物。

要我渡過這座湖？

真是的……這個迷宮到底想怎樣？

這絕對是壓根兒就不打算讓人成功攻略吧。

唉……算了，反正不渡過湖就沒辦法前進，我也別無選擇。

船到橋頭自然直。

再說，能夠擊敗鰻魚的我已經所向無敵，而且那種強敵也不可能會有太多。

就算真的有，我也會反過來擊敗牠們。

不同於跟鰻魚戰鬥那時候，我已經進化過一次，能力值提升了，技能也變得更為充實；更重要的是，我還學會使用魔法。

呵呵呵……雖然以前都沒辦法對躲在岩漿裡的傢伙出手，但龜點流戰法對學會魔法的我已經不管用了！

我要反過來狙擊你們！呀哈！

而且除了魔法之外，我還有得到其他的新技能。

首先是邪眼。

我取得第二個邪眼了，這次我選擇了麻痺的邪眼。

雖然石化也很誘人，但石化有著發揮效果之前的等待時間太長的缺點。更重要的是，一旦敵人被石化就不能吃了。

所以就同樣能讓敵人動彈不得這點，我選擇了能立即生效，還不會破壞食物的麻痺。

此外，我還學會魔鬪法這個技能。

那是只要消耗ＭＰ就能提升能力值的技能。我試著讓魔力在體內循環，沒想到輕易就取得這個技能。

這技能就像是消耗ＭＰ版的氣鬪法，但因為我擁有魔導的極致，所以幾乎不用在意ＭＰ的消耗量。

因為就算一直保持發動的狀態，MP的恢復量還是大於消耗量。

因此，我現在都讓這個技能保持發動。

拜此所賜，我隨時都處於能力值進一步強化的狀態。

至於氣鬪法，我也一邊參考飽食的儲存量一邊找機會發動，慢慢提升技能等級。

只要同時發動這兩個技能，就能讓能力值爆炸性提升，能當成一張王牌來運用。

話說，我發現飽食也是相當強大的技能。

因為這個技能連自動恢復的HP和MP也會儲存起來。

拜此所賜，我的HP和MP的額外儲存量不斷增加。

MP甚至是用都用不完。

即使發動魔鬪法，還持續發動兩種邪眼，而且不斷練習魔法也還有剩。

魔導的極致太厲害了。還有，能把多餘的HP和MP儲存起來的飽食也好誇張。

不過因為岩漿帶來的炎熱傷害，HP的儲存速度比較慢，儲存量不算很多。

總之，在擁有魔法這個遠距離攻擊手段，能力值貧弱的問題也大幅改善的現在，即使遇到鰻魚，我也堅信能夠戰勝。

只要想到這點，這種岩漿湖根本就不值得畏懼嘛！

要是那些小嘍囉敢來挑戰，我只要反過來擊敗牠們，吃掉就行了。

事情就是這樣，我跳！

我跳過岩漿，在漂浮的小島上著地。

雖然有些緊張，但要是有個萬一，我只要貼在天花板上移動就行了，應該沒問題。

我一邊跳躍一邊移動。

嗯……太過順利反而無聊……

魔物也都不來襲擊我。

明明如此警戒卻白忙一場，比起安心，失望的感覺反而更大。

不，其實這是好事啦。和平真的是好事喔。

不過，要是和平過頭，SP就沒得補充，所以我希望魔物能適度地襲擊我。這樣我才有東西吃嘛。

如果是好吃的食物就更棒了，像是鯰魚，或是鯰魚，不然就是鯰魚之類的。

不知道鯰魚會不會突然探頭出來呢？

就這樣噗通一聲地跳出來。

〈艾爾羅爆炎竜　LV17

能力值　HP：2331／2331（綠）（詳細）

ＭＰ：１８９４／１８９４（藍）（詳細）
ＳＰ：２１１９／２１１９（黃）（詳細）
：２３１５／２３１５（紅）＋264（詳細）
平均攻擊能力：１９９９（詳細）　平均防禦能力：１８７６（詳細）
平均魔法能力：１５５１（詳細）　平均抵抗能力：１５２８（詳細）
平均速度能力：１５６７（詳細）

技能

「火竜ＬＶ９」「逆鱗ＬＶ２」「ＨＰ自動恢復ＬＶ２」
「ＭＰ恢復速度ＬＶ１」「ＭＰ消耗減緩ＬＶ１」「ＳＰ恢復速度ＬＶ３」
「ＳＰ消耗減緩ＬＶ３」「火焰攻擊ＬＶ５」「火焰強化ＬＶ３」
「破壞強化ＬＶ２」「打擊強化ＬＶ４」「聯手合作ＬＶ５」
「統率ＬＶ７」「命中ＬＶ10」「閃避ＬＶ10」
「機率補正ＬＶ８」「氣息感知ＬＶ４」「危險感知ＬＶ７」
「快速游泳ＬＶ７」「過食ＬＶ８」「打擊抗性ＬＶ６」
「炎熱無效」「身命ＬＶ１」「爆發ＬＶ８」
「持久ＬＶ９」「剛力ＬＶ１」「堅牢ＬＶ１」
「術師ＬＶ４」「護法ＬＶ４」「疾走ＬＶ５」

技能點數：１１２５０

稱號

「魔物殺手」「魔物屠夫」「統率者」

〉

有隻大傢伙噗通一聲跳出來啦！

出現在我眼前的是一頭竜。

牠的外觀比起鰻魚更接近竜，是一頭貨真價實的竜。

從技能的組合看來，牠八成是鰻魚進一步進化後的魔物。

這傢伙已經沒辦法算是魚類，而是純粹的火竜。

啊啊……這傢伙很危險！

逆鱗是龍鱗的上位技能，單純是效果加強的強化版技能。

我之前其實不在意，但龍鱗擁有能夠干涉魔法術式並削弱其威力的效果。

如果是鰻魚那種程度的鱗片，力量還不足以干涉擁有魔導的極致的我的術式，但要是換成這種火竜的逆鱗，我的魔法說不定也會受到妨礙。

在對付鰻魚時，讓我陷入苦戰的命中加上機率補正的技能組合依然存在。

這次還多了閃避。

還有一大堆我最害怕的火屬性攻擊。

然後，最為棘手的是聯手合作與統率這兩個技能。

我的探知捕捉到接連從岩漿裡探頭出來的魔物。

聯手合作與統率的效果一如其名。

聯手合作可以增加聯手作戰的能力，統率則擁有能率領部下的效果。

雖然那是透過「統率者」這個稱號取得的技能，但這個稱號本身也很扯。

這個稱號擁有稍微提升部下能力值的效果。

被一大群魔物完全包圍的我。

統率這些魔物的火竜。

雖然我覺得自己能打贏鰻魚，但可沒聽說會出現比鰻魚強上一倍的傢伙啊！

身體部長！

【好，逃跑吧！】

我迅速做出決斷。面對這種一對一都不見得能打贏的可怕傢伙，根本不可能在還有一堆跟班的情況下打贏。

三十六計走為上策。

場地很差……不，根本是差到極點。就算只考慮這點，逃跑也是比較好的選擇。

我跳向火竜身後的小島。

下一瞬間，我透過探知發現自己原本所在的小島陷入火海。

嚇死人了！雖然那座島很小，但居然被火焰完全吞沒！

在島上根本無處可逃。

火竜吐出的火球就是有著如此驚人的體積與威力。

即使是能力值已經大幅提升的我，要是被那種東西擊中也是不堪一擊。

我在下一座小島上著地，然後立刻跳向下一座小島。

但我還在半空中，大量的海馬就從岩漿裡探頭出來，朝向我吐出火球。

就像對空砲火。

而且這些砲火就像是經過訓練一樣精準，無數火球筆直朝我飛來。

以往就算成群結隊也不太懂得團隊合作的海馬，現在在火竜的統率下，對我發動一絲不亂的攻擊。

簡直就像軍隊。

現在可不是保留實力的時候。

除了魔鬪法之外，我還同時發動氣鬪法。

然後在這種狀態下使用氣力附加，將強化過的蜘蛛絲射向天花板，在絲起火燃燒前，爬到天花板上。

無數火球在下一瞬間從我身體的正下方通過。

但有一顆特大號的火球朝向逃到天花板的我逼近。那是火竜吐出的火球。

我沿著天花板移動，好不容易才避開火球。

火球轟垮天花板，一邊將碎石和火焰撒向周圍，然後爆炸。

要是在空中挨了那一擊，即使ＨＰ還有剩，也會直接摔進岩漿，屍骨無存吧。

為了追殺逃跑的我，海馬的火球也射了過來。

我躲過其中幾顆，同時用毒彈迎擊其他幾顆。

毒彈擁有某種程度的物理攻擊力。

既然如此，那當然也能射向飛過來的東西，抵銷敵人的攻擊。

如果是毒彈這種程度的魔法，對於擁有魔導的極致，還能用獨立的一個意識專心發動魔法的我來說，就算要連續發射也不成問題。

雖然沒辦法把數量驚人的海馬火球全數擊落，但還足以抵銷掉來不及閃躲的火球。

只要那些飛過來的火球都是能夠抵銷的火球的話……

一顆特別巨大的火球飛了過來。

而且還是來自我前進的方向。

由於天花板上無處可逃，我跳向空中，在附近的小島上著地。

下一瞬間，天花板上開出一朵鮮紅的花朵。

我看向前方。

那不是火竜吐出的火球。

鰻魚像是要堵住我的去路一樣擋在前面。

而且還有三隻。

我走投無路了。

前門有鰻魚，後門有火竜。

如果只有一隻鰻魚，我還有可能突破，但想要鑽過三隻鰻魚的防守實在太難了。

既然如此，那只有一頭的火竜那邊還比較有機會突破。我懷著這樣的想法回頭一看，卻看到無數隻海馬與火竜正在逼近。

而且第四隻鰻魚也探頭出來，追隨在火竜後方。

這可不妙。

我唯一的生存之道，就只有在盡量閃避敵人攻擊的同時，設法減少牠們的數量。

一旦數量變得如此龐大，就連只是小嘍囉的海馬也不好對付。

如果不先設法減少牠們的數量，根本無計可施。

畢竟火球的彈幕可不是鬧著玩！

以目前的狀況來說，火竜的統率太過完美，反倒幫了我大忙。

因為射向我的攻擊過於正確。

對方有著數量上的優勢，如果牠們採取胡亂射擊般的大面積攻擊，我還比較不好應付，但這些火球全是筆直射向我。

這樣我只需要不斷移動就不會被擊中。

我像是要突破鰻魚和火竜的包圍網一樣往旁邊逃竄。

在逃跑的同時發動魔法。

這是毒魔法等級6的毒霧。

一如其名，這是能產生毒霧的魔法。

雖然只要使出能一口氣攻擊廣大範圍的魔法就能輕鬆突破這個局面，但這已經是我擁有的魔法之中，唯一能同時攻擊複數敵人的魔法了。

儘管沒有像蜘蛛猛毒那樣足以一口氣削減對手HP的強力毒性，但只要持續吸入這種毒霧，身體就會慢慢被毒素侵蝕。

如果我能一直逃下去，這種毒霧應該能讓敵人的數量削減不少！

不過事情沒有這麼順利。

海馬像是要堵住我的逃生路線一樣爬上陸地。

嗚，真礙事！

我朝向擋路的海馬，揮下鐮刀。

左右兩側的鐮刀各將一隻海馬一刀兩斷。

能力值提升之後，我的鐮刀攻擊就變得能辦到這種事了。

我的刀鋒……更正，鐮刀鋒一轉，順勢又砍死兩隻海馬。

同時垂直跳向上方！

火竜的火球在下一瞬間擊中我剛才站著的地方。

爆炸氣浪讓我的身體進一步加速，沒射出蜘蛛絲就抵達天花板。

光是攻擊的餘波就讓我的ＨＰ被削去大半。

我瞥見準備吐出火球的鰻魚，半自暴自棄地用毒合成灑下蜘蛛猛毒。

我毫不在意ＭＰ的消耗量，把合成量設為最大。

遠超過我身體體積的大量蜘蛛猛毒瞬間出現，化為巨大的水球往下墜落。

那一大塊猛毒正好撞上鰻魚吐出的火球並且爆裂四散。

雖然絕大多數的毒水都被火球蒸發，但剩下的些許毒水卻化為雨水，傾瀉而下。

就算所剩不多，但那可是我的蜘蛛猛毒。

幾隻弱小的海馬光是這樣就被毒死。

這招不錯。

我趁著下一顆火球還沒飛來，在天花板上移動。

同時不斷合成蜘蛛猛毒到處亂灑。

因為剛才的那一下，火竜和鰻魚似乎害怕蜘蛛猛毒會擴散開來，為了該不該吐出火球而猶豫不決。

牠們拚命閃躲從天而降的蜘蛛猛毒。

毒霧也差不多開始發揮效果，海馬們慢慢地接連倒下。

這樣就好。只要繼續這樣一邊灑毒一邊逃跑，我應該能成功逃掉吧。

《經驗值達到一定程度。個體——死神之鐮從LV6升級爲LV7。》

《各項基礎能力值上升。》

《取得技能熟練度等級提升加成。》

《熟練度達到一定程度。技能〈絲的才能LV3〉升級爲〈絲的才能LV4〉。》

《取得技能點數。》

糟糕！

我開始脫皮了。

要是在天花板上進行脫皮，我的行動會大幅遲緩。

如我所料，在我被開始剝落的皮纏住腳，停下動作的那一瞬間，就被鰻魚吐出的火球直接擊中。

好熱！好痛！要死人了！

我從天花板上摔了下來。

幸好我是墜向小島。

安全上壘！我總算是避免直接摔進岩漿。運氣真好。

萬一我不是被鰻魚的火球打到，而是火竜的火球，應該一發就升天了吧。

畢竟我只吃一發鰻魚的火球就讓忍耐發動了。

原本多到滿出來的MP因為這樣耗盡額外儲存量，只剩下不到一半。

沒想到以往一直幫助著我的脫皮恢復會一如字面上的意義，在這時害我跌了一大跤。

不過，我撐過去了！

龐然大物朝我逼近。

一隻鰻魚身體纏繞著火焰，衝了過來。

來不及逃跑了。

我在鐮刀上附加腐蝕攻擊的效果。

鐮刀在同一瞬間傳來一陣劇痛，但我選擇無視。

我往旁邊一跳開，以毫釐之差避開鰻魚的身體，在雙方交錯而過的同時用腐蝕鐮刀割開牠的身體。

鐮刀沒有遇到任何抵抗，切開了鰻魚本應受到龍鱗保護的堅硬身軀。

腐蝕攻擊實在太可怕了。

《經驗值達到一定程度。個體——死神之鐮從LV7升級爲LV8。》

《各項基礎能力值上升。》

《取得技能熟練度等級提升加成。》

《取得技能點數。》

《經驗值達到一定程度。個體——死神之鐮從ＬＶ8升級為ＬＶ9。》
《各項基礎能力值上升。》
《取得技能熟練度等級提升加成。》
《熟練度達到一定程度。技能〈氣鬪法ＬＶ3〉升級爲〈氣鬪法ＬＶ4〉。》
《取得技能點數。》

沒想到居然就連鰻魚都能一刀劈死。
鰻魚的身體裂開，就這樣沉入岩漿湖裡。
雖然沒能讓身體全部崩壞，但傷口附近依然像是變成沙子一樣潰散。
自爆的鐮刀也透過脫皮恢復，完全復原了。
還剩下火竜和三隻鰻魚。
多虧了毒霧，海馬幾乎都已經沉入湖中。
《經驗值達到一定程度。個體——死神之鐮從ＬＶ9升級爲ＬＶ10。》
《各項基礎能力值上升。》
《取得技能熟練度等級提升加成。》
《熟練度達到一定程度。技能〈毒魔法ＬＶ6〉升級爲〈毒魔法ＬＶ7〉。》

《熟練度達到一定程度。技能〈毒強化ＬＶ６〉升級爲〈毒強化ＬＶ７〉。》

《取得技能點數。》

《滿足條件。取得稱號〈屠竜者〉。》

《基於稱號〈屠竜者〉的效果，取得技能〈生命ＬＶ１〉、〈竜力ＬＶ１〉。》

《〈生命ＬＶ１〉被整合爲〈身命ＬＶ１〉。》

喔，在最後一隻海馬沉進湖裡的同時，我的等級再次提升，還得到了某個稱號。

好像打得贏喔。

我用八顆眼睛中的四顆發動詛咒的邪眼，同時用另外四顆發動麻痺的邪眼。

剛好等於火竜和鰻魚加起來的數量。

火竜和鰻魚似乎發現苗頭不對，慌張地朝向我吐出火球。

我開始逃跑。

兩隻鰻魚像是要追擊般衝了過來。

而且還是從左右兩側同時夾擊。

事到如今，我怎麼可能還會被那種攻擊擊中！

我垂直跳向上方，成功避開。

但火竜也不是笨蛋，牠似乎早就看穿我的下一步。
火球朝向跳到空中的我飛了過來。
讓牠看過太多同樣的閃躲模式了嗎？
雖然懊悔，但誰說在空中就不能移動！
我射出衝擊絲，在起火燃燒之前打在自己身上。
衝擊力貫穿身體。
那股力道把空中的我橫向擊飛出去。
哼，只要使用這招，我就能在空中擬似飛行！
雖然ＨＰ被削去不少就是了！
失去目標的火球空虛地飛過一無所有的空間。
我一邊在空中翻滾並目送那副光景，將絲射到天花板上，成功著地。
在此同時，鰻魚成了麻痺的邪眼的犧牲者，身體變得動彈不得。
只剩下火竜了。
也許是要賭上最後一口氣，火竜全身纏繞著猛烈的火焰，衝了過來。
我朝向牠發動魔法。
發動我剛取得的毒魔法等級７——麻痺彈。

分出勝負了。

一旦麻痺的邪眼成功生效，只要我不移開視線，麻痺的效果就不會中斷。

雖然麻痺彈的效果會慢慢消退，但只要用邪眼一直盯著看就不會有問題。

只要成功麻痺敵人，對方就會失去抵抗能力，再來就任我宰割了。

即使能力值再怎麼高，也敵不過異常狀態的威力。

既然好不容易才活捉這些傢伙，要是就這樣讓牠們沉入岩漿就太浪費了。

雖然已經沉下去的海馬和鰻魚無法挽回，但我沒道理放過貴重的食材。

我千辛萬苦地用絲把牠們拖到陸地上，成功回收食材。

因為絲稍微拉一下就會燒掉，必須重新把絲纏上才能繼續拉，所以過程相當費力。

好啦，該給牠們最後一擊了。

先從鰻魚開始。

趁著鰻魚動彈不得，我毫不客氣地把蜘蛛猛毒灌進牠口中。

儘管鰻魚因為麻痺而動彈不得，身體還是猛力抽搐了一下才氣絕身亡。

《經驗值達到一定程度。個體——死神之鐮從ＬＶ10升級爲ＬＶ11。》

《各項基礎能力值上升。》

《取得技能熟練度等級提升加成。》

《熟練度達到一定程度。技能〈立體機動ＬＶ8〉升級爲〈立體機動ＬＶ9〉。》

《取得技能點數。》

看到這幅光景，其他鰻魚全都因為恐懼而表情扭曲。

放心吧。我會盡量讓你們毫無痛苦地死去。

我把蜘蛛猛毒灌進第二隻鰻魚嘴裡。

《經驗值達到一定程度。個體——死神之鐮從ＬＶ11升級爲ＬＶ12。》

《各項基礎能力值上升。》

《取得技能熟練度等級提升加成。》

《熟練度達到一定程度。技能〈閃避ＬＶ８〉升級爲〈閃避ＬＶ９〉。》

《取得技能點數。》

《滿足條件。取得稱號〈恐懼散布者〉。》

《基於稱號〈恐懼散布者〉的效果，取得技能〈壓迫ＬＶ１〉、〈外道攻擊ＬＶ１〉。》

我好像拿到某種稱號了，又是這種可怕名稱的稱號。

已經變成光是看稱號就是個可怕的人了嘛。啊，我不是人，是蜘蛛才對。

算了，等一下再來確認吧。

反正我還得到了屠竜者這個稱號，之後一併確認就行了。

現在的當務之急是解決掉這些傢伙。

我做出這樣的決定，把裝滿毒水的大禮送給第三隻鰻魚。

這可是我用心製作的禮物，請您務必收下。來，嘴巴張開。

好不好吃？這樣啊……好吃到快要死掉啊……人家好高興喔。

〔情報部長好可怕！〕

【很好，再多給牠來一點吧！】

啊，妳們兩個回來啦？

【對啊。感覺已經沒必要維持最高等級的同步了。】

平行意識最高等級同步化——雖然這只是我擅自命名的招式，但這個招式一如其名，能夠讓所有的意識保持同步。

透過進行同步，我就能讓三個意識像是合而為一一樣，分毫不差地同時運作。

只要把這招想成是能夠讓一個意識完成三倍工作的狀態就行了。

唯一的缺點，就只有在同化的期間無法和其他意識進行對話。

〔沒想到能贏得這麼乾淨俐落，真是太好了。〕

是啊，我也沒想到事情會這麼順利。

說不定我變得比自己所想的還要強。

透過魔法這個全新的攻擊手段，我能辦到的事情大幅增加了。

更重要的是，我重新體認到毒和麻痺這類的異常狀態有多麼可怕。

太可怕了。

要是中了麻痺，就算實力再怎麼強也無力反抗。

就跟現在的火竜一樣。

【幸好火竜是個笨蛋呢。】

〔是啊，換作是我，馬上就會選擇撤退。〕

就是說啊。明明在戰鬥途中就已經露出敗象，早點逃跑不就好了嗎？

原來火竜是跟海馬一樣不知何謂撤退的笨蛋。

難道這傢伙從來不曾陷入這樣的危機嗎？

〔嗯，或許吧。〕

【牠覺得自己不可能打輸嗎？】

是啊。那我就來了結這個可悲傢伙的性命吧。

然後，將最初也是最後的敗北，送給可能從未嘗過敗北滋味的火竜。

《經驗值達到一定程度。個體——死神之鐮從ＬＶ12升級爲ＬＶ13。》

《各項基礎能力值上升。》

《取得技能熟練度等級提升加成。》

《熟練度達到一定程度。技能〈破壞強化ＬＶ2〉升級爲〈破壞強化ＬＶ3〉。》

《熟練度達到一定程度。技能〈破壞抗性LV2〉升級爲〈破壞抗性LV3〉。》
《取得技能點數。》

《經驗值達到一定程度。個體——死神之鐮從LV13升級爲LV14。》
《各項基礎能力值上升。》
《取得技能熟練度等級提升加成。》
《熟練度達到一定程度。技能〈腐蝕抗性LV3〉升級爲〈腐蝕抗性LV4〉。》
《取得技能點數。》

《經驗值達到一定程度。個體——死神之鐮從LV14升級爲LV15。》
《各項基礎能力值上升。》
《取得技能熟練度等級提升加成。》
《熟練度達到一定程度。技能〈打擊抗性LV2〉升級爲〈打擊抗性LV3〉。》
《取得技能點數。》

《熟練度達到一定程度。取得技能〈魔王LV1〉。》

那就麻煩妳了，身體部長！

【唉……又要做無聊的工作了……】

嗯，麻煩妳剝鱗片了。

我把剝下火竜和鰻魚鱗片的工作全丟給身體部長。

那我就趁這段時間來調查取得的技能和稱號的性能吧。

先從魔王這個技能開始。

話說，魔王這名稱是怎麼回事？

〈魔王：讓各種能力值提升技能等級乘以100的數值。此外，各種抗性也會提升〉

喔喔，好厲害的技能。真不愧是魔王。

接著來看看稱號吧。

〈屠竜者：取得技能「生命ＬＶ１」和「竜力ＬＶ１」。取得條件：擊敗一定數量的竜種魔物。效果：稍微增加對竜種與龍種造成的傷害。說明：贈于擊敗眾多竜種之人的稱號〉

〈恐懼散布者：取得技能「壓迫ＬＶ１」和「外道攻擊ＬＶ１」。取得條件：讓其他人獲得超過一定程度的恐懼抗性熟練度。效果：對看到自己的對象賦予外道屬性「恐懼」的效果。說明：贈于體現恐懼之人的稱號〉

哇塞！屠竜者就算了，恐懼散布者的效果不太妙吧！

也就是說，只要看到我，別人就會覺得恐懼嗎？

這樣不行吧！

拿來對付敵人的話，這效果還行得通。但是讓敵人以外的人也都會害怕我，這根本就是負面效果吧！

而且這不是技能，沒辦法自由開關不是嗎？

唔哇……如果是鯰魚那種膽小的魔物，會不會一看到我就逃跑？

很有可能。算了，反正拿都拿了。

重新打起精神，來看看取得的技能吧。

雖然在技能列表上看過，但我已經忘記效果了。

嗯……我的記憶力真差。

我是不是該取得記憶這個技能？還是算了吧。

〈竜力：暫時取得竜之力〉

嗯？嗯……不是很懂。

看起來是發動型的技能，來發動一次看看吧。

哦？我試著發動了一下，結果能力值稍微上升了。

但ＭＰ和ＳＰ都減少了。

看來這是消耗ＭＰ和ＳＰ來提升能力值的技能。

不同於魔鬪法和氣鬪法，魔法系的能力值好像也提升了。

因為只有等級1，所以提升的量並不高，但要是一直保持發動狀態提升等級，最後說不定會變成很厲害的技能。

光是同時發動魔鬪法和氣鬪法都有相當不錯的效果了，要是再加上竜力……

不錯。這招不錯。

〈壓迫：對周圍施加外道屬性「恐懼」的效果〉

你也是這種效果啊。

雖然這個技能跟稱號不一樣，好像可以自由開關，但要是雙方的效果加在一起，一般的魔物在看到我的瞬間，應該都會一邊漏尿一邊逃跑吧？

啊……拿到那個稱號就已經無法挽回了，乾脆把這個技能也開著吧。

反正好像也不需要消耗什麼。

〈外道攻擊：讓攻擊附加外道屬性「破魂」的效果〉

啊……這也是危險的東西。

〈外道屬性「破魂」：直接破壞靈魂的屬性〉

這已經超過精神攻擊的等級了吧！

太殘忍了！

下次來試試看吧。嗯。

屠竜者的效果單純就是提升能力值。

恐懼散布者這個稱號很難說是好是壞。

說好是好，說壞也是壞。

算了，稱號的部分大概就是這樣了吧。

好啦。因為等級提升，我得到久等的技能點數了。

而且因為一口氣提升不少等級，取得的點數也相當多。

這些點數剛好夠我取得一直想要的技能。

嘿嘿嘿。沒想到這麼快就能得到。

〈空間魔法（500）：操縱空間的魔法〉

就是這個。說到空間魔法，就是必不可少的開外掛技能。

因為剛取得後只有等級1，應該沒辦法使用我想要的魔法。但我擁有睿智的支配者的稱號效果，能讓魔法系技能的等級提升速度變快。

只要我夠努力，等級應該很快就會升上去。

呵呵呵……我對這個空間魔法懷抱的期待，當然就是傳送魔法！

肯定會有這種魔法吧。

說到空間魔法，就會想到傳送、道具箱和異空間別墅！

雖然可能會有能把東西存放在異空間之類的道具箱魔法，但現在的我沒有隨身攜帶物品的習慣，所以不太需要。

我會想要有間別墅，但那八成需要相當高的等級，應該還是很久之後的事情。

傳送——能夠瞬間移動到遙遠地方的神奇魔法。

只要學會這種魔法，我就不用千辛萬苦地在這個廣大的中層慢慢前進了！

而且多虧有睿智大人，我還有上層的地圖！

只要跟地圖結合，肯定能直接把我傳送到上層！

事情就是這樣，天之聲（暫定）！

給我空間魔法吧！

《目前擁有的技能點數是500。可以使用技能點數500取得技能〈空間魔法LV1〉。要取得嗎？》

要！

《成功取得「空間魔法LV1〉。剩餘技能點數是0。》

好。趕快來測試一下等級1能使用的魔法吧。

魔法部長！

〔遵命。〕

等級1的魔法名叫「指定座標」。

眼前出現由綠色線條組成的立方體。

魔法部長讓那東西一下子變大，一下子改變形狀，一下子又左右移動。
那東西似乎不是物質。不光是岩漿，就連碰到地面也能輕易沉下去。
我想起電腦的範圍指定功能。這八成就是那種東西。
〔這只是用來指定空間的魔法吧。〕
這魔法有什麼用途？
〔我猜……應該是等級2以後魔法的前置魔法吧？〕
我想也是。
也就是說，這種魔法跟影魔法一樣，等級不夠高就派不上用場嗎？
〔應該吧。〕
嗯……
算了，反正我原本就不認為能夠馬上運用在實戰上，成功取得空間魔法的這個事實才比較重要。
今後就努力提升等級吧。
知道該怎麼做了吧，魔法部長？
〔優先練習這種魔法對吧？〕
嗯。順便問一下，妳現在能平行發動幾種魔法？
〔視魔法而定。不過，指定座標並不算困難，如果是簡單的魔法，我應該還能同時發動兩

種。〕

了解。麻煩妳在能力所及的範圍內，在移動時也盡量賺取熟練度。

〔遵命。〕

身體部長還在跟鱗片苦戰。

畢竟有三隻鰻魚跟身體比鰻魚大上一倍的火竜。

距離實際試吃火竜似乎還要一段時間。

可是，我居然能打贏由這麼強大的火竜率領的魔物軍團。

光就能力值來看，火竜遠遠強過我。

我看似毫無勝算。

不過，事實是我只讓牠陷入麻痺狀態再把毒灌進體內就打贏了。

可見實力這種東西，不是只看能力值的高低來決定。

專攻各種異常狀態能力的蜘蛛……連我都覺得是難纏至極的魔物。

如果就這樣繼續提升能力值，我會不會變成既擅長讓人陷入異常狀態，又能使用魔法的超強魔物？

呵呵呵……

畢竟我還擁有魔王這個技能，搞不好將來真的有機會自稱魔王喔。

而且我還有恐懼散布者這個稱號，感覺會頗有架勢呢。

本小姐正是蜘蛛魔王！

開玩笑啦。

此時的我還不知道。

這隨口說說的成為魔王是怎麼回事……

以及其中的意義……

魔物圖鑑
file.10

艾爾羅爆炎竜

LV.01

status【能力值】

HP 1985／1985

MP 1522／1522

SP 1781／1781

1964／1964

平均攻擊能力：1616
平均防御能力：1501
平均魔法能力：1199
平均抵抗能力：1196
平均速度能力：1310

skill【技能】

「火竜LV8」「逆鱗LV1」「SP恢復速度LV1」「SP消耗減緩LV1」「火焰攻擊LV2」「火焰強化LV1」「聯手合作LV1」「統率LV3」「命中LV10」「閃避LV10」「機率補正LV4」「氣息感知LV1」「危險感知LV3」「快速游泳LV4」「打擊抗性LV2」「炎熱無效」「生命LV8」「爆發LV4」「持久LV5」「強力LV8」「堅固LV8」「術師LV1」「護法LV1」「疾走LV2」「過食LV5」

俗稱火竜。外表有如東方傳說中的龍的上位竜種。鰻魚的進化版。不但擁有更加優秀的能力值，還被在魔法和物理雙方面都有極高防禦力的逆鱗這個技能與岩漿所保護；除此之外會召喚部下，靠著團體戰殲滅敵人。是一種極為難纏的魔物。考慮到其率領的魔物集團，危險度被認定為A。

幕間　魔王的心腹在會議上嘆氣

我們走過漫長的走廊。斜前方有一道嬌小的背影，她大概比我矮兩個頭身吧。

因為這個緣故，她的走路速度比我慢上許多。

雖然感到不自在，但我也不能走到她前面。

因為走在我面前的這位少女，正是當代的魔王。

我們在長廊中走了很久，最後來到一扇門前。

魔王大人在這時停下腳步。

老實說，我不想打開這扇門。雖然不想打開，卻又非開不可。

我吞回差點忍不住吐出的嘆氣，一口氣把門推開。

然後將路讓給魔王大人，恭敬地低下頭。

魔王大人一臉理所當然地看都不看我一眼，就這樣踏進室內。

確認魔王大人走進室內後，我也跟著走了進去。

用不發出聲音的動作輕輕把門關上。

然後回頭看向這間會議室。

會議室裡有一張圓桌，而屬於魔王大人的首席座位就位於房間的正中央。

在那張圓桌的旁邊，已經有十名男女就座。

其中有半數的人在魔王大人入室的同時起立。

剩下半數的人依然坐在椅子上。

問題在於，在那些依然坐著的傢伙之中，也包含了我弟弟。

我再次把快要吐出的嘆氣吞了回去。

我拉出魔王大人的椅子，請她就座。

魔王大人還是看都不看我一眼，用絲毫算不上優雅的動作一屁股坐在椅子上。

在場的好幾個人皺起眉頭，而我沒有漏看他們的反應。

我想魔王大人多半也沒漏看。她就是故意要看那些人的反應尋開心，自然不會看漏。

我是覺得這樣的興趣不太可取，但要是連我都把心裡想的事情寫在臉上，之後可不知道會被她說些什麼。

始終保持著一張撲克臉，才是對付這位魔王大人的最好手段。

「可以開始開會了，巴魯多。」

「遵命。」

魔王大人下令開會。我回以簡短的答覆。

老實說，在發出開會的號令後，魔王大人的工作就結束了。

因為主持會議和實務工作都是由我負責進行。

正確來說，這些工作都是被硬推給我的，但是……

「那我們就先從聽取各軍的報告開始吧。請從第一軍開始依序報告。」

我根據這場會議的慣例流程，先聽取各地駐軍的活動報告。

隨著我的話語起身的人，是從前前代魔王還在任時就擔任將軍的亞格納第一軍團長。

雖然在人類眼中，亞格納殿下看起來可能很年輕，但其實在長命的魔族之中，他也算是活了很久的老將。

還擁有令人好奇他為何沒有成為魔王的實力與器量。

「第一軍已經完成向連克山杜帝國正面的庫索利昂要塞進軍的準備。兵站也已經設置完畢，只要一聲令下，隨時都能進軍。報告完畢。」

亞格納殿下的報告中沒有多餘之處，內容簡單明瞭。

讓人彷彿能窺見他務實剛健的性格。

「第二軍也一樣。不過，要是能多給我一些時間，我方的地下工作或許就能得到結果。」

在亞格納殿下之後起身的，是一位妖豔的美女。

第二軍團長沙娜多莉——在魔族之中，她屬於以自身魅力為武器的夢魔一族。

她所謂的地下工作，多半是那一類的計策。

「還要花多少時間？」

「快的話，兩三天就夠了。」

「如果不會影響到進軍就去做吧。」

「謝謝。」

露出讓人不由得心神蕩漾的妖豔微笑後，沙娜多莉重新坐下。

可是，即使沙娜多莉就座，後面的第三軍團長也遲遲沒有起身。

「古豪第三軍團長。」

「嗚……真的要打仗了嗎？」

聽到我的呼喚，體格魁武的古豪縮著身體問道：

「戰爭……無論如何都沒辦法避免了嗎？」

「沒辦法。有辦法避免的話，早就那麼做了。」

「嗚……無論如何都不行嗎？」

古豪還不死心，正當我打算加以喝斥時，另一道聲音打斷了我，響徹整間會議室。

「無論如何都不行。可是，古豪第三軍團長，如果你無論如何都想避免戰爭，我倒不是沒有辦法喔。」

「什……什麼辦法？」

是魔王大人。她像是想到殘酷的惡作劇一樣，臉上掛著不懷好意的微笑。

「很簡單。只要讓第三軍全員成為世界的礎石便行了。」

魔王大人的話語讓古豪整個人僵住。

「怎麼啦？這樣就可以迴避戰爭嘍。」

「對……對不起，我不會再說了。所以拜託放過我吧。」

「古豪，希望你記取教訓，別再說些多餘的話。有需要報告的事情嗎？」

在魔王大人繼續開口，對古豪窮追猛打之前，我立刻插話。

「一切都很順利。」

「很好。下一個。」

魔王大人露出略為不滿的表情，但我不以為意。

第四軍，第五軍，第六軍也毫無問題地完成報告。

接下來輪到第七軍團長了。

可是這位第七軍團長，同時也是我弟弟的布羅，卻遲遲沒有起身的意思。

「布羅。」

「大哥，我果然不能接受。」

布羅交抱雙臂，一邊將上半身倒向後方，不悅地說：

「為什麼不是一直統率著魔族的大哥，而是那個突然跑出來的女人當上魔王？這樣很奇怪不是嗎？」

「布羅！」

「大哥也是！為什麼要侍奉那種女人？我看不出那傢伙有值得大哥效忠的器量！」

「混帳東西！對魔王大人無禮也該有個限度吧！」

布羅大吐內心累積的不滿，結果惹火了第五軍團長達拉德。

布羅和達拉德個性不合，屢次像這樣發生衝突。

雖然每次都有旁人出面制止，但這次誰也沒有出面。

有些人贊同布羅，有些人贊同達拉德，有些人選擇旁觀。

軍團長們的反應不外乎就是這樣。

只不過，不管想法如何，在場眾人這次似乎都打算靜觀其變。

「布羅，不管誰是魔王，我們魔族都得追隨魔王大人，這是世界的真理！難道你忘了這個規矩嗎？」

「我才不知道那種規矩！那女人夠資格嗎？我從未見過那傢伙做過什麼事！」

「你以為我們這種貨色有資格懷疑魔王大人的想法？魔王大人深遠的想法，豈是我等眾人所能想像！」

「你那叫作放棄思考吧！我怎麼可能只因為是魔王的命令就對她言聽計從！連自主思考都不會的笨蛋，憑什麼對我有意見？」

「你這混帳是故意要羞辱我嗎！」

被夾在激烈對罵的兩人之間，第六軍團長修維的那張娃娃臉也因為困擾而皺成一團。

其他軍團長靜觀著事情的變化。

在此之中，只有第四軍團長的想法連我都看不出來。

第四軍團長梅拉佐菲面無表情的蒼白臉孔，毫無反應。

即使在全是怪人的軍團長之中，這個男人也是特別讓人搞不懂的存在。

雖然我一直有在注意他的動向，但目前為止還沒有發現異狀。

「你好樣的！」

布羅終於拿起武器。

達拉德也跟著將手伸向武器，卻沒能碰到武器。

「身……身體……！」

「動彈不得了！」

他們兩人的身體無視於本人的意志，靜止不動。

「不好意思，可以不要為了無聊的事情吵架嗎？」

這辛辣的話語，正是出自引發這場糾紛的魔王大人之口。

驚愕支配了整間會議室。不是只有行動被封住的兩人感到驚訝。

因為他們全都不曉得魔王大人是如何封住那兩人的行動。

這也是沒辦法的事。魔王大人一直極力避免展現自己的實力。

讓那兩人變得無法行動的東西，是肉眼幾乎看不見的細絲。

那種絲正連接著兩人的後頸。

操偶絲——被那種絲抓到的東西，都會變成魔王大人操縱的人偶。

而且不限於活著的東西。

就我所知，魔王能夠用這種絲同時操縱十具特製的戰鬥用人偶殲滅敵人。

但我也只知道這樣。

魔王大人還沒有在我面前展現底牌。

魔王大人並非如布羅所說的那麼無能。

魔王並非因為是魔王而成為魔王。

魔王是因為夠資格成為魔王而成為魔王。

「要是你們繼續做這種無聊事，我就要使出深淵魔法嘍。」

懾人心魄的笑容。看到那種笑容後，在場根本沒人敢反抗魔王大人。

操偶絲輕輕扯了一下，光是這樣就讓他們兩人強制坐下。

絲在同時離開兩人，終於讓他們取回身體的自由。

「真是非常抱歉……」

「……」

相較於達拉德臉色蒼白地開口謝罪，布羅則是一句話都說不出來。

「那就換第八軍報告吧。」

或許以一個哥哥來說有些無情，但我就這樣放著沒出息的弟弟不管。

「沒有任何問題。」

第八軍團長拉斯只簡短地拋下這句話。

這男人似乎對魔王人選的問題不太感興趣。

取而代之的是，他在其他方面有著不少問題，但那些問題在這個場合不太重要，所以應該不影響。

問題在於剩下的兩人。

「第九軍也沒有問題，隨時都能進軍。」

如果要用一句話來形容那名男子，那就是一片漆黑。他穿著彷彿跟身體合而為一的黑色盔甲。

微微露出的臉部肌膚也是淺黑色。頭髮也是黑的。

就只有雙眼紅到接近異常的地步。

我就連那名男子的名字都不知道，只知道他被稱作「黑」。

「第十軍，沒有問題。」

然後，坐在那名男子身旁的少女則是完全相反的白色。

她身上穿著純白長袍，露出在外的肌膚也異常白皙。

綁成麻花辮的長髮也是白色。因為她閉著眼睛，所以全身上下一片雪白。

我同樣不知道這名少女的名字，只知道她被稱作「白」。
這兩人是魔王大人加進來的魔族軍幹部。
我不清楚他們的底細。
雖然不清楚，但是可以想像。
這兩人多半是支配者。
據說在背地裡操控著這個世界的支配者。
他們是其中的兩人。
我不曉得魔王大人是如何把那兩人收為部下。
只不過，他們身上散發出一種壓倒性的詭異感覺，讓我無論如何都沒辦法不提高警覺。
「嗯。嗯。看來一切都很順利。」
魔王大人心情不錯地點了點頭：
「那就開戰吧。」
然後，這句話讓魔與人之間最慘烈的大戰靜靜開幕了。
而這個事實，讓我悄悄嘆了口氣。

Y3　於是戰爭開始了

魔族軍行動了。

我是在今天早上才聽到這個報告。

那是潛入魔族領地的密探帶回來的報告。

「終於來了啊……」

「是啊。不過我比較希望他們別來。」

「尤利烏斯，話也不能這樣說。我很清楚你不喜歡戰爭，但人族和魔族是宿敵。你也明白這件事遲早會發生吧？」

「就是說啊。自從前任勇者大人死去之後，魔族的活動就變得活躍了起來，我反倒覺得能撐到現在才開戰，已經算不錯了。」

正如同伴們所說，在前任勇者大人死去之後，魔族便積極展開活動。

這種情況一直沒有發展成大規模戰爭，只引發了一些小衝突，或許已經算是不錯的結果。

「然後呢？魔族軍大概什麼時候會抵達這裡？」

「哈林斯已經過去確認，差不多也該……啊，他回來了。」

聽到亞娜這麼說，我回頭一看，從小陪我長大的兒時玩伴——克沃德公爵家的次子哈林斯正朝著我們走過來。

「哈林斯，情況如何？」

「從進軍速度看來，應該明天就會抵達這座要塞了。」

「這樣啊……終於要開始了。」

戰爭。

自從成為勇者之後，我的人生每天都在戰鬥。

不過，我還是第一次體驗規模這麼大的戰鬥。

不光是我。

前任勇者的時代，不曾發生大規模的戰事。

因此經歷過這種大規模戰爭的人，就只有現在已經幾乎都死光的前前任勇者時代的人。

而那個世代的人，只要不是屬於長命的種族，幾乎都已經變成沒辦法戰鬥的老人了。

換句話說，參加這場戰爭的人族，全都沒有體驗過這種大規模的戰爭。

相較之下，魔族的壽命比人類還要長。

就算其中有跟前前任勇者相同世代，甚至是更古老世代的魔族也不足為奇。

不曉得這樣的經驗差距會造成什麼影響。

再說，單純就戰鬥能力來看，也是魔族較強。

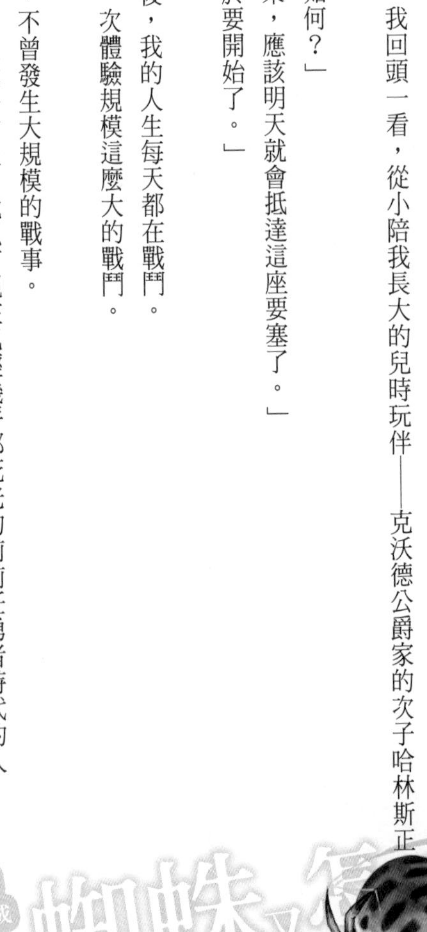

他們不但擁有比人族出色的體能，還擁有比人族出色的魔力。

而且擁有跟人族不相上下的智慧。

能力值較差的人族之所以有辦法跟能力值較強的魔物戰鬥，都是多虧了技能和智慧的力量。

不過，這項優勢對魔族不管用。

因為魔族跟人族一樣，擅長運用技能與智慧。

老實說，我很害怕。

不過，身為勇者的我不被允許表現出內心的不安。

因為要是連身為人族希望的我都這樣，大家也會感到不安。

為了隱藏自己的不安，我輕輕握住母親留下的圍巾。

當魔族的活動開始變得活躍，而我也成為勇者時，母親正好過世了。

父親強忍著失去母親的悲痛，依然以國王的身分努力工作。

因為這個緣故，他跟修與蘇的關係變得疏遠。

雖然我相信只要給他們一點時間，他們一定能恢復成普通的親子關係，但修與蘇現在應該都已住進學校。

在他們畢業之前，只能請父親繼續忍耐了。

要是那兩人順利從學校畢業，家裡一定會變得很有趣。

我有辦法從這場戰爭中倖存，再次見到他們嗎？

不，我一定要回去見他們。

我不能死在這種地方。

「只要能在這場戰爭中存活下來，就能賺到一大筆獎金啦。」

霍金像是要掃除漸趨沉重的氣氛一樣，努力用開朗的聲音如此說道。

「是啊。畢竟上次那場跟惡夢殘渣的戰鬥，只讓我們拿到根本划不來的報酬。」

吉斯康也像在配合霍金一樣，表示贊同。

「都是因為尤利烏斯把那傢伙的屍體打成灰燼。如果能有一小部分保留原型，說不定還能拿去當成素材賣掉。」

哈林斯瞥了我一眼。

這樣說不對吧，當時我只能那麼做不是嗎？

「真是的，尤利烏斯只是做了最正確的選擇吧？再說，我可不想帶著蜘蛛的屍體回家。」

亞娜說出有些偏離正題的感想，讓我自然而然露出微笑。

「不過，從那種程度的魔物身上取得的素材，或許真的能賣個好價錢。如果把牠的絲拿去做成衣服，應該會有不錯的防禦力。」

我不經意的一句話讓吉斯康搖了搖頭：

「不，蜘蛛怪的絲似乎是利用技能產生，就算剖開牠們的身體也得不到。」

「咦？原來是這樣啊。」

我不知道這種事。我將手伸向總是纏在自己脖子上的圍巾。

「對了，說到蜘蛛怪的絲。我記得那已經是十多年前的事情了，據說只有一次有冒險者成功帶著不具黏性的完成品回來。」

「那件事我也知道。當時我還只是初出茅廬的年輕冒險者，據說那些人在燒掉蜘蛛怪的巢後，在裡面發現幾顆蜘蛛絲做成的毛球。而且那些絲似乎兼具驚人的魔力傳導性與韌性，所以賣到相當高的價錢。此外，雖然這只是傳聞，但那些人當時好像還拿回一顆竜蛋。說到竜蛋，那可是只要賣掉一顆就足以讓人一輩子吃喝不盡的貴重品。同樣身為冒險者，我實在很嫉妒那些被幸運女神眷顧的傢伙。」

「在那之後，很多人都想得到同樣的蜘蛛絲，讓捕捉蜘蛛怪的活動流行了一段時間。不過，結果好像沒人抓到能產生那種絲的個體。」

我握著圍巾，僵住不動。

看到我的反應，哈林絲一臉傻眼地說：

「尤利烏斯，你都不知道自己一直戴在身上的東西有多麼貴重嗎？」

「我不知道……」

我吞吞吐吐地回答。

「咦？什麼意思？」

聽到我們的對話，亞娜滿臉疑惑。

「這傢伙一直戴著的這條圍巾，就是用傳說中的蜘蛛絲做出來的東西。」

哈林斯此話一出，眾人的視線立刻集中在我的圍巾上。

看來我還是別說出吉斯康口中的竜蛋已經被修拿去孵化，而孵出來的地竜也變成他的寵物這件事比較好。

「喔喔，就是這種絲嗎？」

「我也是頭一次見到實物。我只聽說是被賣給某國王族，沒想到是賣到尤利烏斯那裡。」

「因為你一直戴在身上，我還在想那條圍巾到底是什麼，沒想到是那麼貴重的東西。」

「啊……不，因為這是母親的遺物，我才會一直戴在身上……」

「咦？啊……對不起……」

「沒關係。我已經不介意了。」

在生下修之後沒多久，母親的身體狀況就突然變差，最後離我們而去。

這條圍巾……是母親在修快要出生之前親手編給我的東西。

雖然我知道材料是蜘蛛怪的絲，但沒想到這居然是那麼稀有的素材。

「亞娜，別在意。因為尤利烏斯只是個普通的戀母控。」

「哈林斯，你這樣說太過分了吧？」

哈林斯故意開我玩笑，我笑著抗議。

看到我們的互動，因為失言而垂頭喪氣的亞娜輕笑兩聲。

這樣就好。勇者的身旁不適合陰沉的氣氛。

我很感謝幫忙解圍的哈林斯。

知己好友果然是一個人最大的寶物。

只不過，真希望他別再說我是戀母控了。

的確，因為自幼喪母，我對母親的思念或許真的比別人還要強烈。

從每次見到不曾接觸過母親的修時，我都能從他身上看到母親的影子這點，就能清楚看出這個事實。

我想起初次見到修時的事情。

那是在母親過世的隔天發生的事。

我被修那雙筆直注視著我，蘊含強烈意志的眼睛嚇到了。

那是不像嬰兒，與母親一模一樣的眼神。

母親是個意志力堅強的人。

儘管明知身體不好，生產說不定會害死自己，依然生下了修。

——要是我有什麼意外，你這個哥哥要好好照顧這孩子喔。

說出這些話的母親，有著跟修別無二致的眼神。

既理智又溫柔，但又有些令人擔心。

就是那種眼神。

仔細想想，那一瞬間讓我強烈意識到自己成為哥哥的事實，同時也接受了自己身為勇者的事實。

我對自己成為勇者這件事感到畏懼。

不得不挺身而戰的事實，讓我沒辦法不感到害怕。

不過在失去母親，看到修的瞬間，我心中湧起一定要保護他的強烈念頭。

因為我是這孩子的哥哥。

即使不能代替母親，我也要以哥哥的身分保護他。

那就是我的起點。

勇者尤利烏斯的原點。

哈林斯傳來的念話打斷了我的思考。

【尤利烏斯，魔族這次的動向好像有些奇怪。】

【哪裡奇怪了？】

【敵人似乎故意分散戰力，一鼓作氣攻進人族的領域。但我看不出他們分散戰力的用意。】

【你覺得其中有陰謀？】

【嗯。集中戰力明明就是更好的選擇，他們卻故意分散。我覺得提防一下會比較好。】

【你能看出背後的陰謀嗎？】

【不行。就算是我也看不出來。但是，小心提防吧。】

【我知道了。謝謝你的忠告。】

我有種不好的預感。

彷彿自己在不知不覺間掉進巨大的陷阱。

沒錯，就像是被蜘蛛網纏住一樣。

我想起和惡夢殘渣之間的戰鬥，感到跟當時同樣的不安。

然而身為勇者的我，不被允許在這種情況下逃跑。

我再次緊握用蜘蛛絲編成的圍巾。

S7 宣告崩壞的聲音

「那麼，我們今天就來學習關於竜與龍的知識吧。」

歐利薩老師跟往常一樣有氣無力地開始上課。

竜……

說到竜，我無論如何都會想起那個事件。

距離那個事件已經過了幾年。

由古對我的暗殺未遂，以及地竜襲擊事件。

雖說這兩個事件都幾乎沒造成人員傷亡，還是對學校帶來不小的衝擊。

但是由古並沒有受到具體的懲罰。

因為在那之前，他就突然從學校裡消失了。

大家推測他多半是使用空間魔法逃走了，但沒人知道真相。

同時，岡老師的身影也從學校裡消失不見。

仔細想想，就連跟地竜戰鬥時，岡老師也沒有參加。

她明明就擁有輕易制服由古的實力。

如果岡老師也加入對抗地竜的戰鬥，我們應該可以更輕鬆地打贏。

然而，到底是什麼樣的理由讓她沒那麼做？

在她下落不明的現在，我無從得知答案。

那個事件所造成的改變並不只有這樣。

菲不知道在想什麼，一反之前的排斥，變得開始積極練等。

而且還很乾脆地完成她原本不想完成的進化，現在只能在室外生活。

親眼目睹或許是自己父母的那隻地竜死去，可能改變了她的想法吧。

以那個事件為契機，我也稍微改變了想法。

在那個事件之前，我只是對尤利烏斯大哥懷抱著憧憬。

不過因為那個事件，我得以稍微窺見大哥前進的道路有多麼艱難。

即使是現在，恐懼也依然深植在我的腦海中。

也許因為我是轉生者，才讓這樣的感覺更加強烈，但不管殺人還是被殺都讓我心生畏懼。

儘管如此，為了在這個世界生存下去，為了能夠跟大哥並肩前進，我非得跨越這樣的恐懼不可。

儘管應該跨越，卻不應該遺忘。

在那個事件之後，我曾經參加演習，得到與魔物戰鬥的機會。

那是比起地竜根本不算什麼，被我一劍就輕易擊敗的弱小魔物。

儘管如此，牠生命的重量跟地竜是一樣的。
不能忘記這股重量，不能習慣這種事情。
我必須作好奪走他人生命的覺悟，然後跨越那種恐懼，投身戰鬥。
要是忘記生命的重量，習慣奪走別人的生命，那我將不再是我。
那只是跟我同名同姓的怪物。
搞不好我只是個天真到無可救藥的人。
就算說我缺乏危機意識也沒關係，我覺得自己不能失去這種感覺。
我理解生命的重量。
還要在這個前提之下，衡量該守護之物與不得不奪走的生命的重量，選擇是否應該戰鬥。
雖然用說的很容易，但如果想要實行，應該會無比困難吧。
大哥應該也是懷著這樣的信念戰鬥至今。
那位溫柔的大哥，不可能不知道生命的重量。
希望我有一天能把自己提升到跟大哥一樣的高度。
如果要達成這個目標，我還沒有作好覺悟。
那不是一朝一夕就能養成的東西，只能一點一滴慢慢培養。
在作好那樣的覺悟之前，我至少得先把肉體的實力練強。
於是，我不斷提升等級，已經變得比那個事件時還要強上許多。

身體成長了，物理系的能力值也隨之強化。

我現在的能力值，算是幾乎沒有弱點的萬能型。

這是身體成長導致物理系能力值提升，讓原本偏重魔法系的能力值得到平衡的結果。

實力提升是件令人開心的事。

只不過，我已經感受不到以前那種像是在玩遊戲般的樂趣。

實力越是變強，我就越害怕施展那股力量。

儘管如此，我還是不得不變強。

因為魔族的行動變得活躍，什麼時候爆發戰爭都不奇怪。

要是到時候我因為沒有實力而只能袖手旁觀，我絕對會受不了。

或許還沒辦法跟大哥並肩作戰，至少我不想成為他的負擔。

可以的話，我希望得到足以保護蘇和卡迪雅這些親朋好友的實力。說到蘇，她最近好像對我有些冷淡。

以前明明滿嘴都是「哥哥」，還成天黏著我，但最近這樣做的頻率減少了。

畢竟她已經進入青春期，就算從兄控畢業也不奇怪，但這一天來臨還是讓我有些寂寞。

不過她還沒有完全畢業，我知道她依然仰慕著我，現在感嘆其實還太早了。

我和卡迪雅之間的關係也逐漸變得微妙。

在那個事件之後，她就開始慢慢出現想要和我保持距離的傾向。

即使我跑去問她本人，她也只說「才沒有那種事呢」隨口否認。

因為她一邊否認一邊別過頭去，想要拉開跟我之間的距離，所以完全沒有說服力。

我想要繼續逼問，伸手抓住她意外纖細的手，結果自己嚇了一跳。

她的手實在太細，彷彿一個不小心就會折斷。

而且她還發出可愛的驚呼聲，讓我不由得放開自己抓住的手。

然後，卡迪雅紅著臉輕撫被我抓住的手的模樣，讓我無法隱藏心中的動搖。

「抱……抱歉……」

我連自己為何如此慌張都不知道，二話不說就先道歉。

明明是熟悉的好友，但卡迪雅當時的模樣，看起來卻像是完全不認識的陌生人。

自從發生那種事之後，我和卡迪雅之間就一直有種說不上來的尷尬。

唯一不變的人只有悠莉，她一直不顧一切地熱心進行神言教的傳教活動。

不，情況說不定反而是一年比一年還要嚴重。

每次看到因為被悠莉糾纏而感到困擾的學生，我就會拉開悠莉讓學生逃走，但之後就會換我變成目標

這樣的光景已經逐漸變成我和悠莉最近的慣例了。

每次都會由跟我們在一起的蘇和卡迪雅負責當和事佬，在各退一步的情況下和平收場。

總之，雖然我身邊有一些細微的變化，但是都沒有重大的事件，度過平穩的日子——

《滿足條件。取得稱號〈勇者〉。》
《基於稱號〈勇者〉的效果，取得技能〈勇者ＬＶ１〉、〈聖光魔法ＬＶ１〉。》
直到聽見那道打破平穩的聲音。
「咦？」
因為還在上課，我困惑的聲音在教室裡聽起來意外地響亮。
「修雷因同學，怎麼了？有不明白的地方嗎？」
歐利薩老師詢問我。
但對於陷入混亂的我來說，老師的聲音也只能左耳進右耳出。
「修雷因同學？修雷因同學！你怎麼了？」
我當時的臉色大概相當差吧。
因為，這不是很奇怪嗎？
世界上只有一個人類擁有勇者的稱號。
而我認識的勇者也只有一位。
稱號這種東西，是只要得到就再也無法捨棄。
換句話說，勇者的稱號也不是可以捨棄的東西。
只要勇者還活著……
就是那麼回事。

我明白這件事代表的意義。

我不敢相信，也不想相信。

不過，那個稱號確實出現在我的能力值之中。

騙人……

這是騙人的吧？

騙人，騙人，騙人！

那位大哥不可能遇到那種事！

儘管如此，那個稱號還是將無情的事實擺在我眼前。

這一天，有一位勇者死去。

同時，另一位勇者誕生了。

幕間　蜘蛛魔王

魔王拿著那條白布，興致勃勃地觀察。

握在她手中的東西，是直到剛才都還戴在勇者身上的白色圍巾。

「小白，妳看看這個。這是用蜘蛛絲織成的圍巾耶。」

被稱作白的魔族軍第十軍團長將臉轉向魔王手中的圍巾。

雖然魔王要她用看的，但她的眼睛依然閉著。

「我是知道蜘蛛絲在人族之間有著很高的價格，沒想到勇者居然會穿在身上。」

太扯了吧——魔王小聲吐槽了一句。

魔王把玩著手中的圍巾，但突然停手了。

臉上浮現出想到鬼點子的天真表情。

不過那是對本人而言，在旁人眼中就只是邪惡的笑容。

「我記得勇者的弟弟是轉生者對吧？那就把這個還給他吧。」

說完，她將魔力灌注進手中的圍巾。

「嗯。嗯。把帶有魔王加持的禮物送給勇者的弟弟。妳不覺得這樣很有趣嗎？」

魔王尋求同意，但白無言以對。

「不知道山田收到這份禮物時，會露出什麼樣的表情呢？」

想像著那時候的畫面，蜘蛛魔王露出不懷好意的笑容。

終幕　神明大人喜歡蜘蛛

看來她很喜歡睿智。

對我這個送禮物的人來說，這麼做也算是值得了。

能夠讓她嚇成那樣，真是令人開心。

我要把她火燒屁股驚慌失措的模樣永遠保存起來。

如果是那隻蜘蛛，一定能好好活用睿智吧。

畢竟即使思考分裂，她也是一副毫不在意的模樣。

傲慢與忍耐……都已經擁有兩種支配者技能了，就算再追加一種，應該也無所謂吧。

然後，請妳總有一天務必來到我面前。

我很期待這一天的到來。

妳一定有辦法更加取悅我。

取悅身為管理者，同時身為邪神的我。

好啦，妳接下來會讓我看到什麼呢？

之後會如何跟這個世界扯上關係？

之後又會如何改變這個世界？
我拭目以待。

後記

大家好，我是自以為深受眾人喜愛的馬場翁。

這怎麼可能！既然有第二集，不就表示有強者看過第一集後還拿起這本書嗎？

喜歡蜘蛛的小眾讀者居然有這麼多，真是嚇到我了。這個世界還真是無奇不有。

對了，在第一集上市之後，又發生了許多事情。

先是改編成漫畫，又是製作ＣＭ，又是得到推薦文、又是在カクヨム（註：日本的小說投稿網站）上開始連載。

沒錯，我說的就是成田良悟老師和長谷敏司老師所寫的推薦文。

我沒想到自己有幸讓這種名人幫忙寫推薦文，整個人驚訝到都石化了。

可是，不可思議的是，人類的感情起伏一旦超過某個限度，就會反而冷靜下來，只把一切當成是場夢就鑽進被窩，懷著明天也要繼續作夢的願望沉沉睡去，然後無限循環。

白痴也要夠了，接下來是認真的謝辭。

成田良悟老師和長谷敏司老師光是給我一句「有趣」的感想，就讓我得到了繼續努力的動力。

真的很感謝你們。

感謝負責插畫的輝龍司大人每次都畫出美麗的圖像。
我還要感謝負責漫畫版的かかし朝浩大人，只有老師能畫出讓人覺得「這就是蜘蛛」的畫面。
最後，我要感謝以責任編輯K為首，幫忙讓這本書問世的所有人，以及拿起這本書的讀者們。

Kadokawa Light Novels

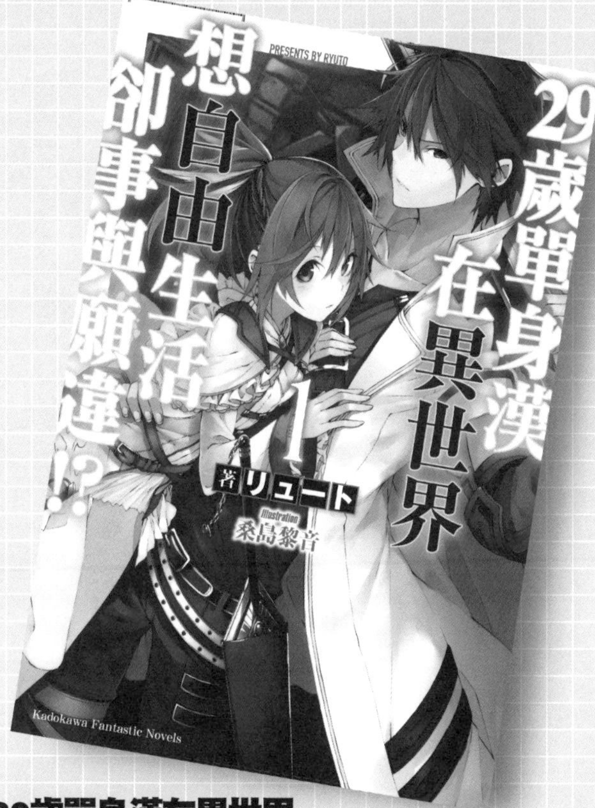

29歲單身漢在異世界想自由生活卻事與願違!? 1 待續

作者：リュート　插畫：桑島黎音

網路人氣爆表的主角威能系小說！
獲得犯規能力，每場冒險都充滿LOVE LOVE危機！

三葉大志是個將邁入三十歲的大叔，身材肥胖的約聘員工……這樣的他回過神時，卻身處在不管怎麼看都是奇幻世界城塞都市的地方。暫時先接受現況的他，決定利用可以說是犯規的能力，以冒險者的身分活下去。豈料同為冒險者的少女瑪爾竟投懷送抱……

台灣角川

NT$220/HK$68

企業☆女孩 1~2 待續

作者：神代 創　插畫：ファルまろ

穿越到劍與魔法的世界還成為社長的將人，
這次將與女孩社員們渡海展開新冒險！

在將人與莫妮卡等社員的活躍下，公司經營逐漸步上了軌道。某天，出現在剛結束工作的大夥兒面前的，是一名從尤克特拉希爾飄洋過海，要找傳說中的史萊姆獵人的少女——「夏洛」。然而，眾人接下了她這樁委託之後，卻發現其實另有隱情——

各 **NT$180/HK$55**

台灣角川

Kadokawa Light Novels

關於我轉生變成史萊姆這檔事 1~6 待續

作者：伏瀨　插畫：みっつばー

魔國聯邦將會滅亡──？
話題沸騰的魔物轉生記，高潮迭起的第六集！

進化成魔王種的利姆路，得知「魔王盛宴」即將舉行──那是十名魔王齊聚一堂的特別集會。眾魔王要討論如何處罰自稱魔王的利姆路，而發起人是帶給魔國聯邦災禍的元凶──魔王克雷曼！利姆路打算活用這場魔王會議，企圖一鼓作氣擊倒克雷曼……

台灣角川

各 **NT$250~300/HK$75~90**

Kadokawa Light Novels

異界轉生強奪戰 1 待續

作者：mino　插畫：和武はざの

瀏覽次數突破6600萬超人氣網路小說！
一個不斷被剝奪的少年決心在異世界逆轉他的人生

　　佐藤優被繼父殺了，然而清醒時卻發現自己身處異世界。但在這裡優仍被村人輕蔑，在盛怒之下，他以彷彿「要奪走對方一切」瞪視村人哈凱，這時優發現自己的狀態表竟出現了對方的技能——不斷遭到剝奪的少年以「強奪」技能為武器展開逆轉冒險故事！

NT$200/HK$60

台灣角川

Kadokawa Light Novels

無職轉生～到了異世界就拿出真本事～ 1~5 待續

作者：理不尽な孫の手　插畫：シロタカ

終於抵達米里斯神聖國首都，
與至親的意料外重逢!?

魯迪烏斯和暴力大小姐艾莉絲，身經百戰的勇士瑞傑路德，以及新加入的基斯一起到達米里斯神聖國的首都。但魯迪烏斯卻又再度目擊綁架事件！基於「Dead End」的規範，為了救出被綁架的少年，魯迪烏斯潛入綁匪的藏身處……

台灣角川

各 **NT$250~270/HK$75~80**

我被召喚到魔界成為家庭教師!? 1~2 待續

作者：鷲宮だいじん　插畫：Nardack

事關魔界（財政）存亡的觀光款待活動開始
史上最衰的家庭教師再度身陷麻煩中！

與人界交戰落敗的魔界背負了鉅額的債務，起死回生的最後手段就是發展觀光業。突然被召喚到魔界的我與美麗的公主們（※真面目是妖怪）不遺餘力地籌劃向人界宣傳魔界之美的觀光立國大作戰……是說，咦？這真的是家庭教師分內的工作嗎？

各 **NT$190~220/HK$58~68**

台灣角川

國家圖書館出版品預行編目(CIP)資料

轉生成蜘蛛又怎樣! / 馬場翁作；廖文斌譯. -- 初版.
-- 臺北市：臺灣角川, 2016.11-
冊； 公分
譯自：蜘蛛ですが、なにか？
ISBN 978-986-473-383-5(第1冊：平裝). --
ISBN 978-986-473-493-1(第2冊：平裝)

861.57 105018851

轉生成蜘蛛又怎樣！ 2

（原著名：蜘蛛ですが、なにか？2）

2017年2月2日 初版第1刷發行
2021年9月15日 初版第6刷發行

作者：馬場翁
插畫：輝竜司
譯者：廖文斌

發行人：岩崎剛人
總編輯：蔡佩芬
編輯：蘇涵
美術設計：李思穎
印務：李明修（主任）、張加恩（主任）、張凱棋

發行所：台灣角川股份有限公司
地址：104台北市中山區松江路223號3樓
電話：（02）2515-3000
傳真：（02）2515-0033
網址：www.kadokawa.com.tw
劃撥帳戶：台灣角川股份有限公司
劃撥帳號：19487412
法律顧問：有澤法律事務所
製版：巨茂科技印刷有限公司
ISBN：978-986-473-493-1